Sarah Alderson

Endlich allein

Thriller

Aus dem Englischen
von Claudia Franz

GOLDMANN

Die englische Originalausgabe erschien 2021 unter dem Titel
»The Stalker« bei HarperCollins*Publishers*, London.

FSC
www.fsc.org
MIX
Papier | Fördert
gute Waldnutzung
FSC® C014496

Penguin Random House Verlagsgruppe FSC® N001967

1. Auflage
Deutsche Erstveröffentlichung Januar 2023

Umschlaggestaltung: UNO Werbeagentur, München
Umschlagmotive: Trevillion Images/Marie Carr, Silas Manhood;
FinePic®, München
Redaktion: Annekatrin Heuer
KS · Herstellung: ik
Satz: Uhl + Massopust, Aalen
Druck und Bindung: GGP Media GmbH, Pößneck
Printed in Germany
ISBN: 978-3-442-49315-9

www.goldmann-verlag.de

Für Vic

Teil eins

1

Tag 1

Die Insel liegt verborgen da. Finstere Wolken hängen wie nasse Laken über dem Fjord; es ist nicht zu erkennen, wo der Horizont endet und der Himmel beginnt. Mich fröstelt. Ich schlinge die Arme um den Leib, um mich gegen die kühle, feuchte Luft zu schützen. Eigentlich hatte ich auf Sonne gehofft – immerhin haben wir August –, aber so ist Schottland eben. Und dieses klamme, scheußliche Wetter passt auch irgendwie, es ist fast, als hätte ich es aus meinem Kopf heraufbeschworen.

Ich versuche mir ins Gedächtnis zu rufen, warum ich hier bin. Dies sind unsere Flitterwochen, wenngleich mit zwei Monaten Verspätung und auch nicht mehr in dem griechischen Inselparadies, das wir ursprünglich gebucht und auch schon bezahlt hatten. Das Gute daran ist, dass außer Liam und mir niemand hier sein wird. Wir werden die einzigen Menschen auf dieser Insel sein und in einer zu einem luxuriösen Ferienhaus umgebauten Schmiede aus dem achtzehnten Jahrhundert wohnen. Eine ganze Woche lang werden wir uns vor dem Kaminfeuer zusammenkuscheln, Wälder und keltische Ruinen erkunden, wilde, windgepeitschte Strände entlangwandern und die Vergangenheit nach Möglichkeit hinter uns lassen – das rede ich mir zumindest ein. Ich bete, dass es funktioniert.

Liam beendet sein Gespräch mit dem Fährmann und eilt über den Kiesstrand auf mich zu. Er ist groß und dunkelhaarig; selbst aus der Ferne bemerke ich das Eisblau seiner Augen.

Meine Mum fand, er sähe aus wie Leonardo DiCaprio, damals in *Titanic*. Ganz falsch ist das nicht: Die beiden haben eine gewisse Ähnlichkeit, dieses Funkeln in den Augen und der jungenhafte Charme. Als Liam jetzt über den Kiesstrand auf mich zu läuft, kommt es mir vor, als hätte jemand »Action« gerufen und ich wäre eine Schauspielerin in einem Film. Ich kann es immer noch nicht wirklich glauben, dass wir verheiratet sind; dass ich Liams Frau bin. Bei dem Grinsen, mit dem er mein Lächeln erwidert, spüre ich sofort ein Flattern im Bauch. Vermutlich ist es normal, wenn Frischverheiratete so empfinden. Manchmal frage ich mich aber auch, ob sich die Schmetterlinge je verziehen. Ich kann es mir nicht vorstellen.

»Der Mann sagt, er bringt uns sofort rüber, sobald sich das Wetter beruhigt«, verkündet Liam, als er mich erreicht. Der Fährmann ist verschwunden. Vermutlich wartet er irgendwo besseres Wetter ab.

»Und wann wird das sein?« Ich schaue skeptisch in den launischen Himmel.

Liam zuckt mit den Schultern. »Lange kann es nicht mehr dauern. Er schien der Meinung zu sein, dass es bald aufklart. Komm, wir trinken ein Bier, um uns die Wartezeit zu vertreiben.«

»Gute Idee.«

Liam führt uns vom Rand des Wassers weg den Strand hinauf. Gegenüber vom Pier, in einem der hübschen, alten Steinhäuser des Städtchens, liegt ein Pub. Eigentlich ist Arduaine zu klein, um Städtchen genannt zu werden. Im Grunde handelt es sich um nicht mehr als eine Ansammlung von Häusern, die dem Wetter trotzen. Auch der Pub ist klein, mit niedrigen Decken und engen Gängen; seine Wände sind so dick wie Gefängnismauern, und die Fenster liegen tief in ihnen, wie gierige Knopfaugen.

»Zum Bluteimer«, lese ich auf dem verwitterten Holzschild, das an einen Türflügel genagelt ist.

Liam öffnet die Tür. »Steht zu hoffen, dass sie hier zumindest ein anständiges India Pale Ale servieren«, meint er lachend, als ich unter seinem Arm hindurch in den Pub schlüpfe.

Im Innern ist es gemütlicher, als der Name an der Tür erwarten lässt. Im Kamin knistert ein Feuer, und die angeschwärzten Messingarmaturen glänzen, als hätten sie die Politur von Jahrhunderten in sich aufgenommen. Der Gastraum ist leer, abgesehen von dem Wirt, einem Mann mittleren Alters, dessen Gesicht so verwittert ist wie das Schild draußen, und einem weiteren Mann von Mitte, Ende zwanzig in Tarnjacke, der am anderen Ende des Tresens hockt und sich über sein Pint beugt.

»Guten Abend«, sagt der Wirt lächelnd, als wir unsere Kapuzen abstreifen und näher treten. »Was darf ich Ihnen anbieten?«

Liam, der in solchen Situationen immer freundlich und liebenswürdig ist, vertieft sich sofort in ein Gespräch über die hiesigen Fassbiere. Ich ziehe die Jacke aus und will mich aus meinem Schal pellen, als ich plötzlich innehalte, weil ich einen Blick auf mir ruhen fühle. Als ich mich umdrehe, bemerke ich, dass der Mann am Ende der Theke mich anstarrt. Ich schenke ihm ein höfliches Lächeln, aber seine Miene bleibt kalt und bohrend. Ich wende mich ab. Was ist sein Problem? Vielleicht gefällt es ihm nicht, dass Fremde seinen Pub besuchen. Schnell wickele ich mir den Schal wieder um den Hals und spüre, wie es mir trotz des prasselnden Kaminfeuers kalt den Rücken hinabläuft. Mit einem Mal scheint es eher Winter zu sein als ein Sommer, der in den letzten Zügen liegt.

»Limo mit Sprudelwasser?«, fragt Liam mich.

Ich nicke. »Ja, bitte.«

»Ich dachte, mit dem Essen warten wir, bis wir auf der Insel sind«, sagt Liam.

Wieder nicke ich. Ich habe ohnehin keinen Hunger. Der Arzt erklärte mir, dass Depressionen häufig mit Appetitlosigkeit einhergehen; ich solle warten, bis die Antidepressiva ihre Wirkung entfalten. Allerdings nehme ich die nun schon seit einem Monat und verspüre noch keinerlei Besserung, jedenfalls nicht, was meinen Appetit betrifft. Meine Stimmung hingegen hat sich schon ein wenig gehoben – ein Lichtblick im Dunkel. Aber wer weiß? Am Ende der Woche wird dieses entsetzliche Gewicht, das mich wie ein riesiger Felsbrocken niederdrückt, vielleicht abgefallen sein; dann kann ich wieder frei durchatmen.

Es ist ja nicht so, dass ich nicht glücklich sein möchte.

Ich sehne mich sogar nach Glück. Aber in meiner Erinnerung ist das Glück wie die Schokoladentorte, die meine Mutter mir jedes Jahr zum Geburtstag buk, üppig bedeckt mit Schokobuttercreme und verziert mit Schokolinsen. Ich sehe sie deutlich vor mir – spüre sogar die Zinken der Gabel an der Zunge und die klebrige Wärme des ersten Bissens am Gaumen –, aber der Geschmack will mir beim besten Willen nicht in den Sinn kommen.

Als Liam unsere Getränke an den Ecktisch bringt, schenke ich ihm einen dankbaren Blick, weil es seine Idee war, die Flitterwochen, die wir so überstürzt abbrechen mussten, doch noch nachzuholen. Er hatte gedacht, es ziehe mich in die Sonne, und ein Hotel auf Santorini vorgeschlagen. Mir war aber nicht danach, mich so weit von zu Hause wegzubewegen und in der gleißenden Sonne an einem Pool zu liegen. Und nach Schottland wollte ich immer schon. Meine Mum und ich hatten oft darüber gesprochen, da wir uns beide in die Romane der *Outlander*-Serie verliebt hatten, aber wir schafften es nie, dorthin zu reisen. Liam hat schottische Wurzeln und interessiert sich brennend für Geschichte, daher sprang er sofort darauf an, als ich ihm diese Insel vorschlug.

»Cheers«, sagt er und stößt mit mir an.

»Cheers«, antworte ich.

»Auf uns«, fügt er hinzu, beugt sich über den Tisch und küsst mich. »Ich liebe dich.« Seine Lippen liegen warm auf meinen.

»Ich liebe dich auch.« Ich erwidere seinen Kuss. »Auf unsere Flitterwochen.«

Liam streicht mir eine Haarsträhne hinters Ohr und lässt seine Finger über meine Wange gleiten. Mir läuft ein

Schauer über den Rücken. Als er grinst, blitzt vor meinem geistigen Auge der Moment auf, als ich ihn zum ersten Mal sah. Was mir als Erstes an ihm auffiel, waren das strahlende Blau seiner Augen und dieses Lächeln, das jungenhafte Sorglosigkeit und Abenteuergeist ausstrahlt. Außerdem eine innere Kraft, wie ich sie mir selbst immer gewünscht hatte. Ich verliebte mich sofort in ihn.

Nach einem weiteren Schluck Bier springt Liam auf. »Ich geh nur schnell aufs Klo«, verkündet er und schlendert zu einer Tür in einer fernen Ecke des Pubs.

Ich nippe an meinem Getränk und schaue mich um. Der Wirt sitzt auf einem Barhocker und liest den Sportteil der *Scottish Times*. Mein Blick wandert zu dem Mann am Ende des Tresens. Zu meiner Überraschung betrachtet er mich immer noch; derselbe bohrende Blick, die Augen finster zusammengekniffen.

»Ihr wollt nach Shura?«, erkundigt er sich leise, mit einem gerollten schottischen R.

Ich nicke, da ich den Namen der Insel herausgehört habe. »Ja.«

»Bleibt ihr lange?«, knurrt er.

»Eine Woche.« Warum will der Typ das wissen?

»Ihnen ist schon klar, dass es dort spukt?«

»Was?« Ich lache nervös. Der Mann will mich offenbar auf den Arm nehmen. Allerdings lächelt er nicht. Seine Miene ist todernst.

Der Wirt sieht von seiner Zeitung auf. »Tja«, sagt er und schielt zu dem grimmigen Gast hinüber, bevor er sich mir zuwendet. »Da hat er nicht ganz unrecht. Auf Shura spukt es wie nur was.«

Ich schaue zwischen den beiden Männern hin und her und überlege, ob die beiden sich einen Scherz mit einem Neuankömmling erlauben wollen oder ob es sich um eine Art Insiderwitz handelt. Aber der Jüngere lächelt immer noch nicht, und die Miene des Wirts ist bierernst. Wieder nickt er. »Dort hat ein grausamer Mord stattgefunden.« Nach einem weiteren Blick auf den Jüngeren fügt er hinzu: »Ich meine, es haben eine Menge grausamer Morde dort stattgefunden.«

Mir muss die Kinnlade heruntergefallen sein, denn seine Stimme ist sanfter, als er fortfährt: »Die Wikinger haben dort gewütet.«

»Oh«, bringe ich heraus.

»Auf Shura gab es einst ein Kloster. Leichte Beute. Viele Mönche wurden getötet. Man konnte ja nirgendwohin rennen. Oder sich verstecken.«

»Aha …« Ich weiß nicht, was ich sonst antworten soll.

»Sie werden auf der Insel ein paar alte Begräbnisstätten entdecken, wenn Sie die Augen offen halten. Keltische Ruinen aus uralten Zeiten.«

Ich lächele höflich und nicke. Liam wird begeistert sein.

Der Wirt setzt sich in Bewegung, um das leere Glas des jungen Mannes zu spülen. »Noch eins?«, erkundigt er sich.

»Ja«, antwortet der Typ mit finsterer Miene, bevor er sich zu mir umwendet. »Shura ist verflucht. Sie sollten nicht hinfahren.«

Ich schlucke trocken und spüre auf einmal ein mulmiges Gefühl im Magen.

»Nun komm schon, wir wollen dem Mädchen doch keine Angst einjagen«, ermahnt ihn der Wirt, da er offenbar die

Panik in meinem Gesicht bemerkt. »Die Insel ist herrlich. Sie werden eine wunderbare Zeit dort haben«, versichert er mir.

Der junge Gast dreht sich auf seinem Barhocker zurück, um mit gebeugten Schultern auf den Tresen zu starren. Der Wirt widmet sich wieder seiner Zeitung. Ich hingegen bleibe meiner Fantasie überlassen, die wilde Blüten treibt. Die Vorstellung, dass es auf der Insel spuken soll, legt einen tiefen Schatten auf unsere Reise, die doch eigentlich ein romantischer Trip werden sollte. Und was meinte der junge Mann mit der Bemerkung, ein Fluch liege über der Insel?

In diesem Moment tritt Liam aus dem Waschraum. Die Atmosphäre im Pub entgeht ihm nicht, diese unterschwellige Anspannung. »Alles in Ordnung?«, erkundigt er sich, als er sich setzt. Misstrauisch sieht er zu den beiden Männern hinüber.

Ich nicke, obwohl ich immer noch nervös bin. »Alles bestens. Sie haben mir nur von der Insel erzählt.«

»Bloß ein paar historische Fakten«, mischt sich der Wirt mit einem Lächeln ein.

»Etwas Interessantes?« Liam lässt den Blick zwischen den beiden hin und her wandern.

»Sie behaupten, auf der Insel würde es spuken«, erkläre ich und achte auf seine Reaktion.

»Aha«, sagt er und verdreht grinsend die Augen. Als Polizist hat er es ständig mit grausamen Verbrechen zu tun – Mord, Raub, nackte Gewalt –, daher kann ihn nichts so schnell aus der Fassung bringen und ganz bestimmt nicht der Gedanke an Gespenster.

»Hör einfach nicht hin«, meint er und nimmt meine

Hand. »Wir sind in den Flitterwochen und werden eine wunderbare Zeit haben.«

»Es sei denn, es spukt dort«, witzele ich.

»Es gibt keine Gespenster.« Liam trinkt einen Schluck Bier.

Ich nippe an meinem Getränk und schweige. Was das betrifft, bin ich mir nicht so sicher.

2

Nun kann man die Insel sehen, allerdings in Dunst gehüllt und umfangen von Nebelschwaden.

Liam hilft mir in das Boot mit dem Außenbordmotor, das uns hinüberbringen wird, und kontrolliert die Gurte meiner Rettungsweste. Er weiß, dass ich Angst vor Wasser habe, seit ich einmal fast ertrunken wäre. Manchmal habe ich immer noch Albträume deswegen.

Nervös beäuge ich die schwarze Wasseroberfläche, was Liam sofort bemerkt. »Dir kann nichts passieren«, erklärt er in demselben Tonfall, in dem er mit mir spricht, wenn ich aus einem schlimmen Traum hochschrecke. »Du wirst nicht hineinfallen, das verspreche ich dir. Und falls doch«, fügt er mit einem Augenzwinkern hinzu, »springe ich hinterher und rette dich.«

Ich ringe mir ein Lächeln ab und setze mich an den Bug. Die Knöchel meiner rechten Hand treten weiß hervor, als ich mich, Liams Versicherungen zum Trotz, an die Bordwand klammere. Er nimmt mir gegenüber Platz, dann greift er nach meiner freien Hand; seine Finger berühren den Diamantreif und den schlichten goldenen Ehering, der einst meiner Großmutter gehörte.

Der Fährmann, gekleidet in einen gelben Regenmantel und gelbe Gummischuhe, zieht die Startleine; stotternd springt der Motor an. Wir legen ab, und das Boot tanzt über die Wellen. Ich halte den Blick auf die Insel in der Ferne gerichtet. Der Wind reißt mir die Kapuze vom Kopf und peitscht mir die Haare um die Ohren. Ich schließe die Augen, als die Gischt in mein Gesicht spritzt, und genieße die Kälte auf der Haut. Sie hat etwas Erfrischendes, als könnte sie meine ganze Traurigkeit hinwegscheuchen.

»Wem gehört denn die Insel?«, fragt Liam den Fährmann. Ich öffne die Augen und schaue zu den beiden hinüber.

Der Fährmann zuckt mit den Schultern. »Großes Geheimnis. Das weiß niemand. Sie war ein paar Jahre auf dem Markt, aber wegen ihrer Geschichte wollte sie niemand. Vor ein paar Monaten wurde sie dann verkauft«, knurrt er.

»Was für eine Geschichte?«, erkundige ich mich.

»Ach, einfach ... Sie wissen schon ... Shura hat eine finstere Vergangenheit.«

»Sie meinen die Raubüberfälle der Wikinger?«, hake ich nach.

Der Fährmann blickt mich irritiert an. »Jaja«, sagt er, »das wird es wohl sein.«

Ich runzele die Stirn. Es ist offensichtlich, dass mehr hinter der Inselgeschichte steckt, aber niemand will damit rausrücken. Und ich bin mir auch gar nicht sicher, ob ich mehr darüber erfahren möchte.

»Sie sind die ersten Besucher«, fügt der Fährmann hinzu, um das Thema zu wechseln.

»Wirklich?«, Liam klingt erstaunt.

Der Fährmann nickt. »Ja. Ich muss es wissen, denn es

gibt keine andere Möglichkeit, überzusetzen. Und Sie sind die Einzigen, die ich bislang hinübergebracht habe.«

»Wir sind in den Flitterwochen«, erzählt Liam dem Mann. Dabei strahlt er mich an und drückt meine Hand, immer noch mit dem Daumen über das glatte Gold meines Eherings streichelnd.

»Glückwunsch«, erwidert der Fährmann, aber es klingt nach einer Phrase, als könne es ihm nicht gleichgültiger sein. Mir fällt auf, dass er ebenfalls einen Ehering trägt, matt und verkratzt und fast mit seiner knorrigen Hand verwachsen.

»Wie lange sind Sie denn schon verheiratet?«, erkundige ich mich.

»Dreiundvierzig Jahre«, entgegnet er, wirkt aber nicht wirklich glücklich darüber.

Ganz ehrlich, ich glaube fest daran, dass Liam und ich zu dem Drittel der Paare gehören, die zusammenbleiben, »bis dass der Tod sie scheidet«. Obwohl wir nicht kirchlich heirateten, weil Liam nicht religiös ist, haben wir doch das traditionelle Gelöbnis geleistet. Und als ich die Worte aussprach, wurde mir so richtig bewusst, dass wir uns für immer und ewig aneinander binden.

Ich richte meine Aufmerksamkeit wieder auf die Insel, die nun klarer in Sicht kommt. Wie eine dunkle schweigende Armee ragt ein Wald auf ihr empor, als würde sich die Insel vor Besuchern verbarrikadieren, und die Klippen am anderen Ende lassen sie tatsächlich irgendwie verwunschen wirken. Ich denke über die Geschichte der Insel nach – die Wikingerüberfälle, die der Wirt erwähnte, und die finsteren Ereignisse, die der Fährmann soeben andeutete – und fröstele wieder, trotz Liams Wollpullover, den ich zusätzlich unter meiner Jacke trage. Ich neige zu Aberglauben und kann das ungute Gefühl, das mich gepackt hat, nicht abschütteln.

Während wir weiter über das Wasser schnellen und immer näher an etwas heranbrausen, was ich schließlich als schmalen Steg an der dem Kliff entgegengesetzten Inselseite ausmache, tritt allmählich die Silhouette eines Gebäudes hervor. Ein weißes Haus mit schwarzem Balkenwerk. Es liegt in einiger Entfernung vom Ufer. Das muss unser Haus sein, die alte Schmiede.

In diesem Moment bricht die Sonne durch die Wolken, und die Insel, bislang ein unwirtliches Stück Land in einem schwarzen, gnadenlosen Gewässer, erscheint plötzlich wie verwandelt, als hätte jemand die Hand gehoben und einen Zauber gebrochen. Die Strände leuchten weiß, und das Sonnenlicht glitzert auf dem Wasser und zwingt mich, die Augen zusammenzukneifen. Der Wald ist nicht länger eine schweigsame, feindselige Armee, sondern ein magischer Hain, der erkundet werden will. Die Sonne dringt durch weitere Risse in der grauen Wolkendecke, als würde jemand Packpapier herunterreißen, um das blaue Geschenk des Himmels zu enthüllen. Es ist fast, als würden zwei Inseln vor uns liegen, die eine aus einem Albtraum, die andere aus einem Märchen – obwohl natürlich, wenn man es recht bedenkt, viele Märchen Albträumen ähneln. Ich beschließe, meine Ängste abzuschütteln und die Vorstellung, die Insel sei verflucht, zu verdrängen. Diese Woche beginnt ein neues Kapitel.

Als der Fährmann den Motor abstellt, damit wir an den

Steg treiben können, und der Höllenlärm in meinen Ohren verstummt, werde ich von Stille überwältigt. Nur das Schwappen des Wassers gegen die Bordwand höre ich, und das Flüstern des Windes in den Bäumen. Über unseren Köpfen schreit eine Möwe.

Mit großen Augen lächele ich Liam an. »Es ist wunderschön hier.«

Er grinst. Ich nehme seine Hand, verschränke meine Finger mit seinen und spüre die Wärme und Kraft darin. Mir ist bewusst, dass es in den letzten beiden Monaten nicht leicht gewesen sein dürfte, mit mir zusammen zu sein, aber Liam ist trotzdem geblieben. Ständig versicherte er mir, dass er mich nie verlassen würde. Seit unserer Heirat sei er ja sowieso auf Gedeih und Verderb an mich gekettet, witzelte er.

»Bist du glücklich?«, fragt er nun. Sein Blick ist von Sorge verschattet.

»Ja«, erwidere ich und wende mich wieder zur Insel um. Ausnahmsweise stimmt es sogar.

Als wir am Steg festgemacht haben, zeigt der Fährmann auf das Cottage. Es liegt hundert Meter vom Ufer entfernt auf einer kleinen Anhöhe.

»Der Schlüssel befindet sich in dem Schließfach neben der Eingangstür«, erklärt er uns, als er unsere Taschen absetzt. »Den Code haben Sie vermutlich.«

Liam nickt und lässt ihm einen Zwanziger Trinkgeld zukommen. Der Mann steckt das Geld mit einem dankbaren Lächeln in die Tasche. »In genau einer Woche bin ich wieder da«, verkündet er und steigt in sein Boot.

Ich hole mein Handy heraus, um auf die Uhr zu schauen, und merke, dass ich keinen Empfang habe.

»Hier draußen werden Sie kein Funksignal bekommen.« Der Fährmann nickt zu meinem Handy hinüber.

»Im Cottage gibt es ein Satellitentelefon, falls Sie im Notfall jemanden kontaktieren wollen. Aber das werden Sie bestimmt nicht in Anspruch nehmen müssen«, fügt er hinzu. Dann zeigt er auf den Fjord. »Halten Sie sich einfach vom Wasser fern.«

Ich ziehe ein Gesicht; ich habe nicht die geringste Absicht, mich auch nur in die Nähe des Wassers zu begeben.

»Viele Menschen ertrinken, Gott sei ihrer Seele gnädig«, bemerkt der Fährmann noch. »Sie ahnen gar nicht, wie tief der Fjord ist – an manchen Stellen fast zweihundert Meter. Tiefer als die Nordsee. Ehe man sichs versieht, hat man keinen Boden mehr unter den Füßen. Das Problem ist die Kälte. Es dauert nur ein paar Sekunden, und schon ist man tot.« Er schnipst mit den Fingern, um seine Ausführungen zu unterstreichen.

Mit wachsender Nervosität betrachte ich den Fjord, und mein Magen krampft sich zusammen, als hätte mich jemand bereits in die eisigen Tiefen gestürzt.

»Keine Sorge«, versichert Liam dem Mann. »Wir werden schon nicht schwimmen gehen.«

»Alles klar«, sagt der Mann und löst die Bootsleine. »Also, ich wünsche Ihnen eine schöne Zeit. Lassen Sie es sich gut gehen.«

»Danke«, rufe ich ihm hinterher, als er sich vom Steg abstößt.

Als das Boot davontreibt, legt der Fährmann den Kopf in den Nacken, als würde er etwas in den Wolken lesen, die nun fast völlig von der Sonne vertrieben wurden.

»Nutzen Sie die Zeit«, ruft er dann. »Ein Ungewitter zieht auf.«

»In der Wettervorhersage wurde für die ganze Woche Sonne angekündigt«, ruft Liam zurück.

Der Fährmann zuckt mit den Achseln. »Diese Wetterleute haben keine Ahnung. Glauben Sie mir, ein Unwetter zieht auf.«

Liam runzelt die Stirn, als er unsere Taschen hochhebt und über den Landungssteg auf unser Cottage zusteuert. Ich blicke dem Boot hinterher, bis es in der Ferne verschwindet, und eile ihm dann nach. In mir regt sich etwas, das ich zunächst gar nicht benennen kann, während ich den Anblick der Insel und des Häuschens auf mich wirken lasse. Begeisterung. Das ist es. So etwas habe ich schon lange nicht mehr verspürt. Ich atme tief durch und merke, wie das Gefühl mich beflügelt.

Das werden die perfekten Flitterwochen, denke ich bei mir, und eile Liam hinterher.

3

Liam holt den Schlüssel aus dem Schließfach und öffnet die Haustür. Er muss sich bücken, um das Cottage zu betreten, da die Türöffnung so niedrig ist; sie wurde für kleinere Menschen in längst vergangenen Zeiten geschaffen. Vom Aussehen her würde ich sie auf mindestens vierhundert Jahre schätzen.

Ich bleibe einen Moment stehen, um den Lavendel und die Geranien zu bewundern, die in den Beeten und Blumenampeln neben der Haustür wachsen.

»Laura, das musst du dir anschauen!«, ruft Liam. Ich folge ihm ins Haus.

»Wahnsinn.« Ich bin vollkommen überwältigt, als ich ins Wohnzimmer komme. Holzbalken ziehen sich im Zickzack über die Decke, und in einen offenbar uralten Kamin ist ein brandneuer gusseiserner Brenner eingebaut. An einer Wand steht ein Plüschsofa mit blau meliertem Tweedbezug vor einem wuchtigen hölzernen Couchtisch und einem Ohrensessel aus rosa Damast. Weiche Teppiche bedecken den Steinfußboden. An den kleinen Fenstern, durch die ich ein Stück des Fjords und des Himmels erspähe, hängen dicke, graue Vorhänge. »Wie schön«, sage ich seufzend. Und das ist es auch. Das Zimmer scheint direkt einem Einrichtungsmagazin entsprungen.

»Das ist nun für eine ganze Woche unser Heim.« Liam ist sichtlich beeindruckt. »Los, lass uns die anderen Zimmer erkunden.«

Wir spazieren in die Küche im hinteren Bereich des Hauses. Sie ist schlicht, aber geschmackvoll eingerichtet, mit Arbeitsplatten aus Granit und hochmodernen Armaturen, einschließlich einer Espressomaschine, die Liam überglücklich machen wird, das weiß ich. Er liebt seinen morgendlichen Kaffee.

Prompt strahlt Liam, als er sie erblickt, und lässt die Hand darübergleiten. Dann begibt er sich zum Kühlschrank und öffnet die Tür. Er ist mit Lebensmitteln vollgestopft: Milch, Käse, Gemüse sowie Pakete aus braunem Packpapier. Vermutlich die Steaks und der Fisch, die wir im Vorfeld bestellt hatten. In der Tür stehen zwei Flaschen Weißwein, außerdem sechs Dosen India Pale Ale. Im Flaschenregal an der Hintertür habe ich bereits drei Flaschen Rotwein entdeckt.

»Von unserer Bestellliste scheint alles da zu sein«, sagt Liam, nachdem er auch noch die Küchenschränke in Augenschein genommen hat, die mit Grundnahrungsmitteln gefüllt sind.

Wie zwei überdrehte Teenager rennen wir die Treppe hinauf, um das Schlafzimmer zu inspizieren. Im Türrahmen bleibe ich stehen und betrachte das Doppelbett unter der Dachschräge, die warme Steppdecke und die vielen darauf verstreuten Kissen. Dann gehe ich zu dem großen Mansardenfenster hinüber.

»Schau dir mal die Aussicht an«, schwärme ich, als ich über den endlosen Fjord hinwegblicke. Es kommt mir vor, als wären wir auf einem Schiff auf dem Meer.

»Mach ich doch schon«, antwortet Liam.

Ich drehe mich um und stelle fest, dass er mich von der Schwelle aus beobachtet. Beim Anblick seines Grinsens vollführt mein Magen einen Satz. Ich weiß, wonach ihm der Sinn steht, das ist sonnenklar, aber ich brauche erst eine Dusche. Wir sind seit sechs Uhr morgens unterwegs, und ich fühle mich schmutzig und zerknittert.

Ich tappe ins Bad, das an das Schlafzimmer grenzt. Am Fenster steht eine Badewanne mit Krallenfüßen. Von hier blickt man auf den Garten hinaus; er erstreckt sich bis zum Wald, der stolz ein paar Hundert Meter weiter aufragt.

Liam erscheint hinter mir, schlingt mir die Arme um die Taille und legt sein Kinn auf meine Schulter. »Soll ich dir ein Bad einlassen?«, murmelt er mir ins Ohr.

Ich schließe die Augen und lehne mich an seine breite Brust. »Mmmm. Klingt nicht übel.«

Als er die Wasserhähne öffnet, drehe ich mich um. Unvermittelt erblicke ich mich im Spiegel über dem Waschbecken. Ich zucke zusammen, wie so oft, wenn ich mich in dieser Zeit zu sehen bekomme. Es ist, als würde aus dem Nichts eine Fremde auftauchen und mich entsetzt anstarren. Ich bin unglaublich dünn geworden. Ich muss unbedingt wieder mehr essen. Die frische Luft wird hoffentlich meinen Appetit anregen.

Ich kehre ins Schlafzimmer zurück, um meine Sachen auszupacken und ordentlich zusammengefaltet in die Kommodenschubladen zu legen. Die oberste lasse ich für Liam frei. Unwillkürlich stelle ich mir vor, wie es wäre, hier zu leben. Wir reden ja immer wieder davon, uns gemeinsam ein Haus zu kaufen. Dabei ist Liam vor einer Weile bei mir eingezogen. Das war naheliegend, da ich ein Reihenhaus mit zwei Schlafzimmern habe, während er mit einem Kollegen in einer Wohngemeinschaft lebte. Er spart schon jahrelang, um Kapital für etwas Eigenes beiseitezulegen. Und da mir meine Mutter nun eine kleine Erbschaft hinterlassen hat, ziehen wir ernsthaft in Erwägung, uns zusammenzutun und etwas Größeres zu kaufen.

Als ich das Bad betrete, hat Liam eine halbe Flasche Badeschaum in die Wanne geschüttet. Sie läuft fast über, und er freut sich wie ein Kind. Ich muss lachen.

»Rein mit dir«, sagt er.

Langsam ziehe ich mich aus und spüre, wie Liam mich beobachtet. Zu meinem Körper habe ich ein eher schwieriges Verhältnis, das war schon immer so, aber ich weiß, dass Liam mich gern anschaut. Und obwohl ich derart abgemagert bin, erklärt er jedes Mal, wie umwerfend ich aussähe, und macht mir Komplimente. Zunächst konnte ich das nicht gut vertragen. Ich habe ihm nicht geglaubt, da mir noch nie jemand so viel Aufmerksamkeit geschenkt hat – und selbst jetzt noch, acht Monate später, habe ich mich nicht wirklich daran gewöhnt.

Ich bin mit einem Vater aufgewachsen, der meiner Mutter und mir ständig Schimpfworte an den Kopf geworfen hat. Für ihn war ich eine fette, faule Kuh. Vor Liam hatte ich zwei andere Beziehungen, mit einem Typen in der Schule und mit einem anderen erst letztes Jahr. Beide erwiesen sich als genauso grässlich wie mein

Vater, obwohl ich das zunächst natürlich nicht erkennen konnte. Ich fühlte mich einfach geschmeichelt, dass sich überhaupt jemand für mich interessierte. Wenn ich jetzt daran zurückdenke, zieht sich alles in mir zusammen – wie bemitleidenswert ich war, wie bedürftig, nur allzu bereit, meine eigenen Wünsche Menschen unterzuordnen, die das nicht verdienten.

Meinen ersten Freund, Dean, habe ich in der Schule kennengelernt. Erst als er Schluss machte, erfuhr ich, dass er mich die ganze Zeit betrogen hatte. Er betrachtete mich nicht einmal als seine Freundin, wie sich herausstellte – es ging nur um eine Wette, ob er es schaffen würde, mich in sich verliebt zu machen und mir die Jungfräulichkeit zu rauben. Ich habe sie ihm auf dem Silbertablett dargeboten. Bei der Erinnerung daran möchte ich immer noch vor Scham im Boden versinken. Sobald er sein Ziel erreicht hatte, verbreitete Dean überall in der Schule widerwärtige Lügen über mich. Am Ende verließ ich im letzten Jahr die Schule und bereitete mich zu Hause auf die Prüfungen vor, weil ich die Hänseleien nicht mehr ertrug.

Dann gab es noch Paul, den ich in dem Tierheim traf, in dem ich ehrenamtlich jobbte. Er war älter als ich und arbeitete für den Tierschutzbeauftragten der Stadt. Er brachte Hunde zu uns, die von der Polizei als gefährlich eingestuft wurden und eingeschläfert werden mussten. Paul wirkte lieb und fürsorglich, aber nach ein paar Verabredungen versetzte er mich an Silvester, und ich hörte nie wieder etwas von ihm.

Allmählich war ich zu der Überzeugung gelangt, dass alle Männer wie mein Vater waren, und wollte schon die

Hoffnung aufgeben. Da kreuzte Liam auf, wie ein Märchenprinz, und riss mich von den Beinen.

Als ich die Unterwäsche ausziehe, zittere ich. Die Heizung läuft nicht, und im Cottage ist es kühl. Daher steige ich schnell in die Wanne und lasse mich ins Wasser gleiten.

»Wie ist es?«, fragt Liam, der auf dem Wannenrand hockt, als ich mich vom Schaum umschmeicheln lasse.

»Herrlich«, sage ich.

»Ich werde mal die Heizung anstellen und Tee kochen. Ganz schön kühl, was?«

»Wir sind in Schottland«, lächele ich.

»Es ist aber noch Sommer«, klagt er.

»Immerhin haben wir Zentralheizung. Stell dir vor, wie es für die Kelten und Mönche gewesen sein muss, die früher hier lebten.«

Er grinst. »Stimmt. Ich bin froh, dass ich kein Mönch bin. Nicht nur aus diesem Grund.« Er zwinkert mir zu.

Sobald er fort ist, lege ich den Kopf nach hinten und hole tief Luft. Langsam atme ich wieder aus und spüre, wie sich meine verspannten Schultern lockern. Unvermittelt breche ich in Tränen aus. Melancholie überkommt mich wie ein plötzlicher Sturm im Sommer. Manchmal steigt die Traurigkeit wie aus dem Nichts auf, ein Tsunami des Leidens. Dann strömen die Tränen stumm über mein Gesicht und benetzen meinen Schoß, bevor ich auch nur merke, dass ich weine. Zu anderen Zeiten werde ich von gewaltigen Schluchzern geschüttelt und kann nichts tun, als den Kopf in einem Kissen zu vergraben und zu schreien, denn der Schmerz fährt mir wie eine Axt in den Bauch und bringt mich zu Fall; in diesen Augenblicken presse ich die Hände in die Seiten und schnappe nach Luft, weil ein Schluchzer in mir steckt und kein Ventil findet.

Ich vermisse meine Mutter so unendlich, wie ich es niemals für möglich gehalten hätte. Unser Verhältnis war ungewöhnlich eng, wir waren fast wie Schwestern; oder eher so etwas wie beste Freundinnen. Nachdem mein Vater, als ich fünfzehn war, an einem Herzinfarkt starb, gab es jahrelang nur uns beide. Ich hätte mir auch vorstellen können, für immer und ewig mit ihr zusammenzubleiben, aber sie wollte, dass ich in die Welt hinausgehe und mir ein eigenes Leben aufbaue – darauf hat sie strikt bestanden. Als ich nach meinem Uniabschluss einen Job fand, hat sie ihr Erspartes angebrochen, damit ich den Grundstock für ein Reihenhaus legen konnte. Aber selbst nach meinem Auszug verbrachte ich noch jede Woche einige Abende bei ihr. Wir aßen zusammen zu Abend und sahen *The Great British Bake-Off* oder *Escape to the Continent.*

Mum war es auch, die mich ermunterte, am örtlichen College Tiermedizin zu studieren, obwohl ich mir das nicht zutraute. Immer drängte sie mich, meinen Träumen zu folgen, auch wenn mir der Mut dazu fehlte. Das ist auch der Grund, warum ich jetzt hier bin – warum ich zugestimmt habe, die Flitterwochen nachzuholen. Ich gebe mir Mühe weiterzumachen, versuche, stark zu sein. Das ist mir wichtig, denn ich möchte das Andenken an meine Mum ehren. Sie würde nicht wollen, dass ich herumsitze und Trübsal blase. Sie würde wollen, dass ich mich zusammenreiße und mein Leben in die Hand nehme. Und vor allem würde sie sich wünschen, dass ich glücklich bin.

Sie hatte Liam sehr gern, daher finde ich es tröstlich,

dass sie es noch zu unserer Hochzeit schaffte. Es heißt, die Hochzeit sei der schönste Tag im Leben, aber in meinem Fall war es der schönste Tag im Leben meiner Mutter. Ich habe sie nie so glücklich gesehen. Die gesamte Zeremonie über weinte sie, und als sie ihre Unterschrift als Trauzeugin leistete, tropften ihre Tränen auf das Dokument. Nie werde ich ihren Blick vergessen, als ich im Brautkleid die Treppe hinabstieg, und ihre Stimme, als sie mir versicherte, ich sei wunderschön. Dann führte sie mich durch den Gang im Standesamt. Die Erinnerung an diesen Tag ist unauslöschlich: Liam küsste sie auf die Wange und hauchte *Danke*, als sie meine Hand in seine legte; danach sprachen wir den Schwur. Ich bin unendlich dankbar für diese Stunden, obwohl mich gleichzeitig die Wut darüber packt, dass es keine gemeinsamen Erlebnisse mehr geben wird.

Schnell wasche ich mir die Haare, indem ich meinen Kopf ins Wasser tauche – sorgsam darauf bedacht, mit dem Gesicht an der Wasseroberfläche zu bleiben –, und klettere aus der Wanne. Ich muss mich am Rand festhalten, weil sich meine Beine wie Watte anfühlen. Mit einem weißen Bademantel, der an der Tür hängt, trockne ich mich ab, dann ziehe ich Jeans und Wollsocken an, außerdem ein T-Shirt und einen dicken Pullover. Ich bin froh, dass ich warme Sachen mitgebracht habe. Das Wetter im hohen Norden Schottlands kann wechselhaft sein, das weiß ich.

Auf dem Weg aus dem Bad erblicke ich mich wieder im Spiegel und stelle missmutig fest, dass die Haaransätze deutlich zu sehen sind. Mein Haar ist nicht wirklich blond, sondern hat eher die Farbe schmutzigen Spülwassers. Außerdem bin ich totenbleich. Für einen kurzen Moment droht mein Vorsatz, stark zu sein, zu zerbröseln. Ich atme tief durch und zwinge mich zu einem Lächeln. *Neuanfang*, ermahne ich mich.

Als ich hinunterkomme, ist der Tee, den Liam gekocht hat, schon fast kalt. Ich nehme trotzdem ein paar Schlucke und setze mich dann zu Liam aufs Sofa. Er blättert in einem Buch. Ich schiele nach dem Titel: *A History of the Isle of Shura*. Eine Geschichte der Insel. Auf dem Cover prangt das Foto einer großen gotischen Burg.

»Hier gibt es eine Burg?«, frage ich.

Liam nickt. »Sie wurde auf den Ruinen des mittelalterlichen Klosters errichtet.« Er blättert weiter. »Mir war auch nichts davon bekannt. Auf der Website wurde sie jedenfalls nicht erwähnt. Wir sollten unbedingt hingehen und sie erkunden. Vielleicht kommen wir sogar hinein.«

Ich betrachte das Foto genauer. Die Burg mutet an wie einem Roman der Brontë-Schwestern entsprungen: Tausende von Spitzbogenfenstern und Türmchen und Wasserspeiern. Kein Wunder, dass die Menschen glauben, auf der Insel spuke es. Wenn ein Gespenst einen Ort für sein Unwesen suchte, würde es hier zweifellos fündig.

Liam schiebt mir einen Teller mit Shortbread hin. Ich schnappe mir eins, kann mich aber nicht überwinden, hineinzubeißen. Plötzlich ist mir übel. Mir ist heiß vom Bad, und mein Kopf schwirrt. Ich lege es wieder zurück.

»Die Burg hat sechshundert Jahre der Familie McKay gehört«, liest Liam vor. »Wahrscheinlich mussten sie verkaufen, weil der Unterhalt zu teuer wurde. Von so etwas habe ich schon häufiger gehört.«

Er blättert um.

»Ist das die Familie?«, erkundige ich mich, als ich ein weiteres Foto entdecke. Es zeigt einen Mann, eine Frau und einen etwa achtjährigen Jungen, die sich auf der Burgtreppe versammelt haben. Die massive Holztür hinter ihnen ist geöffnet und gibt den Blick frei auf die holzgetäfelte Eingangshalle mit Porträts und ausgestopften Tierköpfen an den Wänden.

Liam studiert die Bildunterschrift. »Andrew und Nancy McKay mit ihrem Sohn Elliot. Ja, scheint so, als seien das die letzten Besitzer gewesen. Das Buch ist vor sieben Jahren erschienen.«

Ich betrachte das Foto. Andrew, ungefähr in den Vierzigern, hat ein längliches Gesicht mit stechenden Augen. Er ist groß und sehnig und starrt missmutig in die Kamera, als wolle er einen Gegner niederstarren.

Seine Frau Nancy wirkt wie Mitte dreißig, eine schöne Frau mit wachem Blick. Sie ist offenbar sehr schlank und zart, ein Eindruck, der sicher noch einmal dadurch verstärkt wird, dass sie neben Andrew steht.

Elliot ähnelt seiner Mutter. Er ist schmächtig und hat sehr helle Haare, obwohl man die Farbe nicht bestimmen kann, da es sich um ein Schwarz-Weiß-Foto handelt. Aber er ist zweifellos blass, und um die Nase herum und an den Wangen kann man Sommersprossen erkennen. Neben ihm hockt ein großer Windhund, dem er die Hand auf den Rücken legt. Mir fällt auf, dass auch Nancy ihrem Sohn die Hand auf die Schulter legt. Andrew hingegen berührt weder seine Frau noch seinen Sohn oder den Hund, sondern hält sich abseits. Seine zu Fäusten geballten Hände hängen seitlich herab.

Liam klappt das Buch zu und greift zu einer Karte der Insel. Sie ist alt und zerknittert. Er breitet sie über unser beider Schoß aus und zeigt auf die Stelle, wo das Cottage eingezeichnet ist. »Hier sind wir«, sagt er. »Wir befinden uns am südöstlichen Ende der Insel.«

Ich schaue auf den Maßstab unter der Karte und rechne aus, dass die Insel ungefähr zwei Meilen lang und ungefähr eineinhalb Meilen breit sein muss. Die Burg liegt in der Inselmitte, zwischen dem Wald zur Rechten und den hoch aufragenden Klippen im Westen.

»Laut Buch soll es auch irgendwo ein altes Hügelgrab geben.« Liam klingt ganz aufgeregt.

Verwirrt schüttele ich den Kopf. »Was ist ein Hügelgrab?«

»In Hügelgräbern haben die Druiden und Pikten ihre Toten bestattet«, erläutert Liam bereitwillig. »Sie bestehen aus Steinblöcken und einer Erdkammer. Davon habe ich gerade in dem Buch gelesen. Vielleicht können wir es ja besichtigen.«

Mir fällt ein, dass auch der Wirt von alten Begräbnisstätten sprach. »Warum nicht«, meine ich und versuche, Begeisterung aufzubringen. Ich weiß ja, dass Liam sich brennend für Geschichte interessiert, daher werde ich mich wohl von ihm auf der Insel herumschleppen lassen, um dieses Hügelgrab aufzuspüren. »Hast du irgendeinen Hinweis darauf entdeckt, wo es liegt?«, erkundige ich mich.

Er schüttelt den Kopf. »Nein, aber wir werden es schon finden. Ich bin nicht umsonst Polizist.«

Ich betrachte die Karte. Der Wald scheint zwei Drittel der Insel einzunehmen, wobei er im Westen, wo die

Klippen beginnen, in Weideland übergeht. Ein gewaltiges Gebiet, wenn man etwas aufspüren will, das letztlich aus einem Erdhügel besteht.

»Hier scheint ein schöner Strand zu sein.« Liam zeigt auf einen langen Abschnitt auf der Nordseite. Das klingt schon verlockender. Mit ein bisschen Glück vergisst Liam die Idee, alte Gräber aufzuspüren, und möchte lieber dorthin.

»Vielleicht können wir dort picknicken«, schlage ich vor.

Er nickt und studiert weiterhin die Karte. Mir ist klar, dass er sie auswendig lernt. Er hat ein fotografisches Gedächtnis, der Glückliche: Namen, Gesichter und Dinge, die er einmal gesehen oder gehört hat, merkt er sich bis ins kleinste Detail. Selbst Gespräche behält er Wort für Wort im Kopf, auch solche, die wir vor Monaten geführt haben und die mir gänzlich entfallen sind. Das macht ihn zu einem brillanten Detective und Vernehmungsexperten. Während Liam noch über der Karte brütet, greife ich zu einem anderen Band. GÄSTEBUCH ist in Goldlettern in den Umschlag eingeprägt. Ich blättere darin herum, die Seiten sind alle leer. Dann halte ich überrascht inne.

»Er hat sich geirrt«, sage ich.

Liam schaut von der Karte auf.

»Der Fährmann«, erkläre ich und zeige Liam das Gästebuch. »Er hat doch gemeint, wir seien die ersten Gäste.« Auf der ersten Seite hat jemand etwas eingetragen, in einer krakeligen blauen Handschrift. »Das hier wurde letztes Jahr Weihnachten hineingeschrieben.«

»Sonderbar«, murmelt Liam, nimmt mir das Buch aus

der Hand und tippt auf das Datum. »Vielleicht waren das die letzten Besucher, bevor die Insel verkauft und das Cottage umgebaut wurde.«

Er liest den Eintrag laut vor. »Unser Aufenthalt fand leider ein überstürztes Ende, aber bis dahin war es wundervoll. Unsere Suche nach dem Hügelgrab war allerdings erfolglos. Ich freue mich schon auf unseren nächsten Besuch. Eine Warnung an andere Gäste: Halten Sie sich von den Klippen fern. Ein Sturz könnte fatale Folgen haben.«

Liam klappt das Buch zu und legt es auf den Couchtisch zurück. »Lust auf eine kleine Erkundungstour?«, fragt er und ist schon aufgesprungen.

»Um das Hügelgrab zu suchen?« Ich lächele ihn schief an.

Er schüttelt den Kopf. »Das machen wir morgen, wenn wir mehr Zeit haben. Lass uns die Burg auskundschaften. Die ist vermutlich leichter zu finden!«

4

Wir verlassen das Haus durch die Hintertür. Liam schließt ab, obwohl wir allein auf der Insel sind und es eher unwahrscheinlich ist, dass jemand einbrechen und uns ausrauben könnte. »Macht der Gewohnheit«, bemerkt er lachend und steckt den Schlüssel ein.

An der Hausseite sind Holzscheite aufgestapelt, sicher eineinhalb Meter hoch und mit einer Plane bedeckt. »Das reicht für einen ganzen Winter.« Liam nickt zu dem Stapel hinüber. »Und für den Sommer auch noch. Wahnsinn, ist das kalt. Wenn wir zurückkommen, mache ich erst einmal ein Feuer im Kamin.« Er verzieht das Gesicht und wickelt sich fester in seine Jacke. Dann nimmt er meine Hand, und wir spazieren in den Wald. Ich bin froh und dankbar, dass ich Schal und Winterjacke eingepackt habe.

Das Sonnenlicht dringt kaum durch die Baumwipfel, und wenn gelegentlich doch ein Sonnenstrahl die finsteren Äste durchbricht, scheint es fast, als fiele Licht durch Kirchenfenster. Auch die gedämpfte Stille hat etwas Sakrales. Ich atme tief durch, atme tief die frische Luft in die Lunge und gebe mich dem Gefühl von Freiheit hin, das in mir aufkeimt, einfach weil ich in der Natur bin. Ich fühle mich, als hätte ich die Vergangenheit hinter mir gelassen und würde nun die ersten zaghaften Schritte auf einem neuen Weg machen. Auf gewundenen Pfaden schlagen Liam und ich uns durch den Wald. In welche Richtung wir steuern, ist mir nicht ganz klar; der Boden ist feucht und moosbedeckt, und einen richtigen Pfad gibt es nicht. Im nächsten Moment habe ich die Orientierung verloren.

»Hier entlang«, sagt Liam, der uns mühelos durch den Wald lotst.

Nach wenigen Minuten erreichen wir eine Lichtung, auf die ich so schnell hinauswill, dass ich Liam in die Hacken laufe. Vor uns ragt die Burg auf – aber sie hat nicht die geringste Ähnlichkeit mit dem mächtigen Bau auf dem Foto. Sie ist eine Ruine. Ein Feuer hat ihre Eingeweide fast vollständig aufgefressen, sodass sie nun wie ein schwarzer, angenagter Kadaver vor uns liegt.

»Das ist vermutlich der Grund, warum sie auf der Website nicht erwähnt wird.« Liam lacht auf.

Ich starre die Ruine an und unterdrücke ein Schaudern. Obwohl es erst fünf Uhr ist und die Dunkelheit noch lange nicht hereinbrechen wird, werfen die geborstenen Dachbalken lange Schatten. Unwillkürlich muss ich an das Gespräch im Pub denken – all dieses Gerede von Gespenstern. Ist vielleicht jemand in den Flammen umgekommen?

»Wieso sie wohl abgebrannt ist«, überlege ich. »Ob jemand verletzt wurde?« Dabei fällt mir das Foto von Nancy, Andrew und Elliot ein.

Wir gehen am Rande der Lichtung entlang, in gebührendem Abstand zur Burg. Sie ist vier Stockwerke hoch, aber das Dach ist stellenweise eingebrochen, sodass die Sparren wie zersplitterte Rippen in den Himmel ragen. Ein Burgflügel wurde fast vollständig zerstört, während die andere Seite mehr oder weniger unversehrt blieb. Doch auch dort sind etliche Fenster zersprungen; vorwitzige Efeuranken wachsen ins Innere.

Die Fenster im Erdgeschoss wurden offenbar mit Brettern vernagelt, auch wenn ich mir nicht vorstellen kann, warum. Vielleicht kommen manchmal Kinder vom Festland zum Spielen hierher, auf der Suche nach ein bisschen verbotenem Spaß. Vermutlich will man jedoch eher Tiere fernhalten, damit sie nicht Besitz von der Burg ergreifen. Sonderbar, dass man den Bau nicht abgerissen hat, aber das ist vielleicht zu teuer und der Mühe nicht wert. Irgendwann wird die Natur alles zurückerobern; sie hat ja bereits damit angefangen.

Die Rückseite der Burg befindet sich in einem noch schlimmeren Zustand. Stellenweise sind die Mauern gänzlich eingefallen, sodass die Ruine wie ein offenes Puppenhaus anmutet. In einem der Zimmer im oberen Stockwerk kann ich sogar eine Blümchentapete erkennen, verblasst und fleckig, und im ersten Stock steht ein einsames Schaukelpferd in einem Raum, der vermutlich das Kinderzimmer war. Wie viele Erinnerungen ein Haus doch bewahrt, fährt es mir durch den Kopf – vielleicht brennen sie sich sogar in Backsteine und Mörtel.

»Sollen wir mal versuchen, ob wir diesen Strand finden?«, fragt Liam und stupst mich am Ellbogen an.

Ich nicke, denn ich will nur fort von diesem Ort und seiner unheimlichen Ausstrahlung. Aus irgendeinem Grund fühle ich mich hier unbehaglich.

Wir tauchen wieder in den Wald ein. Liam leitet uns sicher zwischen den Bäumen hindurch und bahnt uns den Weg durch Farn und Unterholz. Wie lange es wohl her sein mag, dass jemand genau dort entlanggeschritten ist, wo meine Füße den Boden berühren?, überlege ich. Man könnte leicht meinen, wir seien die einzigen Menschen in dieser Welt oder seien sogar in ein anderes Zeitalter zurückversetzt worden.

Als wir nach einem Marsch von zehn Minuten den Strand erreichen, schnappe ich vernehmlich nach Luft. Es ist ewig her, dass ich mich richtig bewegt habe, und zu meinem Entsetzen wird mir klar, dass ich völlig außer Form bin. Das kommt davon, wenn man immer zu Hause hockt, im Bett herumliegt und Trübsal bläst. Sonst bin ich dreimal die Woche joggen gegangen und habe im Vorjahr sogar einen 10-Kilometer-Benefizlauf absolviert, um Geld für die Krebshilfe einzutreiben. Jetzt beschleichen mich Zweifel, ob ich, selbst wenn es um mein Leben ginge, von einer Seite der Insel zur anderen rennen könnte.

Der Strand erstreckt sich über eine knappe halbe Meile und ist wahrscheinlich der schönste Ort, den ich je gesehen habe. Der Blick zur anderen Seite des Fjords ist spektakulär: Berge ragen in der Ferne auf, dunkel und schattenhaft. Mir fällt die Verfilmung von *Der Herr der Ringe* ein, mit all ihrer Majestät und ihrer Aura einer anderen Welt. Das Gefühl des Grauens, das mich an der Burg überkam, ist wie weggeblasen.

Hand in Hand schlendern Liam und ich über den Strand. Der Wind schlägt uns entgegen, als würde uns jemand Fäuste ins Gesicht jagen. »Woran denkst du?«, fragt Liam nach einer Weile.

Tatsächlich hatte ich mich, den Blick aufs Wasser gerichtet, in Erinnerungen verloren. Um ehrlich zu sein, waren meine Gedanken zu meiner Mutter gewandert – wie sie es häufig tun –, aber das kann ich nicht zugeben. Liam macht sich natürlich Sorgen wegen meiner Depression und möchte, dass ich glücklich bin. Daher antworte ich mit einem Lächeln: »Ich musste gerade an unsere Hochzeit denken.«

»Und woran genau?«, hakt Liam nach.

»Einfach, wie perfekt alles war«, erwidere ich und lehne mich an ihn.

»Obwohl es nicht die rauschende Hochzeit war, die du dir erträumt hast?« Er schaut mich unsicher an.

Das hat er mich schon häufiger gefragt, und ich habe ihm stets versichert, dass unsere Hochzeit in ihrem bescheidenen Rahmen alles war, was ich mir wünschte. Trotzdem fürchtet er immer noch, ich hätte mir eigentlich ein prunkvolles Fest erträumt und fühlte mich nun betrogen.

»Sie entsprach absolut meinen Vorstellungen«, beteuere ich ihm aufs Neue. »Es hätte nicht schöner sein können.«

Liam legt mir den Arm um die Schultern. »Da kann ich dir nur zustimmen«, sagt er und drückt mir einen Kuss auf den Kopf.

Mein Lächeln muss sich verflüchtigt haben, vielleicht weil die Erinnerungen an unsere Hochzeit so bittersüß sind, denn Liam runzelt plötzlich die Stirn. »Was ist?«

»Nichts.« Ich versuche, das Gefühl zu verscheuchen. »Mir geht es gut. Alles bestens.«

Er soll nicht glauben, ich wolle unsere Flitterwochen durch meine Übellaunigkeit ruinieren. Bei den ersten ist es mir ja schon gelungen. Wir konnten unser junges Glück nie wirklich genießen, da meine Mum am Tag nach der Hochzeit starb. Wir waren bereits auf dem Weg zum Flughafen, als mich der Anruf ihrer Nachbarin erreichte.

»Deine Mum würde nicht wollen, dass du traurig bist, das weißt du«, sagt Liam, meine Gedanken erratend. »Sie würde wollen, dass du unbeschwert und fröhlich bist.«

Das hatte ich mir zuvor im Bad schon selbst vorgeworfen, daher nicke ich bloß und schlucke. In meinem Hals hat sich ein dicker Kloß gebildet. »Ich begreife nur nicht, warum sie sterben musste«, flüstere ich und wünsche bereits im nächsten Moment, ich hätte meinen Gedanken für mich behalten.

Meine Mutter hatte Brustkrebs. Vier Jahre lang hat sie dagegen angekämpft, aber sie sprach gut auf die Behandlung an, und die Ärzte hegten große Hoffnungen, dass sie es schaffen würde. Das ist so ungerecht. Sie hätte uralt werden sollen. Sie hätte Großmutter werden sollen. Sie hätte nicht derart früh sterben dürfen. Mit dieser Ungerechtigkeit kann ich mich immer noch nicht abfinden.

»Das Beste, was du tun kannst, ist, dein Leben zu leben«, klärt Liam mich auf. »Und glücklich zu sein – ihr zuliebe. Das ist es, was sie gewollt hätte.«

»Ich weiß.« Ich gebe Liam einen Kuss auf die Wange. »Isis wäre begeistert von der Insel«, setze ich hinzu, das Thema wechselnd. »Schade, dass wir sie nicht mitnehmen konnten.«

»Isis ist gesund und munter, mach dir mal keine Sorgen«, antwortet Liam, während wir weiter den Strand entlangspazieren. »Die Hundepension ist ja eher ein luxuriöses Hunde-Spa. Der Preis ist horrend.«

Ich lache. Dabei haben wir noch einen Rabatt bekommen, weil ich den Betreiber aus meiner Zeit beim Tierarzt kenne. Unser Labradormischling Isis wird sicher gut versorgt, aber ich vermisse sie trotzdem. Sie leistet mir tagsüber Gesellschaft, wenn Liam bei der Arbeit ist. Oft bleibt sie bei mir und liegt auf meinen Füßen, wenn ich zu müde oder zu traurig bin, um mich aus dem Bett zu quälen. Es ist ein sonderbares Gefühl, jetzt ohne das Tier zu sein, als würde mir ein Glied fehlen. Ständig halte ich Ausschau nach Stöckchen, die ich für sie werfen könnte.

»Ist dir klar, dass dies unser erster gemeinsamer Urlaub ist?«, fragt Liam. »Kaum zu glauben, oder?«

Ich lächele. Liam und ich durchlebten eine stürmische Romanze und waren nur sechs Monate später verheiratet. Nach Liams Heiratsantrag beschlossen wir, nicht lange zu fackeln. Wir konnten es kaum erwarten, Mann und Frau zu sein, und die Vorstellung, erst monatelang zu planen und Geld zum Fenster hinauszuwerfen, fanden wir beide widersinnig. Hinzu kam, dass es wegen der Krankheit meiner Mutter ratsam schien, das Ganze nicht auf die lange Bank zu schieben. Ständig hatte ich den Gedanken im Hinterkopf, wie kostbar die Zeit doch war; man wusste ja nie, in welche Richtung sich ihr Gesundheitszustand entwickeln würde. Liam wiederum wünschte sich einen bescheidenen Rahmen, oder wie er es ausdrückte: Das ist *unser* besonderer Tag, es ist *unser* Gelöbnis, andere geht das gar nichts an. Und es *war* ja auch ein wundervoller Tag. Der letzte wundervolle Tag.

Es ist schon komisch, grübele ich, wie sich der schönste Tag des Lebens in den schlimmsten verwandeln kann.

»Wo möchtest du sonst noch hin?«, erkundigt sich Liam. »Was möchtest du von der Welt gesehen haben, bevor du das Zeitliche segnest?«

»Paris, Australien, Vietnam, Rom, Costa Rica …«, rattere ich ein paar Orte von meiner ellenlangen Liste herunter.

»Du hast dir ja wirklich Gedanken gemacht«, witzelt er.

Das habe ich tatsächlich, denn ich bin noch nicht viel herumgekommen. Als ich klein war, hatten wir nicht viel Geld. Die Sommerferien verbrachten wir in einem Wohnwagen an der Südküste, meist in Broadstairs oder Hastings. Nach dem Tod meines Vaters benutzten meine Mum und ich einen Teil des Geldes aus seiner Lebensversicherung, um auf die Kanarischen Inseln zu fahren. Das war ein herrlicher Urlaub. Wir lagen die ganze Woche am Pool, lasen und spielten Karten. Damals bin ich zum ersten Mal in meinem Leben geflogen.

Einmal war ich auch in Spanien, mit zwei Freundinnen, die ich bei meinem Tiermedizinstudium kennengelernt hatte. Es war eine Pauschalreise für junge Leute, die vor allem feiern wollten, und das war nichts für mich. Meine Freundinnen wollten sich betrinken und in Clubs herumhängen. Da ich zu schüchtern war, blieb ich meist zu Hause, um zu lesen.

»Was wäre denn dein Traumurlaub, wenn du dich entscheiden müsstest?«, bohrt Liam nach.

»Eine Safari in Afrika«, erwidere ich, ohne zu zögern. Davon habe ich schon als Kind geträumt. Damals war ich geradezu besessen von den Naturfilmen von Richard Attenborough. »Aber wenn ich ehrlich sein soll«, füge ich schnell hinzu und zeige auf die Aussicht, »ist dies mein Traumurlaub. Es sind die perfekten Flitterwochen.«

»Besser als Griechenland?«

»Besser als Griechenland«, sage ich, und das meine ich auch so. »Hier haben wir eine ganze Insel für uns. Drüben müssten wir sie teilen.«

Liam grinst.

»Danke, dass du diesen Urlaub gebucht hast. Ich weiß das wirklich zu schätzen«, erkläre ich.

»Gern geschehen«, antwortet Liam sichtlich erfreut. »Na los, lass uns zurückgehen.«

5

Ich spüre Liams Blick auf mir ruhen, als ich vor dem Kühlschrank knie und Zutaten für unser Dinner heraushole. Als ich mich umdrehe, stelle ich fest, dass er mich mit diesem Lächeln betrachtet, das mir jedes Mal die Fassung raubt. Fast hätte ich die Lebensmittel fallen lassen. Seine Miene verrät Begehren und Stolz. Ich erwidere sein Lächeln. »Was?«, frage ich mit glühenden Wangen.

»Nichts.« Er grinst. »Darf ein Mann seine Frau nicht bewundern?«

Ich erröte noch stärker, da ich mich immer noch nicht daran gewöhnt habe, dass er mich seine Frau nennt. Ein sonderbares Gefühl.

»Es ist einfach schön, dich summen zu hören«, meint er.

Ich hatte gar nicht gemerkt, dass ich gesummt habe. Das irritiert mich und entlockt mir schließlich ein Lächeln. Nacheinander lege ich Knoblauch, Jakobsmuscheln und Schinken auf den Küchentresen.

»Was gibt es denn?« Liam tritt näher und schlingt mir die Arme um die Taille.

»Ich wollte Fettuccine mit Jakobsmuscheln und Parmaschinken kochen«, antworte ich, als ich die Muscheln auswickele. »Die müssen wir zuerst essen, weil sie sonst verderben.«

Er nickt und legt das Kinn auf meine Schulter. »Klingt großartig. Kann ich irgendwie helfen?«

Ich schüttele den Kopf. »Alles im Griff.« Ich entziehe mich ihm, um Wasser in einen Topf zu füllen.

Liam öffnet eine Flasche Rotwein und schenkt sich ein Glas ein. Er fragt mich, ob ich ein Glas Weißwein möchte, aber ich lehne ab. Wegen der Medikamente soll ich keinen Alkohol trinken. An den Tresen gelehnt, nippt er an seinem Wein und beobachtet jede meiner Bewegungen. Er schaut mir gern beim Kochen zu. Das sei eine Art Fortbildung, sagt er immer, er selbst könne ja bestenfalls ein Ei kochen. Außerdem findet er das sexy.

Ich weiß nicht, was sexy daran sein soll, Jakobsmuscheln zuzubereiten, aber ich nehme das Messer entgegen, das er aus der Schublade holt, säubere die Muscheln und umwickele sie mit Schinken. Mein Magen kämpft gegen die Übelkeit an, und ich muss die Zähne zusammenbeißen, damit mir nicht alles hochkommt. Der Appetit bleibt aus, trotz der Wanderung und all der frischen Luft.

Als ich den Knoblauch schäle, versuche ich mich an die einzelnen Zubereitungsschritte zu erinnern; wegen des fehlenden Empfangs kann ich nicht in meinem Handy nachschauen. Eine gute Köchin war ich nie, aber in den letzten Monaten bin ich eine geworden – was nicht einer gewissen Ironie entbehrt, da ich in derselben Zeit den Appetit verloren habe. Während meines Kampfes gegen die Depression war ich nicht in der Lage, meine geliebten Romane und Thriller zu lesen, und habe stattdessen in Kochbüchern geblättert. Jeden Abend stand für Liam, wenn er nach Hause kam, ein Essen auf dem Tisch. Immerhin hatte ich so das Gefühl, etwas Sinnvolles mit meinem Tag anzustellen, zumal Liam das wirklich zu würdigen wusste. Liam ist nur mit seiner Mutter aufgewachsen und war ein Schlüsselkind; zum Abendessen lief immer der Fernseher. Als Erwachsener arbeitete er dann zu den unmöglichsten Zeiten und war ständig unterwegs, weshalb er nach eigenem Bekenntnis von Junkfood und Fertignudeln lebte.

Meine Mum würde lachen, wenn sie sehen könnte, wie gut ich mittlerweile koche. Ich war verwöhnt, denn sie tischte jeden Abend ein selbst gekochtes Essen auf, und auch nach meinem Auszug kochte sie noch mehrmals in der Woche für mich. An den anderen Tagen öffnete ich mir eine Dosensuppe oder aß Fertiggerichte von Marks & Spencer. Meine kulinarischen Fähigkeiten erschöpften sich in dem Wissen, wie man die Mikrowelle bedient. Jetzt hingegen kann ich ein Drei-Gänge-Menü zaubern, das jeden Chefkoch mit Michelin-Stern vor Neid erblassen ließe – wollte man Liam Glauben schenken, jedenfalls.

Als ich mich bücke, um die Zitronenpresse aus der Schublade zu nehmen, tritt Liam von hinten an mich heran und presst sich an mich. »Du bist so scharf«, raunt er, vergräbt sein Gesicht in meinen Haaren und küsst mich auf den Nacken.

Meine Beine werden weich, wie immer, wenn er mich berührt. Ich drehe mich zu ihm um. Er drängt mich gegen den Tresen und küsst mich. Schnell wallt Hitze zwischen uns auf; er streichelt meinen Nacken, mein Atem geht stoßweise. Erst als ich die Pfanne hinter mir zischen höre, entwinde ich mich ihm und greife lachend danach, damit das Öl nicht alles vollspritzt.

»Ich werde mich benehmen«, sagt Liam ebenfalls lachend und zieht sich zurück, um sich nachzuschenken.

Ich lege die Jakobsmuscheln in die Pfanne und höre, wie wunderbar es brutzelt, als der Schinken anbrät. Man muss gut achtgeben, damit die Jakobsmuscheln nicht austrocknen und die Pasta wirklich al dente ist. Es gibt nichts Schlimmeres als Nudeln, die zu kurz, und Meeresfrüchte, die zu lange gegart wurden.

Zwanzig Minuten später stelle ich zwei Teller auf den Tisch und quetsche schwungvoll ein bisschen Zitrone über die Muscheln. Ich nehme Liam gegenüber Platz und schaue zu, wie er den ersten Bissen in den Mund steckt. Er kaut bedächtig, dann tritt ein Lächeln in sein Gesicht. »Unglaublich«, sagt er. »Du solltest dich bei *MasterChef* bewerben.«

Ich erwidere sein Lächeln, froh, dass ihm das Essen schmeckt. Dann probiere ich selbst ein wenig. Ich schmecke allerdings nichts, und die schlüpfrige, fast fleischige Textur der Muscheln ist mir zuwider. Letztlich schiebe ich mein Essen nur auf dem Teller hin und her.

»Hast du eigentlich mal überlegt, ob du wieder arbeiten gehen möchtest?«, fragt er, während er nach dem Salz greift.

»Keine Ahnung«, antworte ich zögernd. »Ich meine, irgendwann will ich das natürlich.« Meine Stelle bei dem Tierarzt habe ich kurz nach dem Tod meiner Mutter erst einmal aufgegeben, weil ich es in meiner depressiven Stimmung nicht schaffte, dort aufzutauchen. »Ich vermisse meinen Beruf«, gestehe ich. »Den Umgang mit Tieren.«

»Vielleicht kannst du ja bald wieder anfangen«, fährt er fort. »Ich meine, wenn du dich der Sache gewachsen fühlst. Ohne jeden Druck natürlich.«

Ich hole tief Luft und lasse es dann heraus: »Das könnte noch ein paar Monate dauern, fürchte ich.«

»Natürlich«, sagt er. »Lass dir Zeit. Bist du fertig?« Er zeigt auf meinen Teller.

Ich schaue auf mein Essen und merke, dass ich außer dem ersten Bissen nichts zu mir genommen habe. Trotzdem nicke ich. »Möchtest du einen Nachtisch?« Ich stehe auf, um abzuräumen.

»Unbedingt«, meint er.

Ich stelle die Teller in die Spüle und will zum Kühlschrank treten, aber Liam packt mein Handgelenk und zieht mich auf seinen Schoß.

»Doch keinen Nachtisch?«, frage ich kokett.

Er grinst. »Ich will dich.«

Er küsst die Stelle an meinem Hals, die mir immer die Luft raubt. Ich schließe die Augen. Ein Schauer läuft mir über den Rücken. Seine Berührungen sind Feuer und Eis gleichermaßen, fast schon schmerzhaft, wie das Brennen von Schnee auf der Haut. Seine Hände gleiten unter meinen Rock. Er stöhnt.

Bei unseren ersten Begegnungen war ich ziemlich unbedarft. Ich hatte erst zwei Freunde gehabt, denen nichts daran lag, mir Lust zu bereiten – Hauptsache, sie selbst hatten ihren Spaß. Liam musste die Führung übernehmen. Ich war schüchtern und unsicher, und das bin ich auch heute noch. Aber es ist schon viel besser geworden.

Wir lieben uns auf dem Küchentisch. Liam zerrt an seinem Gürtel und reißt sich in seiner Hektik die Hose herunter. Ich stütze mich mit einer Hand an der Wand ab und höre meine eigenen Lustschreie. Sie klingen, als kämen sie aus weiter Ferne, von einer anderen Frau. Nur Liams Hände, die sich in meine Oberschenkel krallen, und seine Stimme holen mich in die Wirklichkeit zurück.

Als wir fertig sind, zieht Liam die Hose wieder hoch, und ich springe mit zittrigen Beinen vom Tisch. Liam umarmt und küsst mich. »Ich liebe dich, Laura Carrington«, murmelt er an meinen Lippen.

»Ich liebe dich auch«, antworte ich und schaue in seine eisblauen Augen.

Wie bin ich nur an diesen Mann gekommen? Womit habe ich ihn verdient? Vermutlich war es doch Schicksal, wie Liam immer behauptet.

Er nimmt mein Gesicht in die Hände und küsst mich wieder, diesmal ganz sanft. Dann schlägt er vor, nach oben zu gehen.

Im Bett liege ich neben ihm und lausche. Hier gibt es keinen Straßenlärm, keine Sirenen oder Hupen, aber die Stille ist fast genauso ohrenbetäubend. Es braucht eine Weile, bis ich mich an das Dröhnen in meinen Ohren gewöhnt habe.

Dann schließe ich die Augen und falle zum ersten Mal seit Monaten mühelos in den Schlaf.

6

Tag 2

Noch vor Sonnenaufgang wache ich auf. Schnell rechne ich aus, dass ich mindestens acht Stunden geschlafen haben muss. Normalerweise komme ich mit wesentlich weniger aus – mit höchstens vier, fünf Stunden –, und dann ist es meist so, als würde ich aus dem Koma erwachen und mich mit den Fingernägeln in den Zustand der Wachheit zerren. An solchen Tagen dauert es eine Weile, bis sich die Bruchstücke meines Lebens wieder zusammensetzen und die Erinnerung wiederkehrt. Ich mag diesen magischen Moment, wenn ich mich, manchmal eine ganze Minute lang, nicht an den Tod meiner Mutter erinnere. Ich wünschte, ich könnte für immer in dieser Lücke zwischen zwei Welten leben.

An diesem Morgen fühle ich mich anders: munter, aufmerksam und voller Vorfreude auf das, was der Tag bringen mag. So habe ich mich schon seit Monaten nicht mehr gefühlt, und ich kann nur hoffen, dass diese Verfassung anhält. Ich krame in meinem Kulturbeutel nach den Antidepressiva. Nun, da sie zu wirken beginnen, möchte ich es nicht vermasseln. Ich nehme zwei Tabletten, außerdem die

Pille. Während Liam immer noch tief und fest schläft, koche ich mir einen Tee, trete mit der Tasse vor die Tür und schlendere an den steinigen Strand vor unserem Cottage hinunter.

Mittlerweile geht die Sonne auf und malt Streifen an den rosafarbenen Himmel. Nur wenige Wolken sind zu sehen. Der Tag verspricht, wunderschön zu werden. Was wohl aus dem Unwetter geworden ist, das der Fährmann ankündigte? Von all diesem Gerede über Ungewitter und schreckliche Ereignisse hat sich nichts bewahrheitet.

Ich atme die kristallklare Luft ein paarmal tief ein und blicke staunend auf das spiegelglatte Wasser. Es ist schwer, sich in Erinnerung zu rufen, wie schwarz und drohend der Fjord gestern aussah. Heute wirkt er so einladend, dass ich fast versucht bin, meine Zehen hineinzuhalten. Dann fällt mir wieder ein, wie kalt das Wasser sein soll, und ich nehme lieber Abstand von der Idee. Ich stelle meine Tasse ab, spaziere ein Stück am Wasser entlang und halte nach großen Steinen Ausschau. Mit ein paar kleinen Felsbrocken im Arm suche ich mir eine Stelle, die bei Flut nicht erreicht wird, und baue dort ein Steinmännchen. Sie sorgsam ausbalancierend, stapele ich meine Fundstücke aufeinander, bis das Männchen kniehoch ist.

Als die Sonne schließlich höher am Himmel steht, kehre ich zu meinem Tee zurück und setze mich mit geschlossenen Augen ins Licht. Das Gesicht von der Brise umweht, formen sich in meinem Kopf Bilder von meiner Zukunft. Das ist mir seit vielen Monaten nicht mehr passiert. Ich stelle mir die sechs Tage vor, die Liam und ich auf dieser Insel verbringen werden, dann springen meine Gedanken über die Flitterwochen hinaus, und ich überlege, wie ich in die wahre Welt zurückkehren könnte. Zu Liam hatte ich gesagt, dass ich sicher noch eine Weile bräuchte, aber jetzt frage ich mich, ob ich nicht doch schon früher bereit bin. Ich spüre eine deutliche Veränderung, und in Wahrheit vermisse ich meine Arbeit. Mir fehlen die Gespräche mit den anderen und auch die Tiere und das Gefühl, etwas für sie tun zu können. Eigentlich möchte ich unbedingt zurück. Ich muss nur irgendwie den Absprung hinbekommen.

Schritte knirschen über den Kies. Ich öffne die Augen, drehe mich um und sehe Liam näher kommen. Ich winke. Nachdem er mich erreicht hat, setzt er sich neben mich, legt mir den Arm um die Schultern und küsst mich auf die Schläfe. »Guten Morgen«, sagt er.

»Guten Morgen«, antworte ich, während er meine Tasse klaut und einen Schluck von dem kalten Tee nimmt.

»Als ich aufgewacht bin, warst du nicht mehr da. Ich habe mir Sorgen gemacht«, erklärt er.

Ich schüttele belustigt den Kopf. »Ich wollte dich nicht aufwecken«, erwidere ich. »Es gibt keinen Grund zur Besorgnis. Wo hätte ich schon hingehen sollen?«

Er gähnt und schaut auf den Fjord. »Wahnsinn, ist das schön«, murmelt er, während er den Anblick auf sich wirken lässt.

»In der Tat«, stimme ich zu. Heute scheint die Sonne, und mir ist in dem Pullover schon zu warm.

»Wie fühlst du dich?«, erkundigt sich Liam.

»Gut.« Ich nicke.

Er schaut mich mit zusammengekniffenen Augen an, als zweifele er an der Aufrichtigkeit meiner Antwort. Ich lächele beruhigend. »Ich habe wunderbar geschlafen«, setze ich hinzu. »Das muss die frische Luft sein. Und wie war deine Nacht?«

Er nickt. »Auch gut. Wie ein Stein in Schlaf gesunken.«

Dann bemerkt er das Steinmännchen ein Stück weiter. »Hast du das gebaut?«

Ich lache unsicher. »Mhm. Eine kleine Gedenkstätte für meine Mum.« Bei den Worten krampft sich mein Magen zusammen, und in meiner Kehle steigt dieser bittere Geschmack auf, den ich jedes Mal wahrnehme, wenn ich an meine Mutter denke. »Ihr hätte es hier gefallen«, sage ich traurig. Ich wünschte wirklich, sie und ich hätten die Reise unternommen, von der wir immer träumten.

Liam runzelt die Stirn, als ich von meiner Mutter rede. Damit sich seine gute Laune nicht eintrübt, drücke ich schnell seine Hand. »Sollen wir frühstücken?«

Liam nickt. »Gern. Und dann, schlage ich vor, könnten wir ein wenig wandern gehen.«

»Lass mich raten.« Ich kann mir ein Grinsen nicht verkneifen. »Wir machen uns auf die Suche nach dem Hügelgrab?«

»Warum nicht?«, gibt er lachend zurück. Er ergreift meine Hand und zieht mich auf die Füße, dann kehren wir ins Cottage zurück, wo ich ein Frühstück aus Rührei und Toast zaubere. Ich bringe sogar ein paar Bissen hinunter, was ein gutes Zeichen ist, obwohl mein Magen geschrumpft und schnell voll ist.

Liam hat es eilig loszukommen, um das sonnige Wetter bestmöglich zu nutzen, also sprinte ich nach oben und werfe mir einen Pullover über, einen blauen, superweichen Kaschmirpullover, der meine Augen zur Geltung bringt.

»Die Farbe steht dir wunderbar«, stellt Liam fest, als ich die Treppe wieder hinuntersteige.

»Du hast eben einen guten Geschmack«, scherze ich. Immerhin war er es, der mir den Pullover gekauft hat.

»Das stimmt.« Er zwinkert mir zu.

Wir verlassen das Cottage, und Liam schließt hinter uns ab. Dann schlendern wir den Strand entlang. Irgendwann endet er im Nichts, und wir müssen uns dem Inneren der Insel zuwenden, dem Wald auf der Westseite, der auf die Klippen zuführt.

»Wonach suchen wir eigentlich genau?«, frage ich Liam, während wir uns einen Weg durch den Wald bahnen.

»Normalerweise bestehen Hügelgräber aus einem Erdhügel, der manchmal mit Steinen bedeckt ist; ähnlich dem Steinmännchen, das du am Strand aufgeschichtet hast«, erläutert er, ganz in seinem Element. »Das hiesige Grab stammt aus dem sechsten Jahrhundert. Dort haben die alten Stämme, die Pikten und Kelten, ihre Toten begraben.«

»Es handelt sich also wirklich um eine Begräbnisstätte?«

»Klar.«

»Aha.« Ich begreife nicht recht, warum man sich so etwas anschauen sollte. Mein Unbehagen behalte ich aber für mich, da Liam vollkommen versessen darauf ist, das Grab zu finden.

»Oftmals war es folgendermaßen: Sobald das Christentum sich erstmals an einem bestimmten Ort festgesetzt hatte, errichteten die Menschen ihre Kirche über den alten heidnischen Kultstätten«, erklärt Liam. »Daher halte ich es für naheliegend, in der Gegend der mittelalterlichen Kapelle zu suchen. Die ist auch auf der Karte verzeichnet.«

Ich folge ihm durch den Wald. Doch er ist so beseelt von seiner Mission, die Kapelle zu finden, dass ich kaum mit ihm Schritt halten kann.

»Wer ist denn in dem Hügelgrab beerdigt?«, erkundige ich mich.

Liam zuckt mit den Achseln. »Keine Ahnung. Jemand Wichtiges vermutlich. Die Pikten und Kelten haben ihre Toten nicht immer beerdigt. Irgendwo habe ich gelesen, dass sie die Leichen von Verbrechern im Freien liegen ließen, damit sie von den Tieren und den Elementen vernichtet wurden. Menschen, die in Hügelgräbern beerdigt wurden, waren vermutlich VIPs – Könige oder Priester –, aber mit Bestimmtheit kann das niemand sagen.«

Ich denke darüber nach und überlege, ob man je Frauen für wichtig genug gehalten hat, um sie mit großem Zeremoniell zu begraben. Vermutlich nicht.

»Hat man den Gräbern auch Kostbarkeiten hinzugefügt, wie die Wikinger es taten?«

»Und die Römer«, fügt Liam hinzu. »Ich vermute schon, ja. Es gibt Hinweise darauf, dass man auch Menschenopfer darbrachte.« Liam steigert sich jetzt in das Thema hinein. »Bei den Opfern handelte es sich meist um Menschen, die irgendetwas Schlimmes angestellt, also ihren Stamm betrogen oder Verrat begangen hatten. Der Stamm opferte sie den Göttern. Augenscheinlich hat man sie noch gefoltert, bevor man sie umbrachte. Man hat ihnen zahlreiche Messerstiche zugefügt oder ihnen sogar die Eingeweide herausgerissen und sie verbluten lassen.«

Ich werfe ihm einen schiefen Blick zu und verziehe das Gesicht. »Das ist ja grauenhaft.«

Liam lacht. »Manchmal vergesse ich, dass du nicht so hart im Nehmen bist.«

Und ich vergesse manchmal, dass er gegen Grausamkeit und Gewalt immun ist, dank der vielen Verbrechen, die er schon zu Gesicht bekommen hat. Wird man derart oft zum Zeugen des Schlimmsten, dessen Menschen fähig sind, wie Liam, entwickelt man vermutlich eine dicke Haut.

»Damals hatte man einfach ein anderes Rechtssystem«, klärt er mich auf. »Man kannte keine Polizei, keine Jurys, keine Richter. Für die Menschen damals war das eine sinnvolle Maßnahme, weil sie eine abschreckende Wirkung hatte. Auge um Auge, in dem Sinn. Sicherheit und Überleben des Stamms hingen davon ab.«

Ich nicke. Mir ist klar, dass Liam unsere gegenwärtige Justiz für einen Witz hält. Angeblich kommen viele Kriminelle sogar mit einem Mord davon, oft wegen reiner Formfragen. Gefängnisstrafen haben für Liam keinerlei abschreckende Wirkung, und für die übelsten Verbrecher fordert er sogar die Todesstrafe. Ich kann ihm da nur schwer folgen. Andererseits hat er ständig mit diesen Dingen zu tun und sieht auch, wie viele Leben diese Leute zerstören. Vielleicht sind manche Menschen auch so böse, dass man sie nicht wieder integrieren kann und ihr Tod die beste Alternative wäre.

»Woher weißt du das alles eigentlich, das mit den Hügelgräbern und den Pikten und den Kelten?«, frage ich Liam, während wir auf der Suche nach der Kapelle weiter durch den Wald wandern.

Er zuckt mit den Schultern. »Geschichte war schon in der Schule mein Lieblingsfach. Das Einzige, in dem ich immer Bestnoten hatte. Hier entlang«, unterbricht er sich plötzlich und schiebt sich zwischen zwei Stechpalmenbüschen hindurch.

Ich folge ihm auf eine kleine Lichtung, auf der eine erstaunlich gut erhaltene Steinkapelle steht – wenn man davon absieht, dass sie mit Efeu überwuchert ist, die Fenster fast alle zersprungen sind und in den Fugen das Unkraut wächst. Sie muss oft umgestaltet worden sein; der Bau mutet eher viktorianisch als mittelalterlich an.

So unheimlich wie die Burg ist die Kapelle nicht, aber wie sie so daliegt, im Schatten der Bäume, mit den zersprungenen Fenstern und den bemoosten Steinen, wirkt sie auch nicht gerade einladend. Sie strahlt etwas Verlassenes aus, was die verstreuten Grabsteine, die umgestürzt und teilweise von Unterholz überwuchert sind, nur noch verstärken.

Liam betrachtet die Kapelle. »Hier hätten wir auch heiraten können«, sagt er.

Ich werfe ihm einen überraschten Blick zu. Soll das ein Witz sein? Doch Liam meint das offenbar ernst.

»Das ist eine Kirche«, entgegne ich. »Du hast doch gemeint, du willst nicht kirchlich heiraten.«

»Mir gefiel nur die Idee nicht, von einem Priester getraut zu werden. Und an diese dümmlichen Rituale glaube ich auch nicht. Aber das Ambiente hier gefällt mir«, erklärt er.

Ich betrachte die finstere, abweisende Kapelle. Mir ist nicht ganz klar, was man daran mögen kann. Der Bau erinnert eher an einen Horrorfilm als an eine romantische Komödie. »Ich bin mir nicht sicher, ob die Leute den weiten Weg auf sich genommen hätten«, gebe ich zu bedenken.

»Es ist ja nicht so, dass wir viele Leute eingeladen hätten«, erwidert er. »Außer deiner Mutter.«

Ich nicke. Das ist schon richtig. Liams Mutter ist tot, und seinen Vater hat er nie kennengelernt. Und da er wegen seiner Arbeit viel umziehen muss und neu in der Stadt war, hatte er auch keine Freunde dort. Daher beschlossen wir, die Sache klein zu halten, mit meiner Mum und einem anderen, vom Standesamt bestellten Trauzeugen als einzigen Teilnehmern.

Liam macht sich auf, um im Wald nach dem Hügelgrab zu suchen, während ich zwischen den umgestürzten Grabmälern herumwandere und Dornenzweige und Nesseln platt trete. Die meisten Steine stehen schief, und die Inschriften sind von Zeit und Wetter zerfressen. Gelegentlich kann ich ein Datum entziffern, vor allem welche aus dem achtzehnten und neunzehnten Jahrhundert. Auf den meisten ist der Name McKay verzeichnet, woraus ich schließe, dass es sich um den Familienfriedhof handelt.

Hinter der Kapelle entdecke ich zwei neuere Grabsteine, dunkelgrauer Granit mit eingravierter, weiß getönter Inschrift. Ich trete näher, um sie zu lesen. »In ewig liebender Erinnerung an Nancy McKay, unsere geliebte Mutter, Tochter und Schwester. RIP.« Und auf dem zweiten Stein: »Elliot Harrison McKay, unser geliebter Sohn, Bruder und Enkel. Geliebt und für ewig in unserem Gedächtnis.«

Ich schnappe nach Luft. »Sie sind tot«, murmele ich bei mir.

Ich lese die Daten: gestorben am 25. November 2015; Elliot war neun Jahre alt, Nancy neununddreißig. Mir bricht das Herz. Das ist grauenhaft. Was wohl geschehen sein mag?

Vielleicht sind sie in dem Feuer umgekommen? Das erscheint mir am wahrscheinlichsten. Ich schaue mich nach einem dritten Grabstein um, einem für Andrew McKay, entdecke aber keinen. Vielleicht konnte er entkommen. Obwohl das natürlich reine Spekulation ist. Womöglich sind die beiden auch einem anderen tragischen Vorfall zum Opfer gefallen.

Mein Blick fällt auf eine schmutzige Grabvase; sie ist umgekippt, und die Überbleibsel vertrockneter Blumen haben sich über die Erde verstreut. Offenbar hat sich jemand um diese Gräber gekümmert, aber das muss schon eine Weile her sein. Ich rupfe ein bisschen Unkraut und wische Dreck von den Steinen.

Im Wald finde ich kleine rosafarbene Blümchen, die im Moos wachsen. Ich pflücke sie und lege sie auf die Gräber, ein kurzes Gebet flüsternd. Sobald ich fertig bin, höre ich Liam rufen. Ich brauche eine Weile, um ihn aufzustöbern, da er ein ganzes Stück in den Wald vorgedrungen ist. Als ich ihm schon von den Gräbern erzählen will, packt er mich am Arm. »Ich denke, ich habe es ausfindig gemacht«, sagt er und zeigt fröhlich auf eine grasbewachsene Anhöhe.

»Sieht wie ein kleiner Hügel aus«, meine ich. Eigentlich sieht es nach gar nichts aus, wenn ich ehrlich sein soll.

»Klar, aber schau mal hier.« Liam bedeutet mir, ihm zu folgen. Die andere Seite des Hügels ist mit Dornenranken bedeckt. Liam hat sich einen Weg hindurchgebahnt und eine kleine Türöffnung freigelegt, deren Rundbogen auf gewaltigen Felsbrocken ruht. Ich starre in die Finsternis des höhlenartigen Eingangs, aber es ist zu dunkel, um etwas zu erkennen. Und es kann keine Rede davon sein, dass ich dort hineinkrieche, um mehr zu entdecken.

»Komm.« Liam zupft mich am Arm.

»Da rein?«, frage ich, schon bei dem Gedanken entsetzt.

Er nickt und holt sein Handy heraus, um uns zu leuchten.

»Hältst du das wirklich für eine gute Idee?«, zaudere ich, als er schon den Kopf neigt und einen ersten Schritt in das Hügelgrab tut. »Was, wenn es einbricht?«

»Das hält nun schon seit Jahrhunderten. Wieso sollte es einbrechen?«, entgegnet er lachend. »Was ist? Hast du Angst?«

Ich nicke, und er grinst belustigt. »Es gibt keinen Grund, Angst zu haben«, versichert er mir. »Das sind doch nur alte Knochen. Die Toten tun dir nichts.«

»Wirklich nicht?«, hake ich nach und ernte einen amüsierten Blick. »Ich warte hier.« Ich trete ein wenig zurück, aber Liam ergreift meine Hand und schleppt mich zum Eingang.

»Nun komm schon, das ist doch ein großer Spaß.«

Ich seufze und lasse mich von ihm in das Hügelgrab führen. Die Luft im Innern riecht lehmig und feucht, und es ist so dunkel, dass sich Panik in mir ausbreitet wie ein Virus, das mich am Atmen hindert. Meine Gedanken rotieren wie ein Wirbelsturm, und ich kann nur darüber nachdenken, dass ich lebendig begraben werde.

Liam packt meine Hand fester und zieht mich tiefer hinein. Ich schaue zurück zum Tageslicht, das mit jedem Schritt weiter in die Ferne rückt. »Ich möchte nicht tiefer hineingehen«, sage ich und stemme die Fersen in den Boden. Ich habe keine Vorstellung, wie lang dieser Tunnel ist und wo er hinführt.

»Nur noch ein kleines Stück«, drängt Liam.

Ein huschendes Geräusch lässt mich laut aufschreien. »Was war das?«, zische ich und klammere mich an seinen Arm.

»Eine Maus vermutlich.«

Er macht noch ein paar Schritte, dann lässt er meine Hand los, um seine Taschenlampe hochzuhalten und die Wand aus gestampfter Erde anzuleuchten.

Im nächsten Moment erlischt das Licht, und ich stoße einen Schrei aus. »Liam?«, flüstere ich dann.

Vollkommene Stille herrscht in der vollkommenen Finsternis. Ich greife nach Liam, aber er ist nicht mehr da, wo er vorher war.

»Liam?«

Furcht kriecht mir den Rücken hinauf.

»Buh!«, ruft er und zieht mich an sich.

»Das ist nicht lustig«, fahre ich ihn an, als er seine Arme um meine Taille schlingt. »Lass uns hier verschwinden.«

»Schon gut«, wiegelt Liam ab. »Du kannst ja umkehren. Ich werde das Grab weiter erkunden.«

Ich entwinde ihm meine Hand und renne so schnell ich kann aus dem Tunnel. Wie ein Bergarbeiter, der unter Tage eingeschlossen war, schieße ich ins helle Licht. Ich schlinge die Arme um meinen Leib und versuche, mich warm zu reiben. Was zum Teufel treibt Liam da unten so lange?

Die Bäume ächzen im Wind, und ich fahre herum. Plötzlich fühle ich mich beobachtet.

Mit rasendem Herzen lasse ich den Blick über die Bäume schweifen. Bilde ich mir das nur ein? Meine Paranoia wurde durch Liams Streich noch angeheizt. Ein Ast bricht, und aus dem Unterholz fliegt ein Vogel auf. Ich muss über mich selbst lachen, weil ich so nervös bin. Das liegt an diesem ganzen Gerede von Geistern und Mördern.

Aus Sehnsucht nach der Sonne kehre ich auf die Lichtung mit der Kapelle zurück und stelle fest, dass eine der Türen einen Spaltbreit offen steht. Ich schiebe sie mit dem Fuß auf und äuge hinein. Die Steinplatten auf dem Fußboden sind geborsten, die Holzbänke verstaubt und teilweise durchgebrochen; auf manchen liegen noch angeschimmelte Gesangbücher.

Ich trete ein und schaue zu dem Buntglasfenster über dem Altar hinauf. Es ist noch heil, und ich wage mich näher heran. Es handelt sich um ein Triptychon. Das erste Bild zeigt Jesus, der das Kreuz trägt, das zweite die Kreuzigung, das dritte die Auferstehung. Diese Fenster sind der einzige Teil der Kapelle, der keinerlei Schaden davongetragen hat. Die hereinströmenden Sonnenstrahlen zaubern ein regenbogenfarbenes Kaleidoskop auf die Bodenplatten. Fasziniert von so viel Schönheit – die an diesem düsteren Ort fast wie ein Widerspruch wirkt –, blicke ich hinauf. Auf einmal höre ich, wie sich hinter mir die Tür öffnet.

Ich fahre herum. Liam. »Da bist du ja«, meint er. »Warum bist du weggelaufen?«

»Ich habe doch gesagt, dass ich mich in der Dunkelheit nicht wohlfühle«, antworte ich.

»Du musst keine Angst haben.« Er streicht mir eine Strähne hinters Ohr. »Ich würde nie zulassen, dass dir etwas passiert.«

Ich nicke. »Was hast du denn gefunden?«, erkundige ich mich. »Ein paar Leichen?«

Er schüttelt den Kopf, offenbar enttäuscht. »Weit bin ich nicht gekommen. Sieht so aus, als sei der Tunnel eingestürzt.«

»Aber immerhin hast du das Grab entdeckt«, tröste ich ihn.

Er zuckt mit den Achseln.

»Ich habe auch etwas entdeckt«, erkläre ich. »Komm, ich zeige es dir.«

Ich führe ihn aus der Kapelle hinaus auf die Rückseite zu den Grabsteinen. Als ich auf die Namen zeige, flackert Überraschung in seinem Gesicht auf. »Sie sind gestorben«, sage ich.

»Das ist offensichtlich«, erwidert er.

»Was denkst du, ist da passiert?«, will ich wissen.

»Vielleicht sind sie bei dem Brand gestorben?«

»Das habe ich auch gedacht.«

»Wir sollten heimkehren.« Liam dreht sich zum Wald um. »Es ist fast Mittag. Ich habe einen Bärenhunger.«

Hand in Hand wandern wir durch den Wald zum Cottage zurück. Unter unseren Füßen rascheln die orangefarbenen Blätter, die bereits gefallen sind, Vorboten des nahen Herbstes. Aus dem Augenwinkel bemerke ich einen Schatten, der an mir vorbeischießt.

»Was war das?« Unvermittelt bleibe ich stehen. Ich lasse Liams Hand los und deute auf das Gebüsch vor uns.

»Was denn?« Liam späht in die Richtung, in die ich zeige.

»Ich dachte, ich hätte etwas gesehen.«

Liam lässt den Blick schweifen. »Vermutlich war es nur ein Kaninchen.«

Ich schüttele den Kopf. »Nein, es war größer.«

»Dann eben ein Fasan. Ich glaube, hier auf der Insel gibt es welche. Es könnte natürlich auch ein Fuchs gewesen sein.«

Wir rühren uns nicht, sondern lauschen einen Moment, aber da ist nichts als der Wind, der durch die Zweige streicht.

»Dann habe ich mir das wohl nur eingebildet«, sage ich lachend.

Wir marschieren weiter, aber ich kann das Gefühl nicht abschütteln, dass wir beobachtet werden. Auf einmal fällt mir wieder ein, dass die Männer im Pub behauptet hatten, auf der Insel würde es spuken. Es fühlt sich absolut so an, als würden wir von irgendetwas verfolgt.

7

Nach dem Mittagessen nimmt Liam das Buch über die Inselgeschichte vom Couchtisch und vertieft sich in die Lektüre. »Das hier ist interessant«, verkündet er nach einer Weile. »Die Mönche haben vom neunten bis ins sechzehnte Jahrhundert auf dieser Insel gelebt. Sie haben Vieh gezüchtet und im Fjord geangelt, um für ihren Lebensunterhalt zu sorgen. Mehrfach wurde die Abtei von Wikingern überfallen, die sich an den Reichtümern des Klosters vergriffen.«

Ich stelle mir vor, wie schrecklich das für die Mönche gewesen sein muss, wo sie doch nirgendwohin fliehen konnten. Haben sie einfach dagesessen und gebetet und sich ihrem Schicksal ergeben? Oder versuchten sie sich bei den Angriffen der Wikinger zu verstecken? Wehrte sich der ein oder andere auch?

»Hör dir das hier an«, fährt Liam aufgeregt fort. »Angeblich haben die Mönche den Klosterschatz vergraben, um ihn vor den Wikingern in Sicherheit zu bringen. Dieser Mythos hat sich bis ins fünfzehnte Jahrhundert gehalten.«

Ich schaue ihn an. Mir ist sofort klar, dass er daran denkt, auf Schatzsuche zu gehen. Aber er sagt nichts, sondern blättert einfach weiter.

Später am Nachmittag machen wir uns wieder auf zu unserem Strand vor dem Haus. Die Sonne ist immer noch warm. Liam wirkt entspannt und glücklich, als er neben mir auf der Decke sitzt und eine Flasche Bier trinkt. Irgendwann entdeckt er einen flachen Stein und lässt ihn gekonnt über die Wasseroberfläche hüpfen. Ein halbes Dutzend Mal prallt der Kiesel auf. Ich jubele begeistert. Liam sucht weitere geeignete Gesteinsstückchen und will es mir beibringen. Er zeigt mir, wie man das Handgelenk anwinkeln und den Stein mit sanftem Schwung abwerfen muss. Leider erweise ich mich als unfähig. Ohne einen einzigen Aufpraller versinkt der Stein in den Wellen.

Liam lässt einen weiteren hüpfen, um mir die Technik zu demonstrieren, und kommt auf achtmal. »Was wohl der Weltrekord ist?«, überlegt er laut. »Wenn wir Internet hätten, könnten wir nachschauen.« Er wirkt fast verstimmt, dass wir den Weltrekord nicht herausfinden können. Offenbar reizt ihn die Herausforderung, ihn zu brechen.

»Ich bin froh, dass wir kein Internet haben«, meine ich. »Von der Welt abgeschnitten zu sein ist doch herrlich.«

»Und was, wenn etwas passiert?« Liam blickt sich wieder nach passenden Kieseln um.

»An was denkst du?«

»Der Dritte Weltkrieg könnte ausbrechen, und wir würden es nicht einmal erfahren.«

»Das wäre vielleicht sogar besser.« Ich muss lachen. »Wir könnten sowieso nichts tun. Unser Urlaub hier ist doch fast eine Zeitreise«, füge ich hinzu. »Und die Kelten und Mönche hatten auch kein Internet.«

Liam nickt. »Damals musste man sich mit Feuerzeichen

vor drohenden Gefahren warnen.« Er entdeckt einen Stein und wirft ihn. Als er nur dreimal aufspringt, runzelt Liam die Stirn. »Mist«, murmelt er.

»Ich suche dir noch welche.« Ich stehe auf und gehe den Strand entlang.

»Sie müssen aber flach sein«, ruft Liam mir hinterher.

Auf der Suche gerate ich bis zu der Stelle, wo ein paar knorrige Bäume das Ende des Strands markieren. Nachdem ich einen perfekt geformten Stein aufgehoben habe, richte ich mich wieder auf. In diesem Moment erblicke ich zwischen den Bäumen einen Schemen. Er sieht aus wie ein Mann. Ich blinzele, und die Gestalt ist verschwunden. Ich blinzele noch ein paar Mal. Da war etwas, ich bin mir ganz sicher. Jetzt ist niemand auszumachen, klar, aber wohin könnte die Person verschwunden sein?

Ich mache kehrt und laufe zu Liam zurück. Er wendet mir den Rücken zu, die Knie leicht gebeugt, den Körper angewinkelt, und perfektioniert seine Wurfhaltung. Jetzt schleudert er einen Stein, und ich zähle mit.

»Zwölf!«, ruft er, reckt die Faust und schaut sich um, um sich zu vergewissern, dass ich seinen Triumph bezeugen kann.

»Ich hab's auch gezählt«, sage ich und bemühe mich um Begeisterung.

Er grinst und hebt den nächsten Stein auf. Als ich mich neben ihn stelle, klappern die wenigen Kiesel, die ich auflesen konnte, in meinen Taschen. In diesem Moment fällt mein Blick auf mein Steinmännchen. Irgendetwas daran erregt meine Aufmerksamkeit. Als ich näher trete, erkenne ich, dass es nicht mehr so ist, wie ich es zurückgelassen habe.

Ich betrachte mein Kunstwerk. Der Stein, den ich obendrauf gelegt hatte, war ungewöhnlich, daran erinnere ich mich noch. Er war weiß gewaschen und hatte eine perfekt ovale Form. Jetzt liegt ein anderer Stein auf dem Stapel.

Ich knie davor nieder und stelle fest, dass der ovale Stein ein paar Schritte weiter weg liegt. Ich beuge mich vor, um ihn aufzuheben und wieder auf das Steinmännchen zu legen.

»Alles in Ordnung?«

Ich zucke zusammen und hebe den Kopf. Liam steht vor mir.

Ich nicke lächelnd, dann richte ich mich schnell auf. »Hier.« Ich gebe ihm die Kiesel, die ich für ihn gesammelt habe. »Versuch's mal mit diesen. Ich denke, sie sind flach genug.«

Liam mustert die Gesteinsstückchen, die ich ihm in die Hände lege, und sortiert ein paar aus, weil sie seinen Ansprüchen nicht genügen. »Danke«, murmelt er, dreht sich um und kehrt wieder zum Wasser zurück.

Als er fort ist, werfe ich einen schnellen Blick zum Wald, aber da ist natürlich nichts.

»Schau mal her!«, ruft Liam.

Ich drehe mich zu ihm um.

Später am Abend liege ich neben Liam, der schnell eingeschlafen ist. Ich finde nicht zur Ruhe. Meine Erinnerungen huschen zu dem Mann zurück, den ich zwischen den Bäumen am Strand zu sehen meinte. Den einen Moment da, den nächsten verschwunden – habe ich mir das nur eingebildet? Leide ich etwa unter Verfolgungswahn – als Nebenwirkung der Antidepressiva? Vielleicht bin ich auch nur überempfindlich, und die Gespenstergeschichten dieser Männer im Pub zerren an meinen Nerven.

Vor etwa einem Monat ist so etwas schon einmal passiert. Ich stand an der Spüle und schnitt Möhren, als ich plötzlich das Gefühl hatte, beobachtet zu werden. Damals habe ich mich sogar gefragt, ob womöglich der Geist meiner Mutter umgeht und ein Auge auf mich hat. Liam habe ich nichts davon erzählt.

Ich schleiche mich aus dem Bett und trete auf Zehenspitzen ans Fenster. Langsam ziehe ich den Vorhang zurück. Draußen herrscht, nur von wenigen Sternen durchbrochen, pechschwarze Finsternis.

Ich lache über mich selbst, weil ich auf einmal an Gespenster glaube, dann schließe ich den Vorhang wieder und schlüpfe ins Bett zurück.

DER STALKER

Gerade eben ist sie am Fenster erschienen und hat herausgeschaut. Ich beobachte sie gerne, wenn sie sich unbeobachtet fühlt.

Heute habe ich sie am Strand gesehen. Sie ist am Wasser entlanggewandert und ab und zu stehen geblieben, um einen Stein aufzuheben. Das blonde Haar flatterte um ihren schlanken Hals, als wolle es sie erwürgen. Zugegeben, dieser Gedanke erfüllte mich mit Lust und Schmerz gleichermaßen.

Irgendwann hatte ich den Eindruck, dass sie direkt in meine Richtung blickte. Wenn ich an den panischen Ausdruck zurückdenke, der über ihr Gesicht huschte, kommt mir ein Lächeln. Ich atme tief durch. Immer noch rieche ich die Angst, die in der Luft lag.

Wäre sie ein Tier, wäre sie bestimmt ein Vogel, mit weichem Federkleid und zarten Knochen, leicht zu fangen und in einen Käfig zu sperren. Die Vorstellung amüsiert mich fast. Sie sitzt ja bereits in einem Käfig. Auf der Insel. Von hier führt kein Weg fort. Es gibt kein Entrinnen.

8

Tag 3

Liam schleppt den Picknickkorb, den ich im Einbauschrank unter der Treppe fand, und ich habe mir die Decke unter den Arm geklemmt. Wir bahnen uns einen Weg durch den Wald zu dem Strand im Norden, wo wir am ersten Tag schon waren. Als ich an diesem Morgen aufwachte, im klaren Licht des Tages, gelangte ich zu dem Schluss, dass ich meiner Fantasie allzu freien Lauf lasse.

»Weißt du, was für einen Tag wir haben?«, fragt Liam.

»Ja«, sage ich und schenke ihm ein Lächeln. »Den 26. August. Heute sind wir seit genau acht Monaten zusammen.«

Es fühlt sich länger an, weil wir schon so viel durchgemacht haben. Zur Feier des Tages habe ich ein besonderes Picknick vorbereitet: Sandwiches mit Käse und Essiggurken, Hähnchensalat und frisch gebackenes Shortbread – Liams Lieblingskekse. Liam hat noch zwei Flaschen Bier eingepackt, obwohl ich von meinem höchstens einen Schluck nehme.

Am Strand angelangt, stellen wir den Picknickkorb ab

und breiten die Decke aus. Auf die Ecken legen wir Steine, damit sie nicht wegfliegt. Der Tag ist wieder herrlich, wenngleich stürmisch. »So viel zu den Vorhersagen des Fährmanns«, erklärt Liam lachend. »Ein Ungewitter zieht auf«, sagt er, den schottischen Akzent des Mannes nachäffend.

»Sollen wir einen Strandspaziergang unternehmen, bevor wir essen?«, frage ich.

»Gern«, antwortet er, und wir ziehen Hand in Hand los.

»Ich überlege, ob ich zu der Insel dort schwimmen könnte.« Liam zeigt auf ein zerklüftetes Eiland von der Größe eines Tennisplatzes, etwa hundert Meter vor der Küste.

»Warum solltest du das tun wollen?«

Er zuckt mit den Schultern. »Darum.«

Wie konnte mir entfallen, dass Liam keine Herausforderung scheut, selbst wenn es keinen Herausforderer gibt. Deutet man auch nur an, er könne etwas nicht, reagiert er trotzig. Dann macht er es erst recht, als wolle er unter Beweis stellen, dass er über dem Gesetz steht – was auf gewisse Weise vielleicht sogar zutrifft.

»Hast du vergessen, was der Fährmann über die Wassertemperatur gesagt hat?«, erinnere ich ihn. »Und über die Tiefe des Wassers?«

Liam bückt sich und steckt die Finger ins Wasser. »Stimmt, ganz schön kalt«, gibt er zu. »Aber ich wette, ich schaffe es trotzdem.«

»Da bin ich mir sicher.« Ich klopfe ihm auf den Arm. »Aber wir haben keine Handtücher dabei. Vielleicht lieber nächstes Mal.«

Er nickt todernst, und ich frage mich kurz, ob er mich

auf den Arm nehmen will. Dass mein Kommentar ein Witz sein sollte, scheint er gar nicht gemerkt zu haben.

Als wir die Hälfte des Strands entlanggelaufen sind, bleibt Liam stehen. »Ich habe einen Mordshunger«, verkündet er unvermittelt. »Lass uns umdrehen.«

»Wollen wir nicht noch bis zum Ende gehen?«, schlage ich vor. »Mir gefällt es hier.«

Aber Liam lässt sich nicht umstimmen, und so kehren wir zurück. Sobald wir die Decke erreicht haben, wird mir klar, dass er noch etwas anderes im Sinn hatte als unser Picknick. Er zieht mich auf seinen Schoß und holt ein Geschenk aus der Tasche. Es ist eine kleine, in Geschenkpapier eingeschlagene Schachtel.

»Mach auf«, befiehlt er aufgeregt.

Ich gehorche und entdecke in der Schachtel eine Goldkette mit einem keltischen Kreuz. »Die ist aber schön.« Ich berühre das Kreuz.

Liam holt sie aus der Schachtel. Ich hebe meinen Pferdeschwanz an, damit er sie mir umlegen kann. »Danke«, sage ich. »Wo hast du die denn her?«

Er zuckt mit den Schultern. »Die habe ich schon vor einer ganzen Weile besorgt. Als ich sie sah, musste ich sofort an dich denken, und wo wir doch nach Schottland wollten, kam mir das passend vor.«

Ich gebe ihm einen Kuss. »Das ist lieb von dir.«

Liam kauft mir ständig Schmuck: Ringe, ein Armband, Ketten. Er hat einen guten Geschmack, und ich fühle mich maßlos verwöhnt, denn mein Schmuckkästchen war vor allem mit Modeschmuck von Accessorize gefüllt, bevor ich ihn traf.

»Gefällt sie dir?«, will er wissen.

»Sie ist wunderbar.« Ich wende mich um, um ihn erneut zu küssen.

Er zieht mich enger an sich. Da ich seine Erregung spüre, erhebe ich mich von seinem Schoß und strecke die Hand nach dem Picknickkorb aus. Liam packt mich um die Taille. »Was hast du vor?«, fragt er schelmisch.

Er dreht mich auf den Rücken und legt sich mit einem Grinsen auf mich.

»Was?« Ich reiße die Augen auf. »Hier?«

Er zuckt mit den Schultern, die Lippen schon fast an meinem Mund. »Hier sieht uns doch niemand.« Er küsst mich, obwohl sein Mund immer noch zu einem breiten Grinsen verzogen ist; seine Hände wandern unter meinem Pullover hoch. Der Wind schneidet mir wie ein Rasiermesser in die Haut, als Liam mich auszieht.

Nackt lieben wir uns auf der Decke, während der Wind den Sand gegen unsere Körper peitscht, begleitet vom Geschrei der Möwen über unseren Köpfen. Liam scheint das noch stärker zu erregen, aber ich fröstele und habe eine Gänsehaut. Außerdem bin ich abgelenkt. Ich kann den Gedanken an die Gestalt, die ich gestern am Strand zu sehen glaubte, nicht abschütteln. Was, wenn ich mir das nicht eingebildet habe? Was, wenn diese Person jetzt hier ist und uns zuschaut? Das Gefühl, beobachtet zu werden, ist plötzlich übermächtig. Ich drehe den Kopf und blicke mich suchend in der Gegend um.

In meiner Unsicherheit kann ich mich nicht entspannen, und sobald wir fertig sind, ziehe ich mich schnell wieder an.

»War es schön für dich?«, fragt Liam, der benommen lächelnd neben mir liegt.

»Es war toll«, sage ich. Ich möchte ihn nicht aufregen, und von diesem beunruhigenden Gefühl, beobachtet zu werden, möchte ich ihm erst recht nicht erzählen. Ich drehe mich zum Picknickkorb um, hole die Sandwiches heraus und reiche sie beide Liam. »Keinen Hunger?«, erkundigt er sich.

Ich schüttele den Kopf. »Nicht wirklich.«

Er wickelt ein Sandwich aus und beißt hinein. »Hast du ein Bier für uns?«

Ich öffne eine Flasche und halte sie ihm hin, dann öffne ich die zweite für mich. Liam stößt mit mir an. »Herzlichen Glückwunsch zu diesem besonderen Tag«, verkündet er. »Ich liebe dich.«

»Ich liebe dich auch«, erwidere ich, aber die Worte verlieren sich im Wind.

Ich werfe einen Blick in den Wald, und mir läuft ein Schauer über den Rücken.

9

Ich mache mich für unser Dinner zurecht und ziehe das schmale schwarze Kleid an, das Liam so mag. »Wie Audrey Hepburn«, meinte er, als ich es bei einem unserer ersten Treffen trug. An meinem Geburtstag war das; er hatte mich zu einem überwältigenden Essen in einem Restaurant mit Michelin-Stern eingeladen. Damals hat er mir zum ersten Mal gestanden, dass er mich liebt. Es war einer der schönsten Abende meines Lebens. Ich weiß noch, wie ich mich damals fühlte – als würde ich schweben. Und als wäre ich wirklich schön.

Ich lächele traurig, als ich daran denke, wie ich später an diesem Abend meine Mutter anrief, um ihr zu erzählen, wie meine Verabredung verlaufen war. Sie freute sich so für mich.

Meine Mutter mochte Liam sehr. Sie sah, wie gut er zu mir war, und war überglücklich, dass ich nach zwei Beziehungskatastrophen nun endlich jemanden gefunden hatte, der mich sichtlich verehrte. Ihr gefielen seine altmodischen Manieren und sein gentlemanhaftes Betragen, und dass er ihr bei der ersten Begegnung Blumen mitbrachte, hat auch nicht geschadet. Noch weiter stieg er in ihrer Achtung, als er den tropfenden Wasserhahn an der Küchenspüle und den Gartenzaun reparierte.

»Es ist schön, einen Mann im Haus zu haben, der etwas mit seinen Händen anzufangen weiß«, meinte sie mit einem schelmischen Lächeln, als sie Liam durchs Küchenfenster dabei beobachtete, wie er Nägel in einen Pfosten schlug.

Mir fällt auf, dass das Kleid jetzt schlaff an mir herabhängt; so wirkt es eher wie ein Kittel und nicht wie das sexy Teil, das die Kurven betont. Aber eine gewisse Wirkung entfaltet es immer noch. Ich frische mein Make-up auf und lege Rouge auf, damit ich nicht so bleich wirke. Außerdem benutze ich Lippenstift, was ich schon eine Weile nicht mehr getan habe. Im Cottage mit hohen Absätzen herumzulaufen, ist eine komische Vorstellung, aber noch merkwürdiger wäre es, sich so aufzumotzen und dann keine Schuhe zu tragen. Also schlüpfe ich in meine High Heels und stakse die Treppe hinab, mich am Handgeländer festhaltend. Da ich solche Schuhe nicht gewöhnt bin, fühle ich mich etwas unsicher.

Liam sitzt auf dem Sofa und schnürt seine Stiefel zu. Als er mich erblickt, hält er inne und starrt mich mit offenem Mund an. »Du bist wunderschön«, sagt er.

Ich gehe zu ihm, und Liam zieht mich auf seinen Schoß. Er hat ein frisches blaues Hemd angezogen, und sein Haar ist noch zerzaust von unserer Wanderung.

»Ich dachte, wir könnten nach dem Dinner ein kleines Lagerfeuer am Strand anzünden«, schlägt er vor. »Gerade wollte ich alles dafür vorbereiten.«

»O ja, gern«, erwidere ich begeistert. Lagerfeuer liebe ich. Der Geruch von brennendem Holz und die knisternden Flammen erinnern mich immer daran, wie ich mit meinem Großvater in seinem Kleingarten Blätter verbrannt habe. »Dann werde ich jetzt mal unser Essen kochen«, füge ich hinzu.

Liam stiefelt nach draußen, ich mache mich auf in die Küche. Ich weiß, wie ich den Lachs braten werde, und rechne mir aus, wann der vorbereitete Crumble in den Ofen muss.

Als ich den Lachs in Alufolie unter den Grill schiebe, kommt Liam bereits zurück. Er wäscht sich die Hände, öffnet den Wein und schenkt sich ein Glas ein, das er an mein Wasserglas stößt. »Auf uns«, sagt er.

»Auf uns«, echoe ich.

Nach dem Essen schlendern wir an den Strand, wo Liam das Lagerfeuer hergerichtet hat. Er hat zwei Stühle geholt, damit wir am Feuer sitzen können, und eine Decke, die er mir um die Schultern drapiert. Ich lege den Kopf in den Nacken und schaue in den Himmel. »Ich glaube nicht, dass ich schon einmal so viele Sterne gesehen habe.«

»Da ist der Große Wagen.« Liam zeigt in die Richtung.

»Ursa Major«, setze ich hinzu.

Liam schaut mich überrascht an, weil ich den lateinischen Namen des Sternbilds kenne.

»Das hat mir mein Großvater beigebracht«, kläre ich ihn mit einem Schulterzucken auf, den Blick immer noch in den Himmel gerichtet. »In der nördlichen Hemisphäre sinkt der Große Wagen nie unter den Horizont. Die Sklaven haben sich bei ihrer Flucht in den Norden, auf dem Weg in die Freiheit, daran orientiert.«

»Was für Sterne kennst du noch?«, fragt Liam. »Welcher

ist das da?« Er deutet auf einen hellen Stern an einer Ecke von Ursa Major.

Ich schüttele den Kopf. »Hab ich vergessen. Das ist schon so lange her.«

Plötzlich schießt eine Sternschnuppe durch die Finsternis über uns. Ich stoße einen Schrei aus, da ist sie auch schon wieder verschwunden. »Eine Sternschnuppe! Hast du gesehen?«

Er schüttelt den Kopf. »Hast du dir etwas gewünscht?«, will er wissen.

Ich schließe die Augen und tue es.

»Was hast du dir gewünscht?«, hakt Liam nach.

Ich will schon antworten, da springt Liam auf.

»Was ist?« Ich spähe in die Richtung, in die er sich gewandt hat.

Er schüttelt den Kopf; zwischen seinen Augen hat sich eine Furche gebildet. »Ich dachte, ich hätte etwas bemerkt.«

»Was denn?« Beunruhigt starre ich an ihm vorbei. Der Schein des Lagerfeuers beleuchtet die Umgebung in einem Radius von knapp zehn Metern, aber jenseits dieses Kranzes herrscht absolute Finsternis. Leere. Ich erkenne rein gar nichts.

Er schüttelt den Kopf und stößt ein nervöses Lachen aus. »Vermutlich nur ein Tier.«

Trotzdem behält er den Strand im Blick, und ich tue es auch, besorgt, was es gewesen sein mag. Nach einer Weile dreht Liam sich zu mir um und lächelt gezwungen. »Sollen wir wieder reingehen?«, fragt er.

Das Feuer brennt noch lichterloh, aber ich stimme zu und folge ihm ins Haus. Einmal noch lasse ich den Blick über den

Strand schweifen. Wieder muss ich an die schattenhafte Gestalt gestern am Strand denken. Liam hatte ich nichts davon gesagt, und jetzt will ich es auch nicht tun, da er sich wundern dürfte, warum ich es nicht sofort erzählt habe. »Was glaubst du denn, was du gesehen hast?«, erkundige ich mich, als er die Haustür aufschließt und mich hineindrängt.

»Keine Ahnung«, entgegnet er mit finsterer Miene.

Sobald wir im Cottage sind, verriegelt Liam sämtliche Türen und kontrolliert die Fenster. Er wirkt vollkommen verstört, und ich fühle das Adrenalin in meinem Körper aufwallen.

Als er fertig ist, wendet er sich mit einem Lächeln zu mir, aber es wirkt aufgesetzt, als wolle er mich nur besänftigen. »Ich bin mir sicher, dass da nichts war«, erklärt er. »Vermutlich nur ein Fuchs.«

Ich erwidere sein Lächeln. Liam nimmt meine Hand und zieht mich ins Wohnzimmer. Ich bleibe neben ihm stehen, als er sich hinhockt und im Holzbrenner ein Feuer anzündet. Das Holz ist trocken und fängt Feuer, sobald Liam das Streichholz hineinwirft. Er schließt die Klappe des Brenners und richtet sich wieder auf. Dann packt er mich bei den Hüften und zieht mich mit Blicken aus. Sofort erbebe ich am ganzen Körper. Sanft dreht Liam mich um, sodass ich ihn nicht mehr anschauen kann. Vermutlich hat er sich erfolgreich eingeredet, dass er wirklich nur ein Tier gesehen hat. Ich wünschte, mir würde das auch gelingen, aber ich kann meine Gedanken nicht daran hindern, abzuschweifen, nicht einmal, als Liam langsam den Reißverschluss meines Kleids aufzieht und gelegentlich innehält, um mich zwischen die Schulterblätter zu küssen.

Mir läuft ein Schauer über den Rücken. Liam öffnet meinen BH und streift mir das Kleid vom Körper, das zu meinen Füßen in sich zusammenfällt. Dann dreht er mich wieder zu sich um. Beschämt bedecke ich mich mit den Händen, aber da ich weiß, wie gern er mich anschaut, nehme ich sie wieder weg. Er lächelt aufmunternd und streift die Träger meines BHs von meinen Schultern.

Daraufhin tritt Liam zurück und lässt den Blick über meinen Körper gleiten, Zentimeter für Zentimeter. Ich bekomme eine Gänsehaut nach der anderen. Schließlich zieht er mich an sich und küsst die empfindliche Stelle unterhalb meines Schlüsselbeins, dann meinen Hals. Ich lege den Kopf in den Nacken und atme heftig, die Hände auf seinen Schultern. Als er meine Brüste küsst, dann meinen Bauch, kralle ich mich mit meinen Fingernägeln an ihm fest.

Er hält inne, um sein T-Shirt auszuziehen, dann drückt er mich sanft auf die Knie und legt mich auf den Teppich. Da er ständig trainiert und breit und muskulös ist, lastet er, wenn er sich auf mich legt, wie ein Felsbrocken auf mir.

»Gefällt dir das?«, erkundigt er sich.

»Ja«, flüstere ich ihm ins Ohr.

»Und das?«, fragt er, als er die Innenseiten meiner Schenkel küsst.

»Mhm.« Ich kneife die Augen zusammen.

»Verdammt!«, schreit Liam und springt auf.

Ich fahre entsetzt hoch. »Was ist los?«

Liam steht da und starrt in Richtung Fenster. »Draußen war jemand. Er hat durchs Fenster geschaut.« Seine Stimme klingt fremd, angespannt, und seine Miene wirkt, als hätte er ein Gespenst erblickt.

»Was?«, frage ich entsetzt, richte mich auf und bedecke mich mit den Armen. Hinter dem Fenster kann ich nichts als undurchdringliche Finsternis ausmachen. Es ist, als würden wir durch den Weltraum fliegen.

Liam stürzt zum Fenster und späht hinaus. »Da war jemand«, zischt er. »Das schwöre ich.«

Ich werfe mein Kleid über. Was für eine verstörende Vorstellung, dass jemand am Fenster gelauert und mich nackt gesehen haben könnte. Dann trete ich zu Liam.

»Es ist zu dunkel«, flüstere ich, während ich in den Abgrund der Finsternis jenseits des Fensters starre. Man erkennt rein gar nichts, weder den Fjord noch die Sterne, nur einen schwachen Widerschein vom Strand, wo unser Lagerfeuer noch glimmt.

Plötzlich zieht ein großer, dunkler Schatten an den Flammen vorbei. Erschrocken weichen wir vom Fenster zurück.

»Da!«, ruft Liam. »Hast du das bemerkt?«

Ich nicke. »Was war das?« Ich klammere mich an seinen Arm.

Liam schüttelt den Kopf. »Ich gehe hinaus und schaue nach.«

Ich packe ihn noch fester und will ihn zurückhalten. »Nein«, bitte ich. »Das tust du nicht.«

Er wirft mir einen süffisanten Blick zu, eine Augenbraue hochgezogen. »Ich bin Polizist, Laura, hast du das vergessen?«

Ich schüttele den Kopf. Natürlich weiß ich, dass er Polizist ist, aber das beruhigt mich noch lange nicht.

»Du bleibst hier«, weist er mich an, als er Hose und T-Shirt wieder anzieht.

Ein beklommenes Gefühl beschleicht mich. Ich folge Liam in die Küche, wo er seine Stiefel anzieht. »Musst du wirklich raus?«, frage ich ängstlich.

»Ja.« Er schreitet zur Hintertür. »Schließ ab, wenn ich draußen bin. Ich klopfe dreimal, wenn ich zurückkehre.«

Ich nicke, und dann ist er schon zur Tür hinaus, von der Finsternis verschluckt. Mit zitternden Händen schließe ich hinter ihm ab, um dann reglos in der Küche zu verharren, die Ohren gespitzt. Von draußen ist aber nichts zu hören, und im Haus herrscht Totenstille, wie in einer Krypta.

Mit jeder Sekunde wächst meine Panik; er ist schon so lange fort. Wo ist Liam? Ist ihm etwas zugestoßen? Meine Nerven liegen blank, und mein Herz platzt fast durch die Rippen, als ich im Haus ein dumpfes Geräusch höre. Ich entspanne mich erst, als mir klar wird, dass es vom Feuer stammte. Ein Holzscheit muss herabgefallen sein. Ich eile in den vorderen Raum und schaue zum Fenster, wo Liam das Gesicht entdeckt hat.

Schnell ziehe ich den Vorhang zu und mache dasselbe bei den anderen Fenstern. Ich hasse das Gefühl, beobachtet zu werden.

Eine weitere Minute verstreicht. Ich kaue an den Nägeln. Was, wenn Liam nicht zurückkommt? Aber dann vernehme ich ein schnelles Klopfen – poch, poch, poch – an der Hintertür und renne hin, um zu öffnen.

Liam tritt ein.

»Hast du jemanden gesehen?«, stoße ich hervor.

Er schüttelt den Kopf und dreht mir den Rücken zu, um wieder abzuschließen. »Nein.« Zwischen seine Augen hat sich eine tiefe Furche gegraben, aber dann reißt er sich zusammen und ringt sich ein Lächeln ab. »Vermutlich war da gar nichts.«

Ich nicke, aber ich glaube ihm nicht. Vermutlich glaubt er es selbst nicht, warum sollte er sonst abschließen? Und der Schatten, der am Feuer vorbeigezogen ist, war viel zu groß für ein Tier. Andererseits will ich die Sache nicht noch verschlimmern.

»Wollen wir nach oben gehen, ins Bett?«, fragt Liam munter, aber es klingt gezwungen.

Ich nicke, obwohl ich mir nicht sicher bin, ob ich auch nur ein Auge zutun kann. Da er meine Nervosität bemerkt, legt Liam mir eine Hand auf die Schulter. »Das liegt an diesem ganzen Gerede von Gespenstern«, erklärt er. »Offenbar hat das unsere Fantasie beflügelt. Mach dir keine Sorgen, ich bin ja bei dir. Ich werde niemals zulassen, dass dir etwas zustößt, das weißt du.«

Ich schenke ihm ein dankbares Lächeln.

Liam kontrolliert noch einmal, ob die Haustür abgeschlossen ist, dann steigen wir die Treppe hoch. Wir schließen die Schlafzimmertür und entledigen uns schnell unserer Kleider. Ich streife mein Nachthemd über, und Liam legt sich in Unterhose ins Bett.

Schweigend liegen wir da, mein Kopf an seiner Brust. Ich spüre die Anspannung in seinem Körper, die harten Muskeln, das pochende Herz. Als Liam denkt, ich schlafe, zieht er den Arm unter mir weg und schlüpft aus dem Bett.

Mit offenen Augen und gespitzten Ohren lausche ich, wie Liam im Bad herumläuft. In der Ferne höre ich eine Eule schreien. Irgendetwas huscht über das Dach, vielleicht ein Eichhörnchen oder eine Ratte. Vor Tieren habe ich keine Angst, nicht einmal vor den Pitbulls und Rottweilern, mit denen ich es bei der Arbeit manchmal zu tun habe. Im schlimmsten Fall kann man ihnen einen Maulkorb verpassen. Die meisten Tiere sind berechenbar und leicht zu durchschauen.

In diesem Moment dreht Liam die Dusche an, und ich lausche dem rauschenden Wasser. Mein Herz rast, als wäre ich soeben ein Wettrennen gelaufen. Ich verspüre eine nervöse Vorahnung, ohne sie näher fassen zu können. Die Dusche verstummt. Wenig später kehrt Liam ins Schlafzimmer zurück, ein Handtuch um die Hüften geschlungen.

Er klettert ins Bett, schmiegt sich an meinen Rücken, legt den Arm um mich und schweißt uns zusammen. Ich bemühe mich, ruhig zu atmen, und lausche auf die Eule in der Ferne. Liam schläft fast sofort ein, während ich weiterhin wach liege. Plötzlich vernehme ich ein schwaches Geräusch, als würde jemand über Glas kratzen. Ich erstarre. Mein Herz klopft wild, aber als ich zu Liam hinüberschaue, schläft er immer noch tief und fest an meiner Seite.

Ich spitze die Ohren, und das Geräusch kehrt wieder, ein Quietschen, wie das von Nägeln auf einer Tafel. Es klingt, als würde jemand Glas zerschneiden und ins Cottage eindringen wollen. Meine Knöchel treten weiß hervor, als ich mich an die Decke klammere, zu ängstlich, um mich zu rühren. Sicher schabt nur ein Ast an einem Fenster entlang, oder der Wind rüttelt am Glas. Nach einer Weile verstummt das Geräusch, und meine verkrampften Muskeln entspannen sich.

In den Schlaf finde ich aber immer noch nicht. Mein Herz weigert sich, ruhiger zu schlagen, und wenn ich die

Augen schließe, reiße ich sie im nächsten Moment wieder auf und starre in die finstere Leere des Raums. Ständig beschwört mein Geist irgendwelche Ungeheuer herauf. Schließlich werde ich von Erschöpfung und Dunkelheit überwältigt und gleite in einen traumerfüllten Schlaf.

DER STALKER

Die beiden haben sich vor dem Kamin geliebt. Sie war nackt, und ihre blasse Haut schimmerte im Feuerschein rotgolden, wie bei einem Lackobjekt. Als ich sie so betrachtete, hätte ich sie am liebsten in die Hände genommen, gehalten und bewundert; gleichzeitig wollte ich sie auf den Steinboden schmettern. Sie vernichten. Und ihn auch. Dafür, dass er sie auf diese Weise berührt.

Es hat mich mit kolossaler Wut erfüllt, die beiden zusammen zu sehen. Sofort musste ich an all das denken, was ich einmal hatte, all das, was ich verlor. Wie es einst war, als mein Herz von Liebe erfüllt war und dann brach. Der Betrug, den ich ertragen musste. Am liebsten wäre ich auf die Knie gefallen und angesichts von so viel Ungerechtigkeit und Leid in Tränen ausgebrochen.

Aber als ich so dastand, ausgesperrt in der Kälte, und die beiden beobachtete – sie mit zurückgeworfenem Kopf, die zarte bleiche Kehle darbietend, stöhnend, während er in sie eindrang –, überkam mich sengender Zorn. Ich wollte nur noch reinstürzen und die beiden töten.

Aber dann zog ich mich, bevor ich entdeckt wurde, vom Fenster zurück. Ich wollte nichts überstürzen. Es galt, vorsichtig zu sein.

Ich würde mir Zeit lassen mit den beiden, würde die Wut köcheln lassen, bevor ich die Temperatur hochjagte.

10

Tag 4

Ich schrecke aus meinem Albtraum hoch, gerade als ich von einem Monster durch die Finsternis gejagt werde. Dumpfes graues Licht erfüllt den Raum; die Dämmerung hat noch nicht eingesetzt. Als ich mich, ohne Liam zu wecken, aus dem Bett stehle und nach unten steige, sehe ich die Venus, den Morgenstern, immer noch am Himmel stehen. Durchs Küchenfenster beobachte ich, wie sie verblasst und schließlich verschwindet.

Im kalten Licht des Tages schmelzen die Albträume der vergangenen Nacht und die Angst vor einem Eindringling dahin. Ich fingere an der Espressomaschine herum – Gott sei Dank funktioniert sie automatisch – und bemühe mich herauszufinden, wie man das daran befestigte Dampfröhrchen bedient. Als ich in einer Schublade die Gebrauchsanleitung aufgestöbert und perfekten Milchschaum für unseren Cappuccino produziert habe, ist auch Liam erwacht und gesellt sich zu mir.

»Du bist ja schon früh auf den Beinen.« Er küsst mich auf die Wange.

Ich reiche ihm seinen Kaffee. Er bemerkt das Herz, das ich mit Zimt in den Milchschaum zu malen versucht habe, und lacht. Nach dem ersten Schluck nickt er anerkennend. »Durchaus passabel. Vielleicht solltest du dich zur Barista ausbilden lassen. Andererseits«, fügt er hinzu, »wäre das grobe Talentverschwendung.«

Ich will ihn gerade fragen, was er sich zum Frühstück wünscht – ich habe sämtliche Zutaten für ein komplettes englisches Frühstück im Kühlschrank entdeckt, und nun regt sich mein Appetit und verlangt nach Bacon –, da schlendert er zur Haustür. »Wollen wir nicht draußen frühstücken und uns an den Strand setzen?«, schlägt er vor.

Seine Angst scheint sich über Nacht in nichts aufgelöst zu haben. Offenbar hat er sich zu der Ansicht durchgerungen, dass er doch keinen Menschen gesehen hat, sondern vermutlich eine Eule. Oder er tut nur so, um meine Sorgen zu vertreiben. Aber egal, ich beschließe, mir ein Beispiel an ihm zu nehmen.

Ich nicke, schnappe meine Teetasse und eile ihm nach. Er schiebt die Riegel an der Haustür zurück, und wir treten nach draußen. Es ist kühl und klar; nur wenige Wolken ziehen über uns hinweg.

»Immer noch kein Anzeichen für ein Unwetter …«, beginnt Liam spöttisch, um im nächsten Moment zu verstummen. Er starrt auf den Weg vor uns. Ich folge seinem Blick und bemerke, dass sich Schmutzspuren über die Steinplatten ziehen. Die Geranien sind in den Beeten zerknickt, als wäre jemand darübergetrampelt.

»Was zum Teufel soll das?«, murmelt Liam vor sich hin. Vorsichtig begibt er sich zu dem Beet, um es genauer zu untersuchen. In der Erde direkt vor dem Fenster befinden sich Fußspuren – genau vor dem Fenster, hinter dem er jemanden bemerkt zu haben glaubte.

»O Gott«, flüstere ich und starre auf die Spuren hinab. »Es war also tatsächlich jemand da und hat uns ausspioniert.« Es war kein Tier. Wir haben uns nichts eingebildet. »Hier ist jemand«, flüstere ich entsetzt. »Auf der Insel.«

Liam bückt sich, um die Fußspuren zu inspizieren. »Anscheinend ein Mann, Schuhgröße acht oder neun. Stiefel, keine Turnschuhe«, murmelt er. Dann richtet er sich auf und betrachtet das Fenster. »Er muss heute Nacht hier gestanden und uns beobachtet haben.«

Ich schlucke, vollkommen entgeistert, fassungslos bei dem Gedanken. Dann beginne ich vor Angst zu zittern. Ich kann den Blick nicht von den Fußspuren losreißen – untrüglicher Beweis dafür, dass wir nicht allein auf der Insel sind.

Liam schaut sich um und folgt den Schmutzspuren auf den Steinplatten. »Er ist über den Strand davongerannt.«

»Guck mal.« Ich zeige auf das Fenster, weil mir etwas aufgefallen ist. Irgendjemand hat etwas ins Glas geritzt, willkürliche Zeichen oder Symbole, die keinerlei Sinn ergeben, fast wie uralte Runen.

»Warum sollte jemand so was tun?«, frage ich verwirrt.

»War das schon vorher da?«

Ich schüttele den Kopf. »Nein. Das wäre mir aufgefallen, als ich heute Nacht die Vorhänge vorgezogen habe.«

Liam presst die Fingernägel ans Glas. »Das wurde von außen eingeritzt. Mit einem Messer oder einem anderen scharfen Gegenstand.«

Ich muss an das Geräusch denken, das ich in der Nacht gehört habe – als würde etwas über Glas kratzen –, und spüre, wie mich ein Schauer überläuft. »Was sollen wir nun tun?«, flüstere ich und starre ihn Hilfe suchend an.

»Lass uns wieder reingehen«, meint er.

Ich wende mich um. Wer auch immer das getan hat, beobachtet er uns in diesem Moment? Ich fühle mich so nackt wie gestern Nacht, als uns jemand – dieselbe Person – durchs Fenster bespitzelte.

»Es hieß, wir seien allein auf der Insel«, schimpft Liam, sobald er die Tür hinter uns abgeschlossen hat. »Es hieß, man könne vollkommene Privatheit garantieren. Stattdessen werden wir von einem Perversen verfolgt, der uns beim Sex zusieht.«

Er stellt seinen Kaffee ab und tigert im vorderen Raum hin und her.

»Vielleicht waren es Kinder vom Festland?«, überlege ich, nervös am Daumennagel kauend. »Oder es lebt jemand auf der Insel, was man uns nur vergessen hat mitzuteilen.«

Liam bleibt stehen. »Wo soll hier wohl jemand wohnen? Hier gibt es keine anderen Häuser.«

Ich zucke mit den Schultern. »Keine Ahnung.« Eigentlich hatte ich an die Burg gedacht. Wäre das nicht ein naheliegender Ort zum Leben – oder Hausen?

»Aber warum hat man uns dann nicht vorgewarnt? Und wer zum Teufel schleicht nachts zu einem Haus und schaut durchs Fenster?«, flüstert Liam, der nun vor dem Kamin auf und ab läuft.

»Könnte es ein Gärtner oder so sein?«, frage ich. »Oder vielleicht eine Putzkraft?«

»Hier gibt es keinen Gärtner. Und wenn es einen gäbe, würde er dann nicht tagsüber aufkreuzen?«, entgegnet er. »Außerdem würde er doch klopfen und Hallo sagen. Warum sollte er in der Dunkelheit herumschleichen und Leute ausspionieren? Dafür kann er ins Kittchen wandern.«

Ich hocke mich auf die Sofalehne und denke an die Gestalt, die uns nachts beobachtet hat. War es dieselbe, die uns früher am Tag im Wald verfolgte? Oder habe ich mir die tatsächlich nur eingebildet?

»Es könnte auch ein Schatzjäger sein.«

»Was?«

Liam nickt zu dem Buch über die Inselgeschichte hinüber. Mir fällt wieder ein, was er über die Mönche vorgelesen hat – dass sie nämlich ihren Schatz irgendwo vergraben haben sollen. Er selbst hatte vermutlich die dämliche Idee, danach zu suchen. »Du glaubst, hier treibt sich jemand herum, der das verbuddelte Gold ausgraben will?«

Liam zuckt mit den Schultern. »Warum nicht? Vielleicht will man uns von der Insel vertreiben, um ungestört weitersuchen zu können.«

Er nimmt sein Herumgetigere wieder auf und ballt immer wieder frustriert die Fäuste. Dann bleibt er unvermittelt vor mir stehen. »Hat der Fährmann nicht von einem Satellitentelefon gesprochen? Für Notfälle?«

Ich nicke.

Liam blickt sich im Raum um. »Wo mag es nur sein?«

Wir machen uns auf die Suche, Liam in den Einbauschränken im Flur und unter der Treppe, ich in der Küche.

»Wen willst du denn anrufen?«, frage ich, während wir noch herumstöbern.

»Die Hausverwalterin, denke ich. Obwohl ich gar nicht weiß, ob ich ihre Nummer habe. Wir haben immer nur per Mail kommuniziert. Ich könnte sie aber sicher herausfinden. Im schlimmsten Fall rufe ich im Pub auf dem Festland an. Irgendjemand wird die Frau schon kennen.«

»Ich hab's«, rufe ich laut und ziehe aus einer Schublade neben dem Herd etwas heraus, das wie eine große Fernbedienung aussieht. Ich halte es Liam hin. »Das ist es doch, oder?«

Das Ding erinnert fast an ein Walkie-Talkie. Liam nimmt es und sucht nach dem Anschaltknopf. Als er ihn drückt, bleibt das Gerät stumm.

»Was ist los?«, bohre ich nach, als er weiter an den Knöpfen herumfummelt.

»Es funktioniert nicht«, erwidert er missmutig. »Verdammt.«

»Komisch.« Ich betrachte die Verpackung. »Es wirkt brandneu.«

»Der Akku muss leer sein.« Liam seufzt auf. »Gibt es ein Ladegerät?«

Ich krame in der Schublade. »Nein, ich kann keins entdecken.«

»Warum sollte man ein Satellitentelefon, aber kein Ladegerät im Cottage deponieren? Das ist doch idiotisch!« Seine Wut wächst.

Ich wühle in den anderen Schubladen herum. »Geht auch ein Ladegerät für ein iPhone?«

Liam schüttelt den Kopf. »Nein. Offenbar braucht man ein spezielles dafür.«

Er hilft mir bei der Suche in den restlichen Schubladen,

aber erfolglos. »Mist«, stöhnt er wütend. »Na schön. Wir sollten versuchen, ein Mobilfunksignal vom Festland zu empfangen.«

»Der Fährmann hat gesagt, dass es hier keine Verbindung gibt.«

»Vielleicht weiter oben. Auf den Klippen zum Beispiel.«

Ich zögere. »Aber was, wenn … wer auch immer das ist … wenn er dort ist? Was, wenn er uns folgt?«

Liam verzieht das Gesicht. »Ja und? Ich habe keine Angst vor ihm. Im Gegenteil, ich würde gern ein Wörtchen mit ihm reden.«

Das ist das Letzte, was ich möchte, aber ich habe keine Wahl.

»Los, komm«, befiehlt Liam und schnappt sich sein Handy vom Couchtisch. »Nimm deins auch mit, für alle Fälle.«

11

Wir gehen den Strand entlang, obwohl Liam ein so strammes Tempo anschlägt, dass ich ihm kaum folgen kann. Das Lagerfeuer vom vergangenen Abend hat kohlschwarze Narben im Sand hinterlassen. Als wir daran vorbeimarschieren, werfen wir einen Blick auf die Stühle, die noch neben den Überresten des Feuers stehen – Zeugen des Vorfalls, der uns den Abend verdorben hat.

»Was, denkst du, will er von uns?«, frage ich Liam.

Er schüttelt den Kopf. »Keine Ahnung. Vielleicht ist es gar kein Schatzsucher. Es könnte auch einfach ein Obdachloser sein. Jemand, der unbefugt auf der Insel lebt.«

»Aber wie soll man denn das ganze Jahr hier überleben?« Die Winter müssen hart sein, ganz zu schweigen von dem Problem mit Trinkwasser und Elektrizität.

»Woher soll ich das wissen«, knurrt Liam.

An der Stelle, wo der Strand ausläuft, begeben wir uns ins Innere der Insel, durch den Wald hindurch und dann über einen kahlen Hügel hinweg. Die Klippen sind in der Ferne zu sehen. Mir fällt die Warnung im Gästebuch ein, aber als ich sie Liam gegenüber erwähne, winkt er nur ab. Als wir die Steilküste erreichen, muss ich erst anhalten und nach Luft schnappen, bevor ich den Anblick genießen kann. Von hier hat man den vollkommenen Rundblick: Die gesamte Insel breitet sich vor uns aus, und der Fjord erstreckt sich in sämtliche Richtungen. Plötzlich fühle ich mich winzig und bedeutungslos, und mir wird noch einmal bewusst, wie fern jegliche Hilfe ist. Der Fjord ist eigentlich ein Meeresarm; er ist mit dem Meer verbunden, und das Festland ist furchtbar weit weg. Als ich wieder auf die Insel hinabschaue, erkenne ich den Wald und das Dach der ausgebrannten Burg, das zwischen den Baumwipfeln aufragt. Unser Cottage ist ein winziger Punkt über eine Meile entfernt, und der Landungssteg wirkt wie ein dürrer Zweig, der in das dunkelgraue Wasser ragt.

Liam holt sein Handy heraus, aber ich kann schon an seiner Miene ablesen, dass er keinen Empfang erhält. »Was ist mit deinem?«, fragt er und nickt zu dem Telefon in meiner Hand hinüber.

Ich schaue drauf und schüttele den Kopf. »Nichts.«

Liam runzelt die Stirn und steigt dann zu einer höheren Stelle hinauf, die näher am Rand der Klippe liegt.

»Geh nicht zu nah ran«, warne ich ihn.

Er ignoriert mich und hält sein Handy hoch.

Ich bleibe zurück, lehne mich in den böigen Wind und lasse den Blick über die trostlose Hügellandschaft gleiten. Hier gibt es keinerlei Schutz, was wahrscheinlich der Grund dafür ist, dass hier nichts wächst. Nur ein knorriger, krummer Baum krallt seine Wurzeln wie Klauen in den Boden, um nicht vom stürmischen Wind fortgeblasen zu werden. Und auch mir kommt es so vor, als könnte mich eine Böe jederzeit hochheben und von der Klippe fegen.

»Da drüben scheint ein Weg zu verlaufen«, ruft Liam, als er zu mir zurückkehrt, und zeigt auf einen kaum sichtbaren Pfad im Felsen. Offenbar führt er nach unten, aber ich traue mich nicht nah genug heran, um herauszufinden, wohin genau.

»Der sieht gefährlich aus«, meine ich. »Lass uns lieber heimgehen.«

Liam lächelt und schüttelt den Kopf, als sei er ein Kind, das es mit einem übervorsichtigen Elternteil zu tun hat. Immerhin entfernt er sich vom Rand der Klippe. Dann marschieren wir weiter, immer parallel zur Küste. Die Nordseite der Insel fällt von den Klippen ab und taucht in den Wald ein. Der Bewuchs ist hier lichter als am Cottage, wo der Wald im Wesentlichen aus Fichten besteht. Hier finden sich eher Eschen und Ebereschen, die mit größerem Abstand wachsen. Wunderschön ist das, sogar friedlich, fast wie in einem kleinen, windgeschützten Tal. Wäre da nicht dieses lauernde Gefühl von Gefahr, dieser permanente Misston, der meinen Körper durchdringt, wäre ich vermutlich glücklich. So muss ich ständig über die Schulter schauen und mich vergewissern, dass uns niemand folgt. Auch Liam kann das Gefühl, beobachtet zu werden, offenbar nicht abschütteln. Ich merke, dass er unentwegt nach rechts und links späht oder sich um seine eigene Achse dreht, als rechne er damit, dass jeden Moment jemand hinter einem Baum hervorspringt und uns angreift.

Das Handy in der Hand prüft er ständig, ob wir vielleicht – wundersamerweise – in ein Gebiet mit Empfang gelangen. Meins checke ich kaum noch, da ich weiß, dass die Wahrscheinlichkeit gegen null geht. Wir sind so weit weg von der Zivilisation, und der Empfang war schon auf dem Festland schlecht.

Wir laufen weiter durch den Wald, klettern über Felsbrocken und durch tiefe Schluchten. Als wir einen Bach erreichen, folgen wir ihm bis zur Küste. In diesem Teil der Insel gibt es keinen Strand, nur große Felsen, die in den Fjord ragen. Als es zu mühselig wird hinüberzuklettern, kehren wir ins Innere der Insel zurück. Liam, der fast verstummt ist, führt uns zu der Lichtung mit der Burg.

»Das ergibt Sinn«, sagt er, als wir in einiger Entfernung zu dem mächtigen Gemäuer haltmachen.

»Was?«, frage ich.

Er nickt zu der Burg hinüber. »Das ist der einzige Ort auf der ganzen Insel, an dem man Schutz suchen kann.«

»Du willst doch wohl nicht hineingehen?«, protestiere ich, aber die Antwort kenne ich bereits.

Liam schreitet näher auf die Burg zu. Ich eile ihm nach und packe ihn am Ärmel. »Das halte ich für keine gute Idee.«

»Warum nicht?«, entgegnet Liam und beachtet meine Hand an seinem Arm gar nicht.

»Weil …« Ich verstumme und betrachte die schwarze Ruine vor uns. »Wie sollen wir überhaupt hineingelangen?«, gebe ich zu bedenken. »Das Erdgeschoss ist zugenagelt.«

»Wir werden schon einen Weg finden«, meint Liam, entzieht mir seinen Arm und läuft weiter.

»Das sollten wir lieber lassen«, murmele ich ihm hinterher. »Was da nicht alles passieren kann.«

»Ich werde doch nicht warten, bis dieser Bastard irgendwann aufhört, seine Spielchen mit uns zu treiben«, ruft Liam über die Schulter.

»Vielleicht spielt er keine Spielchen, wer auch immer er ist«, wende ich ein, sobald ich Liam einhole. »Vielleicht ist er nur neugierig. Schließlich war seit Monaten niemand mehr auf der Insel. Wahrscheinlich wollte er nur herausfinden, wer sich hier aufhält. Wir sollten ihn einfach in Ruhe lassen, dann tut er es hoffentlich auch mit uns.«

Aber es ist zwecklos. Liam ist wild entschlossen, den Typen zu finden und zur Rede zu stellen. Ich gehe Konflikten lieber aus dem Weg und unterstelle den Menschen nie etwas Böses, Liam jedoch ist das genaue Gegenteil. Wenn er einer Sache auf der Spur ist, ähnelt er einem Hund mit einem Knochen. Und er rechnet immer mit dem Schlimmsten, ein weiteres Symptom seiner Arbeit bei der Polizei.

Als wir die Burg erreichen, fällt mir auf, wie unüberwindlich ihre Mauern sind. Obwohl verwittert und angeschlagen, misst jeder Stein sicher einen halben Meter, und zwischen den Ruinen ragen immer noch zwei intakte Türme auf. Ich spähe zu den Spitzbögen und Stützpfeilern hoch. Sie erinnern mich an die Bilder, die ich von Notre-Dame in Paris gesehen habe: Anzüglich grinsende Wasserspeier, in den Stein über der Tür gemeißelt, strecken uns die Zunge heraus. Die Hässlichkeit der Figuren verfehlt nicht ihre Wirkung, besonders in diesem verfallenen Zustand, sodass ich am liebsten davonlaufen würde.

Die Fenster im Erdgeschoss sind fest vernagelt. Hier würden wir uns wohl nur mit einem Vorschlaghammer oder einer Säge Zutritt verschaffen können. Liam läuft um das ganze Gebäude herum und hält nach losen Brettern Ausschau, und ich folge ihm in gewissem Abstand. Als wir die Eingangstür erreichen, stellen wir fest, dass sie mit zwei schweren Stahlplatten gesichert ist, die zu beiden Seiten fest im Mauerwerk verankert sind. Ich bin keineswegs böse, dass wir nicht in das Gebäude hineingelangen, im Gegenteil.

Als ich auf der bröckeligen Eingangstreppe ankomme, blitzt in meiner Erinnerung das Foto aus dem Buch auf. Ich befinde mich genau dort, wo die McKays für das Bild posierten. Nancys Gesichtsausdruck habe ich noch klar vor Augen, auch ihre Hand auf Elliots Schulter. Mich fröstelt, als sei soeben jemand über mein Grab geschritten.

Als ich mich wieder umdrehe, ist Liam verschwunden. In meiner Panik renne ich um die Ecke, aber auch dort ist keine Spur von ihm. »Liam?«, schreie ich entsetzt.

Keine Antwort. Ich schreie noch einmal seinen Namen.

»Hier!«, höre ich ihn schließlich rufen, dann sehe ich seinen Kopf aus einer Art Grube hervorlugen. Als ich ihn erreiche, wird mir klar, dass er auf einer steilen Steintreppe steht, die wahrscheinlich zum Dienstboteneingang führt – oder zum Kohlenkeller, da die Tür wirklich winzig ist.

»Sie wurde aufgebrochen«, erklärt Liam und deutet auf die mit Brettern vernagelte Tür. »Schau!« Er zieht an den Sperrholzplatten, die sich problemlos lösen. Sie dienen einzig der Tarnung. Liam holt sein Handy heraus, schaltet die Taschenlampe an und richtet den Strahl in das finstere, höhlenartige Innere. Dann tritt er hinein.

Ich zögere. »Ich weiß nicht, ob das vernünftig ist.«

»Du kannst ja draußen warten, wenn du möchtest«, erwidert Liam, ohne sich auch nur in meine Richtung zu wenden.

Ich werde bestimmt nicht allein hier draußen bleiben. Als ich ihm folge, fühle ich mich wie eine Tiefseetaucherin, die in finstere Unterwasserwelten gleitet. *Wir sind zu zweit*, sage ich mir, all meinen Mut zusammennehmend, *und er ist vermutlich allein*. Uns kann nichts passieren. Oder?

12

Liam hält das Handy hoch, obwohl die Taschenlampe des Telefons bestenfalls eine Reichweite von wenigen Schritten hat. Wir befinden uns in einer Art Keller. Es ist feucht und riecht nach Fäulnis und Schimmel, und ich muss husten. Liam hält mir seine Hand hin. Zusammen tasten wir uns weiter über den unebenen Grund.

Ich klammere mich an seine Hand, weil ich nicht stürzen oder den Knöchel verstauchen will. An manchen Stellen ist das Gebälk eingebrochen, und Trümmer und Ziegelsteine versperren den Weg. Ich habe Angst, dass die Decke vollständig einstürzt und uns begräbt. Wie lange würde es dauern, bis man uns findet? Zu lange, das ist sicher.

Schließlich erreichen wir das Ende des Gewölbes, und Liam entdeckt eine Tür, die allerdings von einem Felsbrocken blockiert ist. Hat den jemand absichtlich hier hingeschafft? Irgendwie wirkt es so. Liam hievt ihn zur Seite und öffnet die Tür. Sie führt in einen Gang mit Steinwänden, ohne Fenster oder Lüftungsöffnungen. Wir tasten uns vorsichtig hinein. Von dem Gang gehen viele Kammern ab, die einst offenbar als Lagerräume oder vielleicht sogar als Dienstbotenquartiere genutzt wurden.

Manche von ihnen sind möbliert. Ein Raum war offensichtlich eine Sattelkammer. In einem anderen stehen Regale, und in die Decke sind Haken eingelassen – womöglich hat man hier früher Wild aufgehängt. In einem dritten Raum befinden sich geborstene Steinbecken und verrostete Armaturen, woraus ich schließe, dass es sich um einen Waschraum gehandelt haben muss. Schließlich erreichen wir die Küche – was leicht zu erkennen ist: Der Boden ist mit Steinplatten bedeckt, außerdem gibt es einen uralten Herd. In den Fächern einer hölzernen Anrichte bemerke ich schmutziges Steingut und Schüsseln, und auf einem verstaubten Eichentisch liegt neben einer Emailleschüssel ein Nudelholz, das nur darauf zu warten scheint, einen Teig auszurollen. Es ist wie in einem Märchen, in dem es Mitternacht schlägt und alles erstarrt. Ich möchte nur fort. Dieser Ort ist entsetzlich; in seinen Mauern spukt es, ganz klar, oder ein Fluch hängt über ihm, genau wie die Männer im Pub gesagt haben. Liam hingegen wirkt immun gegen die düstere Atmosphäre; entweder spürt er sie gar nicht, oder sie macht ihm keine Angst. Letzteres vermutlich.

Hinter der Küche stoßen wir auf eine weitere Treppe. Sie führt hinauf, und Liam steigt sie nach oben. Widerwillig folge ich ihm und laufe fast in ihn hinein, als er unvermittelt auf halber Höhe stehen bleibt, weil er im Staub einen Fußabdruck entdeckt hat.

»Er war hier«, flüstert Liam. »Ich wette, dass er irgendwo in der Ruine wohnt.«

Jetzt möchte ich erst recht weg. Warum, um Gottes willen, schleichen wir einfach weiter?

»Ich denke, wir sollten verschwinden«, zische ich. »Mir gefällt das alles nicht.«

Er dreht sich um und bemerkt die Angst in meinem Gesicht. »Mach dir keine Sorgen«, sagt er leise. »Es wird alles gut gehen. Ich möchte nur mit ihm reden. Er soll uns einfach in Ruhe lassen.«

»Und was, wenn er gefährlich ist?«

Statt einer Antwort zieht Liam ein Springmesser aus der Tasche. Ich reiße entsetzt die Augen auf. »Was willst du denn damit?«, frage ich panisch.

»Selbstverteidigung«, erklärt er. »Für den Fall, dass wir so etwas brauchen.«

Ich schlucke schwer. »Das ist Wahnsinn. Wir sollten umkehren. Wir sollten gar nicht hier sein.«

»*Er* sollte nicht hier sein«, erwidert Liam und entzieht mir seine Hand. »*Er* ist der Eindringling.«

Er steigt weiter die Treppe hinauf, bis er an eine kleine Holztür gelangt. Als er sie aufdrückt, wird mir klar, dass ich eine Entscheidung treffen muss: Ich kann ihm nachgehen, oder ich kann allein zurückbleiben. Beides behagt mir gar nicht, aber vermutlich bleiben wir besser zusammen. Gemeinsam ist man stark, heißt es, also renne ich ebenfalls die Treppe hoch.

Wir erreichen einen großen Saal, einst vermutlich die Eingangshalle. Eine Wendeltreppe führt zu einer Galerie im ersten Stock. Von der Halle zweigen etliche Türen ab, und in beide Richtungen erstreckt sich – von einem Ende der Burg zum anderen – ein langer Korridor.

Liam steckt sein Handy weg. Die Taschenlampe braucht er jetzt nicht mehr, da durch die Löcher im eingebrochenen Dach Sonnenlicht strömt. Ich schaue mich um. In alten Zeiten hingen hier vermutlich Tiergeweihe und Ahnenporträts an den Wänden, vielleicht sogar Schwerter und Wappen. In meiner Fantasie sah es in der Halle aus wie in einem Jagdhaus. Aber nun wirkt sie trostlos und kahl; die Wände sind mit Rußstreifen überzogen, angesengt, von Flammen angefressen. In den Fensteröffnungen mache ich Vogelnester aus; die Tiere haben überall auf dem Steinboden ihren Dreck hinterlassen. Stellenweise haben sich Pfützen gebildet und verströmen einen muffigen Geruch.

Die große geschwungene Treppe, die sich an den Seiten der Halle nach oben windet, ist an einigen Stellen eingestürzt; wie eine Lawine haben sich die Steine der Mauern in die Rückseite der Halle ergossen. Es kann keine Rede davon sein, in die oberen Stockwerke zu steigen, was für mich immerhin eine gewisse Erleichterung darstellt.

»Komm«, sagt Liam und tritt in die Halle.

Angst kriecht mir den Rücken hinauf und greift nach meiner Kehle. Wie diese Wasserspeier, die sich draußen ans Mauerwerk klammern, nimmt sie mich in den Würgegriff und raubt mir den Atem.

Liam steuert auf einen Raum zur Rechten der Treppe zu. Es könnte ein Salon oder Wohnzimmer gewesen sein; der gewaltige Kamin ist mit Schutt und Steinen verstopft, ansonsten ist der Raum leer und rußverschmiert. Von dort erreichen wir ein Zimmer mit vielen Regalen, offenbar eine Bibliothek, auch wenn die Bücher alle zerstört sind. Es ist dunkel, und Liam muss uns wieder mit dem Handy leuchten. Durch eine Türöffnung gelangen wir in einen weiteren Raum. Schwer zu sagen, was für eine Funktion er hatte, da keinerlei Möbel oder Gegenstände an den Wänden zurückgeblieben sind. Hier findet sich nichts weiter als Schutt und ein eingebrochener Kamin, und das einzige Anzeichen für Leben ist der Vogel- und Rattendreck.

Die Türen, die von hier aus weiterführen, sind alle verschüttet, daher müssen wir in die Halle zurückkehren. Nun knöpfen wir uns die andere Richtung vor und erreichen gleich links neben der Eingangstür einen Raum, der ein Arbeitszimmer gewesen sein dürfte. Aus irgendeinem Grund blieb dieser Teil der Burg von den Flammen größtenteils verschont. Die Möbel sind noch da; vor dem Fenster steht ein imposanter Schreibtisch, dessen Lederoberfläche die Unbilden des Wetters jedoch zerfressen haben. In der Ecke entdecke ich einen zerbrochenen Stuhl und neben dem Kamin einen Metalleimer mit Gerätschaften, darunter eine Zange, eine Schaufel und einen Schürhaken.

Liam tritt durch eine weitere Tür, dann durch noch eine. Ich folge ihm auf Zehenspitzen, bei jedem Schritt vorsichtig auftretend. Manche Räume wirken vollkommen unberührt. Wir passieren einen Esstisch mit zwölf Stühlen, fast so, als wolle man gleich Gäste empfangen – wäre da nicht die Anrichte mit dem zersprungenen Geschirr. Es wirkt, als hätte ein Riese mit der Faust draufgeschlagen. In einem anderen Raum hingegen ist das Dach eingestürzt, und es liegt so viel Schutt herum, dass wir nicht zur Tür auf der gegenüberliegenden Raumseite gelangen. Erneut müssen wir umkehren, aber im Esszimmer bleibt Liam plötzlich stehen. Er zeigt auf die Holzvertäfelung an den Wänden, die sich stellenweise wölbt, und tritt zu einem lockeren Brett. Als er daran zieht, öffnet sich dahinter ein Gang.

»Der muss für das Personal gewesen sein«, bemerkt er.

Meine Neugierde treibt mich zu ihm, aber als ich hineinschauen will, ist Liam bereits in dem Gang verschwunden, sich mit der Taschenlampe den Weg leuchtend. Es handelt sich um einen schmalen Steinkorridor mit erloschenen Glühbirnen, die sich in der Mitte der Decke aneinanderreihen. Ich kann mir gut vorstellen, wie Bedienstete mit Tabletts voller Speisen hier entlanggeeilt sind.

Wir müssen um etliche Ecken biegen. Der Gang ist wie ein Labyrinth und viel zu dunkel – wer weiß, ob wir je wieder herausfinden. Panik schwillt in mir an, als ich mir vorstelle, in diesem Tunnel gefangen zu sein. Gott sei Dank müssen wir nicht mehr lange gehen, bevor Liam vor der nächsten Tür haltmacht. Er lehnt sich dagegen, und wir landen wieder im Arbeitszimmer. Ich stoße einen Seufzer der Erleichterung aus.

»Lass uns verschwinden«, flüstere ich, gegen die Tränen ankämpfend. »Er ist hier nicht.«

»Er muss hier sein«, erwidert Liam durch zusammengepresste Zähne. »Lass uns oben nachschauen.«

»Wie denn?«, entgegne ich flehend. »Die Treppe ist doch eingebrochen. Da kommt niemand ...« Aber Liam marschiert schon zurück in die große Halle und dann direkt auf die Treppe zu. »Da kannst du nicht hoch.« Ich eile ihm nach. »Was, wenn du stürzt? Was, wenn ...«

Ich verstumme, da er ohnehin nicht auf mich hört. Tatsächlich ist er bereits auf dem Weg nach oben.

An der ersten Einsturzstelle stoppt er. Vor ihm gähnt ein gewaltiges Loch. Er müsste über einen Meter überwinden, um auf die andere Seite zu gelangen. Aber bevor ich etwas sagen kann, ist Liam schon gesprungen. Ich schlage die Hand vor den Mund, als ein Stück Mauerwerk wegbröckelt und auf dem Schutthaufen am Boden landet.

Ich bin hin- und hergerissen zwischen dem Bedürfnis, am Fuß der Treppe zu bleiben, und dem, Liam zu folgen. Aber da ich einen solchen Sprung ohnehin nicht meistern könnte, muss ich das Ganze hilflos mit anschauen. Liam steigt weiter nach oben, sich am Rand der Treppe haltend, bis er zur nächsten Lücke kommt. Diese ist größer, und ich sehe, wie er sie abzuschätzen versucht. Die Höhe ist gewaltig, er würde bestimmt zehn Meter in die Tiefe stürzen, wenn der Sprung misslänge. Liam beäugt den guten Meter, den er bezwingen muss, dann kauert er sich zusammen und verlagert das Gewicht auf den vorderen Fuß.

Als er gerade zum Sprung ansetzen will, lässt ihn ein Geräusch innehalten. »Was war das?«, fragt er und dreht sich zu mir zurück.

Ich schüttele verwirrt den Kopf und blicke mich um.

»Wo kam das her?«

Ich zeige auf die Rückseite der Halle. »Von dort, glaube ich.«

Liam macht kehrt und rennt die Treppe wieder hinunter. Die Einsturzstelle überwindet er in seiner Eile mit einem schnellen Sprung.

»Woher?«, fragt er, als er an meiner Seite anlangt.

Ich zeige auf den Schutthaufen hinten in der Halle. »Von dort irgendwo.«

Liam runzelt die Stirn, und für einen Augenblick herrscht Totenstille. Plötzlich hören wir ein raschelndes Geräusch, gefolgt von einem dumpfen Aufprall, als würde jemand aus einem Zimmer auszubrechen versuchen und sich gegen die Tür werfen. Liam legt den Finger an die Lippen – nicht dass ich eine solche Ermahnung gebraucht hätte! – und tappt dann auf Zehenspitzen in Richtung des Geräuschs.

Wegen des gewaltigen Schutthaufens hatten wir sie nicht bemerkt, aber direkt dahinter befindet sich eine Tür. Sie steht einen Spalt auf. Liam holt sein Messer aus der Tasche und lässt es aufspringen. Ich klebe förmlich an seinem Rücken, als wir so geräuschlos wie möglich über Schutt und Mörtel auf die Tür zuschleichen. Was machen wir hier nur?, frage ich mich die ganze Zeit. Warum zum Teufel verschwinden wir nicht einfach? Warum begeben wir uns mitten in die Gefahr? Liam sieht es vermutlich vollkommen anders, aber er ist ja auch ein Mann. Männer kennen die Ängste nicht, die viele Frauen ständig plagen. Frauen lernen von Kindheit an, nie allein durch eine finstere Straße zu gehen und sich ständig umzuschauen.

Als ich auf einen losen Stein trete und eine kleine Schuttlawine auslöse, verstummt das Klopfen plötzlich. Erstarrt halten wir beide die Luft an. Liam reckt das Messer wie einen Dolch in die Höhe. Wir behalten die Tür fest im Auge und erwarten fast, dass sie auffliegt und eine wilde Gestalt herausstürzt.

Eine halbe Minute, vielleicht sogar länger, verharren wir so. Nichts passiert. Schließlich ertönt das Klopfen wieder, diesmal noch frenetischer. Wer auch immer das ist, er muss sich in einer Falle wähnen und einen Ausweg suchen.

Unvermittelt stürzt Liam voraus und wirft sich mit der Schulter gegen die Tür. Mit einem Schrei platzt er in den Raum hinein. Ich schaue an ihm vorbei.

Niemand. Der Raum ist leer. Dann entdecke ich einen Vogel – eine Krähe, schwarz und hässlich, die ständig gegen die Wandvertäfelung knallt. Sie flattert wild, um sich in die Luft zu erheben und durch das Loch in der Decke zu entkommen. Warum ihr das nicht gelingt, ist nicht zu übersehen: Ihr Flügel ist gebrochen. Die Federn an der heilen Seite glänzen, an der anderen Seite sträuben sie sich wirr.

Ich stoße einen Seufzer aus und eile auf das erbarmungswürdig herumhüpfende Tier zu. Die Panik und die Erschöpfung merkt man ihm förmlich an. Es muss durch das Dach gefallen und hier in der Falle gelandet sein. Wie lange ist es wohl schon in der Ruine gefangen? Die Krähe kauert sich verängstigt zusammen, als ich mich auf sie zubewege, dann hüpft sie weg, verzweifelt mit dem gesunden Flügel schlagend. Ich ziehe meine Jacke aus und nähere mich vorsichtig, den Vogel in die Ecke drängend.

»Was tust du da?«, ertönt Liams Stimme hinter mir.

»Ich rette sie«, sage ich, ohne mich umzudrehen.

Langsam gehe ich auf das verletzte Tier zu, murmele leise vor mich hin, will es besänftigen. Aber die Krähe ist in Panik. Sie krächzt erbärmlich und versucht sich wieder zu erheben, aber ich bin schneller und werfe ihr die Jacke über den Kopf. Bevor das Tier sich freikämpfen kann, habe ich die Jacke in meinem Arm zusammengeballt. Einen Moment wehrt die Krähe sich noch, dann regt sich nichts mehr. Sie ist starr vor Angst, und ich spüre ihr pochendes Herz wie den Flügelschlag eines Kolibris.

Mit einem triumphierenden Lächeln drehe ich mich zu Liam um.

»Und jetzt?«, fragt er.

Mein Lächeln erlischt. So weit hatte ich nicht gedacht. Es ist ja nicht so, dass wir einen Tierarzt oder ein Wildtierzentrum in der Nähe hätten. »Wir könnten sie wenigstens füttern«, erwidere ich entschlossen. »Ihr Wasser und Fressen geben. Das arme Ding ist vielleicht schon tagelang hier gefangen, ohne irgendwelche Nahrung.«

»Sie hat einen gebrochenen Flügel, Laura«, stöhnt Liam. »Wir sollten sie besser sich selbst überlassen. Oder wenn wir Mitleid mit ihr haben, schläfern wir sie am besten ein.«

Mir klappt die Kinnlade herunter. »Wie bitte? Nein! Wir können sie nicht hierlassen. Oder umbringen. Ich kann sie heilen. Ich kann probieren, den Flügel zu richten.«

Liam zieht eine Augenbraue hoch, aber er weiß, dass ich ein hoffnungsloser Fall bin, wenn es um Tiere geht. »Dann komm«, meint er missmutig. Er dreht sich um und verlässt den Raum. Ich folge ihm, den Vogel behutsam in den Armen haltend.

In der großen Halle betrachtet Liam noch einmal sichtlich enttäuscht die Treppe zum Obergeschoss.

»Wir sollten zum Cottage zurückkehren«, schlage ich vor in der Hoffnung, dass er nicht einen weiteren Versuch unternimmt, dort hochzusteigen.

Er scheint ernsthaft darüber nachzudenken, aber schließlich seufzt er und wendet sich mir zu. »Gut«, sagt er. »Lass uns abhauen.«

Über die Dienstbotentreppe steigen wir in die Küche hinab. Liam holt sein Handy heraus, dann leuchtet er uns den Weg durch die Dunkelheit in den Keller.

»Ob es wohl noch eine andere Treppe gibt?«, überlegt er laut, als wir die Küche durchqueren. »So etwas wie eine

Dienstbotentreppe vielleicht. Alte Gemäuer wie dieses haben immer Geheimtreppen, damit die vornehmen Herrschaften nicht mit dem Anblick des Pöbels belästigt werden.«

Da hat er vermutlich recht. Bestimmt würden wir noch eine Treppe finden, wenn wir das verborgene Labyrinth weiter erkundeten. Aber danach steht mir wirklich nicht der Sinn.

»Ich muss diese Krähe heimbringen«, erkläre ich. »Und wir haben noch nicht einmal gefrühstückt«, füge ich hinzu, auf Liams unersättlichen Appetit spekulierend.

Wie erhofft, gibt er nach und führt uns durch den Keller.

»Nächstes Mal bringe ich eine richtige Taschenlampe mit«, sagt er, als wir die Tür erreichen.

»Nächstes Mal?« Ich bin entsetzt. »Werden wir denn hierher zurückkommen?«

Er schüttelt den Kopf. »Nein. *Ich* werde hierher zurückkommen.«

13

Die Krähe ist in meinem Arm ruhig geworden, aber ich spüre ihren feinen Herzschlag an meinem Herzen zittern. In meinem Innern herrscht eine ähnliche Panik. Das Dunkel, in das ich sie gehüllt habe, besänftigt sie. Bei mir gelingt das nie. Selbst die schwärzeste Finsternis vermag mich nicht zu beruhigen. Ich halte den Vogel fest umklammert, da ich weiß, dass er sich sonst losreißen und in seinem Freiheitsdrang noch stärker verletzen könnte. Ich möchte ihm nur helfen, aber das weiß er nicht. Hätten wir ihn dagelassen, wäre er gestorben. So hat er wenigstens eine Chance.

Ich denke darüber nach, wie man einen Flügel schienen kann, ohne größeren Schaden anzurichten. Außerdem überlege ich, wo man den Vogel für die Dauer der Heilung unterbringen könnte.

Liam schenkt mir ein Lächeln und schüttelt traurig den Kopf, als ich den Vogel zu besänftigen versuche.

»Tiger hat ständig Vögel angeschleppt«, erzähle ich ihm. »Halb tot.« Tiger war meine Katze, eine orangefarbene Tigerkatze mit einem wenig originellen Namen.

»Ich kann mich erinnern«, antwortet Liam lachend. »Kleine Tieropfer.«

Die Vögel waren als Geschenk gedacht und lagen angefressen auf der Fußmatte oder sogar in meinem Bett. Wenn sie nicht schon tot waren, habe ich sie durchzubringen versucht. Die Liebe zu Tieren habe ich von meinem Großvater geerbt. Er versuchte oft, Vögel und Kleintiere zu retten, die er in seinem Garten oder auf seinen Wanderungen fand. Einmal brachte er einen kleinen Igel mit. Ich half ihm, das Tier mit einer Mischung aus Milch und eingeweichtem Brot aufzupäppeln, und als der Kleine stark genug war, ließen wir ihn frei. Ich habe geweint, weil ich Angst hatte, er könnte allein nicht überleben, ohne einen fürsorglichen Elternteil. Aber mein Großvater erklärte, dass wir alles Menschenmögliche getan hätten – nun sei es an der kleinen Kreatur, sich in freier Wildbahn durchzuschlagen. »Nur die Starken überleben«, belehrte er mich. »So ist die Natur eben.« Mir war klar, dass er recht hatte, aber es war trotzdem schwer für mich. Den Schwachen und Verletzlichen gegenüber war das nicht gerecht, weil sie sich ihre Natur ja nicht ausgesucht hatten. Aber mein Großvater hat mich häufig darauf hingewiesen, dass auch die scheinbar kleinsten und schwächsten Tiere verborgene Kräfte besitzen. Man nehme nur den Igel – er ist langsam und träge, aber dank seiner Stacheln ist er bestens vor Räubern geschützt.

Als kleines Kind habe ich meine Stofftiere immer in einem fiktiven Krankenhaus aufgereiht, dichtete ihnen alle möglichen Leiden an und spielte dann Ärztin. Meine Mum sagte mir ständig, ich könne alles werden, was ich wolle, auch Ärztin oder Tierärztin. Ich hatte aber nie das nötige Selbstvertrauen, um meine Träume zu verwirklichen. Tierarztassistentin war das Höchste, was ich mir zutraute, und ich liebe meine Arbeit. Habe sie geliebt, jedenfalls. Noch ist mir nicht klar, ob ich je wieder an die Arbeit zurückkehren kann. Ich habe die Leute im Stich gelassen, als ich so plötzlich und ohne jede Vorwarnung ausfiel; und obwohl ich den Eindruck hatte, dass sie angesichts meiner Probleme größtes Verständnis aufbrachten, weiß ich nicht, ob sie mich überhaupt zurückwollen. Letztlich war ich nicht gerade eine vorbildliche Kollegin, da ich mich um meine kranke Mutter kümmern und eine Hochzeit planen musste. Sicher haben sie längst einen Ersatz gefunden. Möglicherweise bekomme ich nicht einmal gute Referenzen, wenn ich mich um einen anderen Job bemühen muss.

Eins nach dem anderen, ermahne ich mich und hole tief Luft. *Eins nach dem anderen.* Irgendwann werde ich wieder auftauchen und mir mein Leben zurückholen. Diese Flitterwochen sind ein Neubeginn, auch wenn es nicht so aussieht, als würden sie der romantische Trip, den wir uns vorgestellt hatten.

Als wir das Cottage erreichen, hat der Himmel die Farbe eines frischen Blutergusses angenommen. *Kein gutes Zeichen,* sage ich mir. Vielleicht hatte der Fährmann doch recht mit seiner Unwetterwarnung. Liam muss dasselbe denken, denn er runzelt beim Blick in den Himmel missmutig die Stirn und verzieht den Mund, untrügliches Zeichen für eine Verstimmung.

Als er die Hintertür aufschließt, fallen schon die ersten dicken Tropfen, und er schiebt mich schnell hinein. Meine Arme schmerzen, weil ich den ganzen Weg über den Vogel trug. Ich hege keinerlei Zweifel daran, dass er in meiner Jacke seinen Dreck hinterlassen hat. Mir soll's egal sein.

Ich hoffe nur, dass meine Bemühungen nicht umsonst sind und sein Flügel sich irgendwie heilen lässt, damit er wieder fliegen kann.

»Wo willst du den unterbringen?«, fragt Liam und nickt zu dem Vogel hinüber.

Ich schaue mich um. »Eine Kiste oder Schachtel wäre nicht schlecht. Und ein Handtuch.«

»Ich glaube, ich habe unter der Treppe eine Kiste gesehen«, meint Liam. »Warte.«

Er verschwindet und kehrt mit einer Kiste zurück. Sie ist gerade groß genug.

»Könntest du mir noch ein Handtuch holen?« Ich knie mich hin.

Liam geht ins Bad im Erdgeschoss, um ein Handtuch zu holen, und ich setze den Vogel vorsichtig in die Kiste. Es könnte sein, dass er unter Schock steht, woran Tiere in solchen Situationen oft sterben. Die Krähe ist stumm und liegt steif auf der Seite, und ich fürchte schon das Schlimmste. Aber dann schaut sie mich mit ihren Knopfaugen an und stößt einen wütenden Krächzer aus. Ich atme erleichtert auf. Es ist noch Leben in ihr. Sie hat noch nicht aufgegeben.

Ich eile zum Küchenschrank und suche nach etwas, womit ich sie füttern kann. Vor allem braucht sie Wasser, daher fülle ich eine Untertasse und stelle sie ihr hin. Dann nehme ich die Haferflocken, die ich im Schrank gefunden habe, weiche sie in Milch ein und stelle sie neben das Wasser. Das sollte erst einmal reichen.

Als Liam mit einem Handtuch erscheint, breite ich es über der Kiste aus. Mit der Jacke hatte ich recht, meine neue Freundin hat überall ihren Dreck verteilt, und nun stinkt es. Das Gröbste kann ich per Hand auswaschen, aber ich bezweifele, dass ich das Teil anziehen kann, bevor es in der Reinigung war. Angesichts des drohenden Wetterwechsels ist das nicht ideal, aber ich werde es überleben.

»Und was nun?«, will Liam wissen.

»Ich muss die Krähe untersuchen und probieren, ob sich der Flügel schienen lässt.«

Zum ersten Mal seit Ewigkeiten habe ich das Gefühl, ein Ziel vor Augen zu haben. In meinem Innern glimmt ein Funken auf, der fast erloschen war. Ich muss ein Leben retten. »Haben wir Klebeband oder Gaze?«

»Unter dem Waschbecken im Bad liegt ein Erste-Hilfe-Set«, antwortet er.

Ich laufe hoch. Im Badezimmer neben unserem Schlafzimmer steht ein Schränkchen, aus dem ich das Erste-Hilfe-Set herauskrame. Es enthält alles, was ich brauche, und so eile ich wieder nach unten.

»Du musst den Vogel festhalten«, erkläre ich.

Liam wirkt nicht gerade begeistert, aber ich hebe das Tier aus der Kiste und halte es ihm hin, sodass er keine Wahl hat.

Der Vogel hackt mit seinem tückischen Schnabel nach mir, und ich lege ihm das Handtuch über den Kopf, damit er nichts mehr sehen kann. Trotzdem zappelt er in Liams Armen weiter. Ich versuche die Krähe zu besänftigen, indem ich ihr über die Federn streiche; sie soll wissen, dass ich kein Räuber oder Feind bin und sie keine Angst vor mir haben muss. Aber sie wähnt sich zweifellos in Todesgefahr und lässt sich nicht beruhigen. Liam murrt leise vor sich hin.

Ich untersuche den Flügel so behutsam wie möglich, wie ich es schon ein paar Mal bei meinem Tierarzt beobachtet habe. Außerdem fällt mir die Illustration eines Vogelflügels ein, die ich im College studiert habe, dieses feine Skelett. Vogelflügel heilen schnell, daran kann ich mich auch noch entsinnen. Vogelknochen sind anders als Menschenknochen. Unter anderem sind sie hohl.

»Es handelt sich bestimmt nur um einen einfachen Bruch«, sage ich zu Liam, nachdem ich den Flügel vorsichtig abgetastet habe. »Und der Knochen hat sich nicht durch die Haut gebohrt, was auch von Vorteil ist.«

Ich schneide ein langes Stück Klebeband ab und lege es sorgfältig um den Vogel herum, um den Flügel ruhigzustellen. Mir ist klar, dass Position und richtiger Druck des Klebebands entscheidend für den Heilungsprozess sind. Falls sie nicht stimmen, wird der Vogel nie wieder fliegen können, und dann könnte man ihm gleich den Hals umdrehen, wie Liam es an der Burg schon vorschlug. Meines Erachtens sitzt das Klebeband aber gut.

Liam flucht, als der Vogel ihm in den Finger picken will. Sobald ich fertig bin, reicht er ihn mir erleichtert wieder zurück. Ich nehme ihn entgegen und lege ihn, immer noch in das Handtuch gewickelt, zurück in die Kiste. »Das hätten wir geschafft«, meine ich.

Ich verspüre einen ungeheuren Stolz darüber, ordentliche Arbeit geleistet zu haben, und wünsche mir innig, dass sich der Vogel erholt. Irgendwie kommt es mir so vor, als sei die Genesung des Tieres mit meiner eigenen verknüpft.

Nachdem ich mir die Hände gewaschen habe, hole ich meine beschmutzte Jacke und mache mich daran, sie unter laufendem Wasser zu schrubben. Liam steht am Fenster und späht in den bedeckten Himmel, als wolle er den Fremden, wer auch immer uns da nachspioniert, von weiteren Nachstellungen abschrecken.

Ich habe Angst, dass er mich zurücklassen könnte, um sich noch einmal in der Burg umzuschauen. Glücklicherweise regnet es im Moment, sodass ich ihn vielleicht davon überzeugen kann, erst einmal abzuwarten. Und nach dem Regen hat er sich vielleicht wieder beruhigt. Andererseits geht es mir genauso wie Liam: Immerzu frage ich mich, wer dieser Typ wohl sein mag und was er auf der Insel zu suchen hat.

Ich trage die Kiste mit der Krähe ins Wohnzimmer und stelle sie neben den Kamin, wo sie nicht im Weg ist. In dem Raum ist es so dunkel wie in einem Grab, da die Vorhänge noch zugezogen sind. Ich trete hin, um sie aufzuziehen und ein bisschen Licht hereinzulassen. Im nächsten Moment stoße ich einen Schrei aus.

Liam kommt angerannt und bleibt strauchelnd neben mir stehen. Ich zeige auf das Fenster, in das der Fremde seine mysteriösen Zeichen eingekratzt hat.

Von innen betrachtet, sind sie mehr als verständlich. Es sind keineswegs Zeichen mit einer verborgenen, für uns nicht zu entschlüsselnden Bedeutung. Es sind Buchstaben. Von innen betrachtet, ist vollkommen klar, was sie bedeuten. TEUFEL.

14

Wir starren auf die Worte, die in die Fensterscheibe geritzt sind.

»Was soll das, verdammt noch mal?«, flucht Liam leise. »Was ist das für ein Spielchen?«

Ich habe ihn noch nie so erschüttert erlebt. Tatsächlich habe ich ihn überhaupt noch nie erschüttert erlebt. Liam tritt ans Fenster und reißt den Vorhang zu, um die Schrift zu verbergen. Als er sich umdreht, merke ich, dass er immer wieder den Kiefer anspannt. Seine Brauen sind gerunzelt.

»Was, denkst du, hat das zu bedeuten?«, frage ich ihn.

Er schüttelt den Kopf. »Woher soll ich das wissen?«

Ich schlucke und beiße mir auf die Zunge.

»Teufel«, murmelt er, »das ergibt doch keinen Sinn.« Dann marschiert er vor dem Fenster auf und ab. Ich stehe stumm daneben und mustere ihn. »Es ist nur …« Er hält inne und reißt den Vorhang wieder auf, als hoffe er, die Schrift könne verschwunden sein. Ohne den Blick vom Fenster loszureißen, kratzt er sich im Nacken.

»Wer schreibt denn so etwas?«, flüstere ich.

Liam antwortet nicht. Unvermittelt macht er sich auf den Weg zur Haustür.

»Wo willst du hin?«, erkundige ich mich besorgt.

»Raus«, erwidert er. »Ich will mir diese Fußspuren noch einmal anschauen.«

»Warum?«

»Darum«, zischt er, öffnet die Tür und tritt in den Regen hinaus.

Ich folge ihm und bleibe unschlüssig in der Tür stehen. Der Regen fällt in großen Tropfen herab, die Wolken hängen tief. Ich spähe den Strand entlang zu der Stelle, an der ich gestern jemanden zu sehen vermeinte. Jetzt ist da niemand, aber bei diesem Wolkenbruch kann man sowieso nichts erkennen. Als mein Blick auf das Steinmännchen fällt, stelle ich fest, dass es noch genauso aussieht, wie ich es zurückgelassen habe.

In dem Beet vor dem Fenster geht Liam in die Hocke, aber der Regen scheint die Spuren ausgelöscht zu haben.

Ich laufe zurück ins Wohnzimmer, um noch einmal die Schrift an der Fensterscheibe zu betrachten. Mich fröstelt. Es ist, als würde Eis durch meine Adern fließen. Die Buchstaben sind tief ins Glas eingeritzt, ziemlich ungelenk allerdings, als hätte es jemand eilig gehabt. Jemand Wütender.

Ich glaube an den Teufel. Ich habe genug erlebt, um zu wissen, dass das Böse in der Welt existiert. In meinem Job – meinem alten Job, meine ich – wurden gelegentlich Tiere vorbeigebracht, die misshandelt und missbraucht wurden, manchmal so übel, dass sie eingeschläfert werden mussten. Daher – ja, ich glaube an den Teufel. Hingegen hege ich manchmal Zweifel, ob es Gott gibt. Falls ja, dann begreife ich nicht, wie er es zulassen kann, dass so viel Elend auf der Welt herrscht. Wieso unternimmt er nichts dagegen?

Dieses Jahr wurde mein Glaube definitiv auf die Probe gestellt. Meine Mum meinte immer, ich solle beten, wenn ich mir wünsche, dass etwas Schönes geschieht; sie vertraute stets darauf, dass sich die Dinge schon zum Guten wenden. Aber mein Vater behandelte sie schrecklich und machte sie für den Großteil ihres Lebens unglücklich; schließlich bekam sie Krebs, dann starb sie. Mir will nicht in den Kopf, wie ein gütiger Gott das zulassen kann, und auf eine höhere Gerechtigkeit baue ich bestimmt nicht. Mir kommt es eher so vor, dass die guten Menschen, die unschuldigen, und die Tiere oft am meisten leiden in dieser Welt, während die bösen mit ihren Taten meist davonkommen.

Die Tür knallt, und ich zucke zusammen. Aber es ist nur Liam.

»Hast du etwas entdeckt?«, frage ich ihn.

»Nein.« Mit finsterer Miene bleibt er neben mir stehen.

»Warum sollte jemand so etwas schreiben?«, hake ich noch einmal nach.

»Das habe ich doch schon gesagt.« Er klingt ungeduldig. »Woher soll ich das wissen?«

»Aber als Detective hast du vielleicht eine Idee.«

»Ich bin doch kein forensischer Psychologe«, erwidert er. »Versuch dir keine Sorgen zu machen. Sicher ist es nur jemand, der uns Angst einjagen will.«

»Aber warum bloß?« Das eisige Gefühl erreicht jetzt meine Fingerspitzen und Zehen. »Warum sollte uns jemand Angst einjagen wollen?«

»Vielleicht weil er verrückt ist?«, antwortet Liam. »Oder weil er es witzig findet? Keine Ahnung. Ist aber auch egal. Er soll uns nur die Flitterwochen nicht verderben.«

Ich presse die Lippen zusammen. Dafür ist es vielleicht schon zu spät.

»Denkst du, er könnte jetzt da draußen sein und uns beobachten?« Ich schlinge die Arme um den Leib, weil mich immer noch fröstelt.

Zwischen Liams Augen bildet sich eine Furche. »Nein«, meint er.

»Könnte aber doch sein«, beharre ich. »Wir haben schließlich keine Ahnung.«

Liam tritt energisch ans Fenster und zieht den Vorhang wieder zu, dann blickt er über die Schulter, fast als würde er erwarten, jemand stünde bei uns im Zimmer. Er hat Angst. Echte Angst. Trotz seiner Sprüche, dass ich nicht besorgt sein müsse, ist er selbst höchst besorgt.

Er marschiert in die Küche und schließt auch dort die Vorhänge, dann prüft er mehrfach, ob die Hintertür verriegelt ist. »So«, verkündet er dann. »Niemand kann uns sehen. Wollen wir frühstücken? Ich sterbe vor Hunger.«

Mir ist klar, dass er gute Miene zum bösen Spiel macht, also tue ich es ihm gleich, obwohl ich keinen Hunger habe. »Gern.«

Am Morgen waren wir ohne Frühstück aufgebrochen, und jetzt ist schon fast Lunchzeit, aber ich hole Bacon, Würstchen und Eier aus dem Kühlschrank und stelle sie bereit. »Teufel«, murmele ich, als ich die gusseiserne Pfanne vom Haken nehme und auf den Herd stelle. »Wer kommt nur auf die Idee, so etwas zu schreiben?«

»Vielleicht ein religiöser Spinner«, überlegt Liam. »Von denen habe ich einige kennengelernt. Normalerweise gilt allerdings, dass sie bellen, aber nicht beißen.«

Ich frage mich oft, mit was für Fällen Liam zu tun hat. Er bringt nie Arbeit mit nach Hause und redet kaum über seine Einsätze. Ich weiß nur, dass es sich meist um Raubüberfälle und Morde handelt. Angeblich unterliegt er der Schweigepflicht. Außerdem will er mich mit den schrecklichen Details nicht belasten, wofür ich ihm sogar dankbar bin. Mir ist schleierhaft, wie er einen solchen Beruf ausüben und trotzdem bei Verstand bleiben kann.

Ich stelle den Herd an und gebe Butter in die Pfanne. Nichts passiert. Die Butter schmilzt nicht, und die Pfanne bleibt kalt. Ich halte meine Hand über die Platte und merke, dass sie eiskalt ist. »Der Herd funktioniert nicht«, erkläre ich Liam, nachdem ich die anderen Herdplatten ebenfalls ausprobiert habe.

Liam überprüft es selbst noch einmal, dann tritt er zum Thermostat an der Wand und schaltet ihn an. Es geschieht immer noch nichts. Liam lauscht, aber es ertönt nur ein Klicken und nicht das Geräusch, mit dem der Durchlauferhitzer anspringt. Dann dreht er an dem Stellrad. Keine Reaktion. Er geht zum nächsten Lichtschalter und drückt darauf. »Mist!«, murmelt er.

Wir versuchen es noch mit dem Flurlicht und dem im Wohnzimmer. »Der Strom ist ausgefallen«, erklärt Liam, obwohl ich mir das schon gedacht habe. »Nicht weiter schlimm«, meint er, als er die Sorge bemerkt, die mir offenbar ins Gesicht geschrieben steht. »Vermutlich hat sich nur ein Schalter verklemmt oder so. Ich schaue mal nach.«

Er wirft seine Jacke über und tritt wieder nach draußen, dem Regen trotzend, der jetzt noch heftiger niederprasselt.

Ich starre in meine Pfanne. Ohne Strom werden die Lebensmittel im Kühlschrank verderben.

Nach wenigen Minuten kehrt Liam zurück, die Jeans vollkommen durchnässt. Er schließt die Tür, bleibt triefend auf der Fußmatte stehen und schüttelt den Kopf. »An einer Sicherung lag es nicht. Ich habe sie alle überprüft. Die Verkabelung ist es. Jemand hat die Drähte durchgeschnitten.«

»Wie bitte?«

Liam wiederholt seine Worte. »Jemand – dieser Typ ... diese Person, die uns verfolgt – hat die Kabel durchgeschnitten.«

»Kannst du das reparieren?«

Er schüttelt den Kopf. »Nein, das kann nur ein Elektriker.«

»Gibt es einen Generator?«, frage ich.

»Der Strom stammt aus einer Windturbine auf dem Hügel. An der Hausseite befindet sich ein Stromspeicher. Dort hat er die Kabel durchtrennt.«

Mir wird bewusst, dass ich in den tiefsten Sessel gesunken bin, den Kopf in die Hände gelegt. »Warum tut er das alles bloß?«

Liam schüttelt den Kopf. Eine Weile spricht keiner ein Wort.

»Verdammt«, ruft Liam plötzlich. »Das ist doch Irrsinn. Was zum Henker will er nur? Und wie sollen wir noch drei Tage ohne Strom auskommen?«

Ich antworte nicht. Schweigen breitet sich im Cottage aus. Sicher stellen wir uns beide dieselben Fragen.

»Ich hab's.« Liam zieht den Reißverschluss seiner Jacke wieder hoch. »Ich mache mich noch mal auf den Weg. Ich werde ihn finden. Ich will wissen, worum es hier geht.«

Ich starre ihn entgeistert an. »Bei dem Wetter? Warum wartest du nicht, bis es aufklart?«

»Nein«, sagt Liam und schreitet zur Tür. »Es ist doch nur ein bisschen Regen. Wer weiß, wann der aufhört. Mir ist schleierhaft, wieso wir Flitterwochen in Schottland für eine gute Idee gehalten haben.«

»Dann iss wenigstens etwas, bevor du aufbrichst«, dränge ich ihn und stehe auf.

Liam ignoriert mich und öffnet die Tür. Ein Schwall Wasser schlägt ihm ins Gesicht, begleitet von einer eiskalten Böe, und er zögert. Schließlich tritt er zurück in die Küche und schließt die Tür. »Na gut«, murrt er und lässt sich auf einen Küchenstuhl fallen. »Aber sobald der Guss aufhört, werde ich den Typen suchen gehen.« Als sein Blick auf die leere Pfanne und den Eierkarton fällt, sacken seine Schultern noch weiter nach vorn. »Was sollen wir denn essen, zum Henker?«

Ich blicke mich um und überlege. Toast und Tee können wir nicht zubereiten, und roher Bacon und rohe Eier sind auch keine Option. »Brot mit Marmelade?«, schlage ich vor.

Begeistert wirkt Liam nicht, aber ihm ist auch klar, dass wir keine andere Möglichkeit haben. Also hole ich Schnittbrot, Butter und Marmelade und stelle sie auf den Tisch. Er schmiert dick Butter und Marmelade auf seine Scheiben, während ich am Tisch lehne und nervös an einer Brotkante nage. Gelegentlich wende ich mich zum Fenster um und erwarte fast, jemanden durch den Schlitz im Vorhang schielen zu sehen.

»Herr im Himmel, das ist nicht ganz das, was wir gebucht hatten«, zischt Liam und knallt das Messer auf den Tisch. Ich fahre zusammen. »Hier können wir nicht bleiben. Wir müssen diese Insel verlassen.«

»Aber wie?« *Wie sollen wir das wohl anstellen*, denke ich bei mir. *Schwimmen vielleicht?*

Liam hat den Vorhang einen Spaltbreit aufgezogen, und so können wir beim Essen den schiefergrauen Himmel betrachten. Liam wartet offenbar auf Anzeichen, dass der Regen nachlässt, aber der strömt unablässig vom Himmel herab. Keiner von uns redet, dazu sind wir zu angespannt. An den gefurchten Augenbrauen und dem finsteren Blick erkenne ich, dass Liams Wut wächst. Als er genug gegessen hat, stellt er seinen Teller mit einem lauten Knall in die Spüle und begibt sich ins Wohnzimmer. Ich folge ihm. Er läuft umher und stellt sicher, dass sämtliche Fenster und Türen fest verschlossen sind. Als er fertig ist, entzündet er im Holzbrenner ein Feuer, um die Eiseskälte und die düstere Stimmung zu vertreiben.

»Wir sollten noch genug Holz für den Rest des Tages haben«, meint er mit einem Blick auf den Stapel neben dem Kamin. Wieder stöhnt er vor Ärger.

Ich nicke und verschwinde in die Küche, um abzuwaschen. Fast manisch schrubbe ich die Teller. Dass es kein heißes Wasser gibt, macht es nicht leichter. Ich habe Angst; Flöhe scheinen auf meiner Haut zu tanzen. Immer wieder schweift mein Blick zum Fenster hinüber, halb in der Erwartung, jemanden zu erspähen. Und da meine Fantasie so aufgewühlt ist, erspähe ich auch ständig etwas – Gestalten im Regen, eine Silhouette vor dem Wald –, aber ich muss nur blinzeln, und die Trugbilder sind verschwunden.

Ich hänge die feuchten Geschirrtücher auf und bringe die Küche in Ordnung, dann geselle ich mich zu Liam. Er stochert im Feuer herum, als wolle er einen Bären aus dem Winterschlaf holen. Ich schaue nach dem Vogel in der Kiste; es scheint ihm gut zu gehen, friedlich wie er dasitzt. Vermutlich steht er immer noch unter Schock, daher breite ich das Handtuch wieder über die Kiste und lasse ihn allein. Ich tigere zwischen Fenster und Kiste hin und her, zu verängstigt, um den Vorhang aufzuziehen und hinauszublicken. Am Daumennagel kauend, frage ich mich, was wir tun sollen.

Ich könnte mich gefangen fühlen, aber letztlich ist es nicht anders als daheim. Auch dort habe ich monatelang drinnen gehockt. Ich sehe auf die Uhr auf meinem Handy: fast Mittag. Mir kommt es später vor, eher wie Abend, nicht nur wegen des trüben Lichts, sondern vor allem, weil es sich so anfühlt, als seien wir schon seit vielen Stunden wach. *Das sind wir auch,* erinnere ich mich. Bei Anbruch der Dämmerung waren wir bereits auf den Beinen.

Ich wünschte, ich könnte jemandem schreiben oder jemanden anrufen, aber selbst wenn wir Empfang hätten, wüsste ich gar nicht, wen. Eine Welle von Traurigkeit erfasst mich. In solchen Situationen hätte ich normalerweise mit meiner Mutter telefoniert, und wenn ich die nicht erreicht hätte, blieben ein paar Freundinnen, bei denen ich mich immer melden konnte, wenn ich eine Schulter zum Ausheulen brauchte: Sonia, eine andere Assistentin bei meinem Tierarzt, dann Claire aus der Grundschule, obwohl sie für ihr Studium nach Leeds gezogen ist und wir uns seit Ewigkeiten nicht getroffen haben.

Sonia hat zur Beerdigung meiner Mutter Blumen geschickt, und Claire schrieb eine nette Karte. Beide riefen in den Monaten nach ihrem Tod mehrfach an, aber ich ging nie dran. Ich fühlte mich auch nicht in der Lage, zurückzurufen. Jetzt überlege ich, wie ich den Kontakt zu den beiden je wieder aufnehmen soll. Zu viel Zeit scheint vergangen, und wie sollen sie begreifen, warum ich sie nie kontaktiert habe? Mir ist selbst nicht klar, wie ich das erklären soll. Es war schlicht nicht möglich.

Ich empfinde Scham für das, was aus mir geworden ist: ein Schatten meiner selbst. Und es ist mir auch ein bisschen peinlich, dass ich den beiden nie etwas von meiner Hochzeit erzählt habe. Ich hielt es geheim, damit die Leute nicht beleidigt waren, wenn ich sie nicht einlud. Mein Plan war, die Nachricht auf Facebook zu posten, wenn wir aus unseren Flitterwochen in Griechenland zurück sind. Aber dann starb meine Mutter, und mir war nicht mehr danach, die sozialen Medien mit Bildern von unserer Hochzeit zu bombardieren. Ich schaffte es ja kaum aus dem Bett, geschweige denn an einen Computer. Wenn ich von dieser Insel fortkomme, werde ich Claire und Sonia vielleicht anrufen und einen Weg finden, unsere Freundschaft wieder aufleben zu lassen. Mit jedem Ereignis hier wird mir klar, wie wichtig es ist, sich nicht zu isolieren.

Ich sitze auf dem Sofa und spiele mit meinem Verlobungsring. Immer wieder drehe ich ihn an meinem Finger herum – er ist mit einem gewaltigen Diamanten besetzt und sitzt jetzt furchtbar locker. Ich zwinge mich, damit aufzuhören. Irgendwie muss ich mich beschäftigen, sonst ist es, als würden wir nur darauf warten, was als Nächstes passiert. Ich fühle mich wie ein Soldat im Schützengraben, der auf den Tagesanbruch wartet.

»Hast du Lust, Karten zu spielen?«, frage ich Liam, der am Fenster steht und durch einen Spalt im Vorhang lugt. Nicht ausgeschlossen, dass er abzuschätzen versucht, ob wir zum Festland schwimmen könnten. Vielleicht hält er aber auch nach unserem Verfolger Ausschau oder studiert das Wort TEUFEL an der Fensterscheibe. Schwer zu sagen. »Wir sollten für ein bisschen Abwechslung sorgen«, füge ich hinzu. »Sonst werden wir noch wahnsinnig.«

Er regt sich nicht, dann zuckt er schließlich mit den Schultern. »Mag sein.«

In einer Schublade hatte ich Spielkarten entdeckt, die ich jetzt hole. Liam mischt und teilt aus. Wir spielen Whist, ein Spiel, das mir mein Großvater beigebracht hat. Ich verliere jede Runde, weil ich so nervös bin, dass ich die Farben nicht behalten kann. Obwohl er gewinnt, wirkt Liam nicht entspannter als ich, der Furche in seiner Stirn nach zu urteilen.

Nach einer Stunde erhebt er sich vom Stuhl und tritt wieder zum Vorhang. Er zieht ihn zurück und starrt finster auf das Wort TEUFEL, das dort eingeritzt ist.

Der Himmel hinter dem Wort ist von einem gewittrigen Schwarz, und das Wasser des Fjords hat die Farbe von unpoliertem Zinn angenommen. Liam schüttelt den Kopf und schließt die Vorhänge wieder, die Buchstaben verhüllend. »Ich fasse es nicht, dass wir hier feststecken«, wütet er. »Vollkommen abgeschnitten von allem. Wir hätten nach Griechenland fahren sollen.«

DER STALKER

TEUFEL. So nannte meine Mutter mich immer. Ihre Zunge war eine Peitsche, und sie benutzte das Wort, um mich zu verletzen. Sie meinte, ich sei mit dem Teufel im Leib geboren und sie müsse ihn mir austreiben. Dafür gebrauchte sie nicht nur ihre Zunge, das kann ich aber sagen.

Als Junge glaubte ich, meine Mutter habe recht, etwas könne mit mir nicht stimmen. Wenn die eigene Mutter einen nicht liebt, warum sonst? Ich hatte den Teufel im Leib, daher konnte mich niemand lieben.

Ich bildete mir ein, ich verdiente die Strafen: die Schläge, den Hunger, die Beschimpfungen. Ich hielt mich für wertlos. Aber dann wuchs ich auf. Wurde größer. Und erkannte eines Tages, dass meine Mutter Angst vor mir hatte. Das veränderte alles. Als wäre in mir ein Schalter umgelegt worden. Ich beschloss, dem Teufel in meinem Leib freie Bahn zu lassen. Insgeheim dachte ich: Du wirst schon sehen, wozu der Teufel fähig ist, dann behandelst du mich vielleicht nicht mehr auf diese Weise. Vielleicht lernst du dann, mir mit Respekt zu begegnen.

Und so war es. Der Teufel übernahm, und meine Mutter lernte schnell, ihre Zunge im Zaum zu halten. Die Rollen hatten sich verkehrt, und das fühlte sich gut an. Mit ihrer Angst wuchs mein Gefühl von Macht. Ich war wie neugeboren.

Natürlich lernte ich, in der Öffentlichkeit eine Maske zu tragen. Viele Masken. Mir wurde rasch klar, dass man nur charmant und attraktiv sein muss, um die Menschen glauben zu machen, man entspreche ihren Wünschen.

Niemand kannte mein wahres Ich, außer meiner Mutter. Die lag jeden Moment, in dem sie nicht bei der Arbeit war, auf den Knien und betete für die Errettung meiner Seele.

Als ich meiner Frau begegnete, erschien sie mir wie ein Engel – sie war so schön und gut –, und ich fragte mich, ob die Gebete meiner Mutter erhört worden waren. Ich dachte, meine Frau sei vielleicht gesandt worden, um meine Seele zu retten. Eine Weile herrschte Frieden. Ich scherzte mir selbst gegenüber, dass der Teufel verschwunden sei und die Liebe meiner Frau und die Gebete meiner Mutter vielleicht Wunder gewirkt hätten.

Aber der Teufel war nicht verschwunden. Nach einer Weile regte er sich wieder. Wie ein Schachtelmännchen schoss er hervor, jedes Mal, wenn meine Frau mich verärgerte. Ob sie das wohl mit Absicht tat? Wie ein Kind, das genau weiß, was passiert, wenn man auf den Knopf drückt? Sie hat es so oft getan, obwohl sie um die Folgen wusste.

Irgendwann hatte sie keine Achtung mehr vor mir, auch wenn sie es hinter einem falschen Lächeln zu verbergen suchte. Auch ihre Liebe starb, obwohl sie es sich nicht an-

merken ließ und mich mit Küssen und Lächeln und zuckersüßen Lügen hinhielt. Sie wollte mich verlassen, und das machte mich wütend. Die Worte meiner Mutter hallten in meinem Kopf wider: Du hast keine Liebe verdient, du bist wertlos, du bist der Teufel, du bist verdammt.

Ich bin mir sicher, dass meine Frau es bereut. Sie wollte nicht, dass der Junge stirbt. Sie flehte mich an, ihm nichts zu tun. Aber sein Tod war wohl kaum meine Schuld – ihre war es. Ihr Betrug hat mich derart in Wut versetzt. Der Junge war nur ein Kollateralschaden.

Nun denke ich an die beiden. Ich denke immer an die beiden. Ich denke daran, wie ich meine Frau aus dem Haus jagte. Wie sie barfuß durch den Schnee rannte und immer wieder zurücksah, die Augen panisch aufgerissen, als sei ihr der Teufel auf den Fersen.

15

Wir vertreiben uns die Zeit wie Todgeweihte, die auf die Stunde der Exekution warten, aufs Höchste angespannt und nahezu stumm. Gelegentlich sehe ich nach dem Vogel und muss betrübt feststellen, dass er immer schwächer wird. Sein Herz flattert, und das Wasser und das Fressen, die ich ihm hingestellt habe, rührt er nicht an. Wenn er immer noch unter Schock steht, wird er die Nacht nicht überleben. Ich wünschte, er würde ein wenig Kraft schöpfen und kämpfen.

Liam stochert im Feuer herum. Als es im Cottage dunkel wird, hole ich die Kerzen und die Taschenlampe, die ich in einer Küchenschublade entdeckt habe. Wir lauschen auf den Wind, der ums Haus heult, und den Regen, der gegen die Fenster peitscht.

Um fünf mache ich mich an die Zubereitung des Dinners, aber ich brauche eine Weile, um mir etwas auszudenken. Ich bin zu verwirrt, um mich darauf zu konzentrieren, was ich ohne Ofen und Herd überhaupt auftischen könnte. Hinzu kommt, dass die Lebensmittel im Kühlschrank alle verderben werden, aber dagegen bin ich machtlos. Schließlich hole ich den Schinken heraus, und als ich den Salat wasche, stelle ich ein paar Berechnungen an. Wenn wir noch drei Tage hier sind und den Strom nicht wieder in Gang setzen können, werden wir die essbaren Lebensmittel rationieren müssen. Uns bleiben ein einziges Brot und ein bisschen Käse, Schinken und Salat. Dann gibt es noch ein Glas Nudelsoße und eine Dose Bohnen, die wir auch kalt essen können, obwohl ich sie aufsparen werde, bis wir wirklich hungrig werden. Cornflakes sind auch noch da. Milch und Butter dürften nicht verderben, da es im Cottage nicht wirklich warm ist. Die Küche gleicht jetzt schon einem Kühlschrank.

In der Obstschale liegen ein paar Äpfel, Bananen und Trauben und im Küchenschrank ein bisschen Studentenfutter und das restliche Shortbread – wobei Liam die Hälfte bereits verputzt hat. Die Würstchen können wir vermutlich über dem Kaminfeuer rösten, wenn es hart auf hart kommt. Alles in allem ist es nicht viel für zwei Personen und drei Tage, wenn man Liams Appetit bedenkt. Aber da ich selbst nicht viel esse, sollte es schon reichen.

Ich bereite den Salat zu, schneide das Brot in dünne Scheiben, da wir noch drei Tage davon leben müssen, und decke den Tisch. Dabei beschließe ich, die Lebensmittelrationierung gar nicht zu erwähnen, um Liams Laune nicht zu verschlimmern. Wieder essen wir stumm. Die Atmosphäre im Haus ist mittlerweile fast so schlecht wie das Wetter draußen.

Liam trinkt mehrere Gläser Rotwein, was ich mit Sorge zur Kenntnis nehme – normalerweise ist er sehr beherrscht und trinkt nur ein, zwei Gläser –, und ich werte es als weiteres Zeichen für seine Anspannung. Er hasst es, eine Situation nicht unter Kontrolle zu haben und nicht der Mann für alle Fälle zu sein.

Ich schmiere mir ein Schinkenbrot und beiße hinein.

»Dein Appetit kehrt zurück«, stellt Liam fest, als er den letzten Bissen seines eigenen Brots hinunterschluckt.

Ich schaue auf meinen Teller und stelle überrascht fest, dass dies die erste Mahlzeit seit Monaten ist, die ich tatsächlich ganz aufgegessen habe. »Das muss das Adrenalin sein«, erwidere ich in dem Versuch, es von der spaßigen Seite zu nehmen.

Dann stehe ich auf und wasche ab.

»Was würde ich nicht um einen Kaffee geben«, knurrt Liam. »Was sollen wir nur tun ohne Kaffee oder Tee?«

»Wie wär's mit einem Brettspiel?«, frage ich, um ihn abzulenken.

Er sieht mich belustigt an. »Was denn? Monopoly?«

Ich zucke mit den Schultern. »Es gibt auch Spiel des Lebens. Oder Dame.«

»Na gut«, meint er, nicht gerade begeistert. Aber was soll man schon tun, außer ins Bett zu gehen? Ich kann mir nicht vorstellen, dass ihm der Sinn nach Sex steht. Mir steht er jedenfalls nicht danach, daher würden wir nur herumliegen und an die Decke starren, wenn wir uns jetzt nach oben begäben.

Ich hole die Schachtel mit dem Spiel des Lebens, das ich seit meiner Kindheit nicht mehr gespielt habe. Das Ziel besteht – soweit ich mich erinnere – darin, zu heiraten, bei der Arbeit voranzukommen, Kinder in die Welt zu setzen, eine Villa zu kaufen und früh in den Ruhestand zu gehen. Ich brauche eine Weile, um die Gebrauchsanleitung zu lesen, da mein Kopf mit anderen Dingen beschäftigt ist. Unwillkürlich muss ich immer wieder überlegen, was für Pläne diese Person da draußen wohl mit uns haben könnte und wie das alles enden soll. Schließlich klappe ich das Spielbrett auseinander und reiche Liam ein Plastikauto und einen Würfel.

Nachdem er ein paarmal lustlos gewürfelt hat, bekommt er Zwillinge. Ich schaue zu, wie er einen pinkfarbenen und einen blauen Stein nimmt und lächelnd in sein Auto setzt. »Einen Jungen und ein Mädchen«, sagt er. Dann schaut er auf und bemerkt meinen Gesichtsausdruck.

»Ist was?«, fragt er.

»Nichts. Allerdings ist die Vorstellung, Zwillinge ...«

»Du willst doch Kinder, oder?«, fragt Liam. Seine Stimme hat einen ängstlichen Unterton.

»Ja«, entgegne ich mit einem Lächeln. »Aber vielleicht nicht sofort.«

»Warum nicht?«, bohrt er nach. »Wir haben doch darüber gesprochen. Ich dachte, du willst Kinder. Das hast du doch gesagt.«

»Klar«, bestätige ich. »Nur nicht jetzt gleich. Es könnte doch auch schön sein, noch eine Weile als Paar zusammen zu sein, bevor wir eine Familie gründen. Sobald Kinder da sind, ändert sich alles. Und ich bin ja noch jung. Erst neunundzwanzig. Wir haben noch viel Zeit.«

Liam runzelt die Stirn. »Ich dachte nur, wenn wir mehr als eins wollen, sollten wir nicht mehr warten.«

Ich hatte keine Ahnung, dass Liam so wild auf Kinder ist und sofort eins will.

»Wie viele möchtest du denn?«, erkundige ich mich in der Hoffnung, es mögen nicht acht oder neun sein.

»Mindestens zwei, vielleicht auch drei«, antwortet er. »Und du?«

»Darüber habe ich noch nicht groß nachgedacht«, gebe ich zu.

»Wir sind beide Einzelkinder«, meint Liam. »Das möchte ich unserem Kind ersparen.«

»Ich war sehr gern Einzelkind«, gestehe ich leise, da mir einfällt, wie nah meine Mutter und ich uns waren. Klar, es wäre schon einfacher gewesen, wenn ich ein Geschwister gehabt hätte, als sie krank wurde und alles auf meinen Schultern lastete: die Begleitung zu den Arztterminen, die Betreuung während der Chemotherapie. Es wäre auch schön gewesen, nach ihrem Tod eine verlässliche Stütze zu haben. So musste ich, obwohl zu Tode erschöpft und von Kummer zerfressen, die Beerdigung ganz allein organisieren.

Ich bedauere immer noch, dass die Beerdigung so trostlos und erbärmlich war. Meine Mutter hätte etwas anderes verdient, aber ich war vollkommen aufgelöst, und Liam wusste auch nicht, was zu tun ist. Schließlich haben wir in einem örtlichen Pub einen Tisch bestellt. Aber obwohl viele Leute zur Feier erschienen, war ich wohl zu tief in meiner Trauer gefangen, um ihr einen würdigen Abschied bereiten zu können. Prompt übermannen mich Schuldgefühle, und ich versuche sie abzuschütteln. Dies ist nicht der richtige Moment dafür.

»Ich fand es schrecklich, ein Einzelkind zu sein«, erzählt Liam. »Hätte ich ein Geschwister gehabt, wäre vermutlich alles leichter gewesen«, setzt er noch hinzu. »Aber egal«, meint er dann forsch, um mein mitleidiges Lächeln auszulöschen. »Wir machen es anders. Wir werden einen Jungen und ein Mädchen haben.« Er hält inne und denkt nach. »Oder vielleicht zwei Mädchen.«

»Ich glaube nicht, dass man sich das Geschlecht aussuchen kann«, sage ich lachend.

»Was denkst du denn, wie lange du noch warten willst?«, fragt Liam mit einem leichten Stirnrunzeln.

»Kinder sind teuer«, gebe ich zu bedenken. »Wir sollten noch etwas sparen, bevor wir welche bekommen. Zumal ich nicht arbeite. Drei, vier Jahre vielleicht?«

Liam starrt mich entgeistert an. »Drei, vier Jahre? Das ist viel zu lange. Wenn wir bis dahin warten, bist du Mitte dreißig, und das Risiko steigt rasant. Jetzt bist du im besten Alter.« Er hält inne und mustert mich. »Es ist ja auch nicht so, dass wir es nicht versucht hätten«, fährt er fort. »Ich meine, wir verhüten nicht. Du solltest längst schwanger sein.« Bei der Vorstellung hellt sich seine Stimmung auf. »Stell dir doch nur mal vor, ein Flitterwochenbaby.«

Ich hole tief Luft. Mir kommt die Pille in meinem Kulturbeutel in den Sinn, die mir der Arzt zusammen mit den Antidepressiva verschrieben hat. Liam weiß von beidem nichts, da ich es ihm nie erzählt habe. Irgendwann war mir klar, dass es so nicht weitergehen konnte: zu Hause hocken, Trübsal blasen, alle paar Minuten in Tränen ausbrechen, diese völlige Hoffnungslosigkeit. Ich musste mein Leben in den Griff kriegen, und sei es nur, um all diesen zähen, verwirrenden Verwaltungskram in Zusammenhang mit dem Tod meiner Mutter zu bewältigen. Ich musste mich um ihr Testament kümmern, schob aber, nachdem ich während eines Anrufs bei der Bank zu weinen begonnen hatte, sämtliche Telefonate und sonstigen Verpflichtungen vor mir her. Der Arzt verschrieb mir die Medikamente anstandslos, und ich habe sie in der Tamponschachtel versteckt.

Mir ist es peinlich, dass ich sie brauche. Schließlich möchte ich Liam nicht das Gefühl geben, er würde mich nicht glücklich machen. Während der Einnahme soll ich nicht schwanger werden, hat der Arzt mich gewarnt, weil die Tabletten bei Ungeborenen schwere Schäden hervorrufen können. Deshalb nehme ich die Pille. Und auch, weil ich keine Kinder will. Im Moment jedenfalls nicht.

Überrascht nehme ich zur Kenntnis, dass Liam offenbar immer, wenn wir Sex hatten, heimliche Hoffnungen hegte. Wie er wohl reagieren würde, wenn er wüsste, dass nie auch nur der geringste Anlass dafür bestand. Das kann ich ihm nicht erzählen. Er wäre stinksauer.

»Du hast recht«, erwidere ich. »Lass uns einfach abwarten, was passiert. Soll das Schicksal entscheiden.«

»Wirklich?« Sein Gesicht leuchtet auf.

Ich erwidere sein Lächeln, zucke aber dann mit den Schultern. »Es könnte natürlich eine Weile dauern. Man weiß ja nie. Vermutlich ist es das Beste, wir fangen sofort an, für alle Fälle.«

Die Lüge rutscht mir so leicht über die Lippen, dass ich selbst erschrocken bin. Liam grinst, als hätte er im Lotto gewonnen. Mein Gesicht wird heiß, was er auf keinen Fall merken darf. Wenn es um die Wahrheit geht, ist er nicht so leicht hinters Licht zu führen – immerhin ist er Vernehmungsexperte –, daher greife ich schnell zum Würfel, werfe ihn und schiebe mein Plastikauto vorwärts. »Schau mal einer an! Beförderung mitsamt Gehaltserhöhung.«

Fast muss ich lachen. Nichts könnte im Moment ferner liegen. Mir ist klar, dass meine beruflichen Aussichten mit jedem Tag, den ich nicht zur Arbeit zurückkehre, kleiner werden. All die Mühen, die ich in den Collegeabschluss gesteckt habe, wären vertan. Wenn ich dann auch noch schwanger werde, kann ich meinen Beruf wahrscheinlich ganz vergessen. Das habe ich mir schon eine Million Mal vorgerechnet, eine deprimierende Bilanz, aber vorerst muss ich meine Sorgen beiseiteschieben.

Liam steht auf, stochert im Feuer herum und wirft das letzte Scheit hinein. Dann späht er aus dem Fenster. Der Regen rauscht immer noch herab. Liam stößt einen lauten Seufzer aus. »Ich werde wohl rausmüssen, Holz holen. Hat doch nicht so lange gereicht, wie ich dachte.«

Ich nicke zögerlich, mache mir aber klar, dass er nur zu dem Holzstoß läuft und schnell wieder zurück sein wird. Liam zieht Jacke und Stiefel an, und ich bleibe an der Hintertür stehen, als er in den Regen hinausstürzt und hinter der Hausecke verschwindet. In weniger als einer Minute ist er zurück, einen Stapel Holz im Arm und einen finsteren Ausdruck im Gesicht. Er wirft das Holz an der Hintertür ab.

»Was ist denn? Ist etwas passiert?«, frage ich.

»Das Holz ist vollkommen durchnässt. Irgendjemand hat die Plane vom Holzstapel gezogen und den Stapel umgeworfen. Jetzt ist alles nass.«

»Kann es nicht der Wind gewesen sein?«

Liam schüttelt den Kopf, und seine Miene wird noch düsterer. »Die Plane war bestens verzurrt. Jemand hat die Schnüre gelöst und sie heruntergezogen. Außerdem hätte der Wind den Stapel gar nicht umblasen können. Er war viel zu hoch. Das muss Absicht gewesen sein.«

»Wann kann er das getan haben?« Ich schwanke zwischen Verwirrung und Entsetzen. »Als wir heute Morgen zurückkamen, war es doch noch nicht so, oder? Das hätten wir doch bemerkt.«

Liam lässt den Blick durchs Cottage schweifen. Allmählich dämmert es uns. Der Typ muss da gewesen sein, als wir uns hier verkrochen haben, Schutz vor dem Regen suchend, die Vorhänge zugezogen. Mein Magen krampft sich zusammen. Die Vorstellung, dass ein Fremder wie ein Wolf ums Haus streicht, während wir wie die Enten im Innern hocken, hat etwas zutiefst Beunruhigendes.

Ich starre ins Feuer, das ohne Nachschub an Brennmaterial schnell in sich zusammensackt.

»Keine Sorge«, sagt Liam. »Wenn wir Glück haben, trocknet es schnell, dann können wir es später benutzen.« Ich betrachte das Holz, das er auf die Fußmatte geworfen hat. Es hat sich mit Wasser vollgesogen und wird sich niemals entzünden lassen, zumal es im kühlen, feuchten Klima im Cottage nicht so schnell trocknen wird.

Ich lasse mich auf das Sofa sinken. Irgendetwas nagt an meinem Innern wie eine Ratte, die am ausgefransten Ende eines Taus knabbert. Liam wandert durchs Haus und kontrolliert immer wieder Türen und Fenster, als wäre er ein Soldat, der eine Festung vor einem Angriff schützen muss.

Es ist erschütternd, ihn so zu sehen. Ich habe ihn schon aufgebracht erlebt, aber noch nie panisch. Er mag es hinter seiner Wut zu verstecken versuchen, aber der Druck scheint unerträglich zu sein. Ich habe Angst, dass er darunter zusammenbricht.

»Alles in Ordnung«, verkündet er, mehr zu sich selbst. »Hier kommt niemand rein. Und sollte er es doch versuchen, lernt er mich kennen.«

Adrenalin schießt durch meinen Körper. Mein Herz wummert, als würde jemand in meiner Brust auf eine Trommel schlagen. Ich muss wieder aufstehen und herumlaufen. Im Kamin heult der Wind. Es klingt, als wolle sich ein ganzes Heer an Gespenstern Zutritt zum Haus verschaffen.

»Warum tut er uns das an?« Ich schlinge im Gehen die Arme um den Leib. »Das muss doch einen Grund haben.« Ich schaue zu Liam hinüber, der finster in den leeren Kamin stiert. »Du kannst dich doch in Leute hineinversetzen«, sage ich in meiner wachsenden Verzweiflung. »Was, denkst du, treibt ihn an? Das kann doch kein Schatzsucher sein. Das ist alles so persönlich, als wolle er sich rächen, findest du nicht auch? Er scheint sich gezielt auf uns zu stürzen.«

Liam verzieht das Gesicht und kaut auf der Innenseite seiner Wange herum. Er antwortet nicht, aber ich merke, dass es in ihm arbeitet.

»Könnte es mit einem deiner Fälle zu tun haben?«, hake ich nach. »Könnte es jemand sein, den du weggesperrt hast?«

»Nicht sehr wahrscheinlich«, erwidert er, aber er klingt nicht überzeugt.

Ich setze mich wieder und blicke fröstelnd in den Raum, der immer dunkler wird.

»Das sind keine Flitterwochen, sondern ein gottverdammter Albtraum«, murmelt Liam. »Es sollte ein romantischer Trip werden. Stattdessen verleben wir Flitterwochen in der Hölle.«

Da kann ich ihm nur zustimmen.

16

Tag 5

Das Cottage fühlt sich an wie ein Schiff, das auf stürmischer See hin und her geworfen wird. Wir haben die Schotten dicht gemacht und liegen Seite an Seite in unserer Kajüte. Schlafen können wir beide nicht. Ich ertappe mich dabei, wie ich mich an die Matratze klammere, als könnte ich jeden Moment aus dem Bett geworfen werden, weil eine große Welle gegen das Haus prallt. Dabei spitze ich die Ohren, unsicher, ob nur der Wind gegen das Fenster fegt oder ob jemand einzubrechen versucht.

Liams Muskeln sind angespannt. Er ist hellwach und atmet flach. Mir ist klar, dass er dasselbe denkt wie ich – dass sich jemand Zutritt zum Haus verschaffen könnte –, denn ich habe mitbekommen, wie er in einem vermeintlich unbeobachteten Moment ein Messer unter sein Kissen schob.

Irgendwann schlafe ich doch ein, vermutlich erschöpft vom Adrenalin, das unentwegt durch meinen Körper rauscht. Noch vor der Morgendämmerung wache ich wieder auf, weil Liam durch den Raum schleicht. Ich setze mich auf. »Was ist los?«, frage ich und wickele mich fester in die Decke, um mich gegen die morgendliche Kühle zu schützen.

Liam ist eine formlose Gestalt in der Düsternis. »Nichts. Schlaf noch ein bisschen«, sagt er.

»Wo willst du hin?« Ich bemerke, dass er die Schubladen der Kommode aufzieht und sich ankleidet.

»Raus«, entgegnet er.

»Wohin?«

»Zur Burg.«

Lähmende Angst packt mich. Das kann er nicht ernst meinen. Aber natürlich meint er es ernst, zumal ich nie etwas anderes erwartet habe. Ich möchte nicht auch nur in die Nähe der Burg gelangen, das wäre blanker Wahnsinn, aber Liam kann unmöglich auf eigene Faust dorthin gehen. Also werfe ich die Decke ab und springe aus dem Bett. »Ich komme mit.«

Er schüttelt den Kopf. »Nein, Laura. Ich muss das allein durchziehen.«

»Das lasse ich nicht zu«, erwidere ich. »Bitte.« Ich haste zum Kleiderschrank, hole ebenfalls ein paar Sachen heraus, werfe mich in Pullover und Jeans. »Ich bleibe sicher nicht hier im Cottage zurück. Was, wenn er nur darauf wartet, dass wir uns trennen? Was, wenn du fort bist und er dann hier einbricht – wenn ich ganz auf mich gestellt bin?«

Eine abgrundtiefe Furche gräbt sich zwischen Liams Brauen.

»Zu zweit sind wir stärker«, dränge ich ihn.

Mit einem Stoßseufzer lenkt Liam ein. »Na gut. Beeil dich aber.«

Ich stürze ins Bad, binde mein Haar zu einem Pferdeschwanz zusammen und spritze mir kaltes Wasser ins Gesicht. Als ich die Treppe nach unten steige, wühlt Liam unter Zuhilfenahme seiner Handy-Taschenlampe in den Küchenschränken. Die Ringe unter seinen Augen deuten darauf hin, dass er kein bisschen geschlafen hat, aber ich frage besser nicht nach. Er trägt lauter Dinge zusammen, unter anderem die Taschenlampe, die wir in der Schublade entdeckten, und sein Springmesser. Ich mustere ihn, aber seine Miene ist ausdruckslos. Er wirkt einfach wild entschlossen, mit seinen gerunzelten Brauen und dem angespannten Kiefer. Mich überläuft ein Schauer. Was hat er mit diesem Typen vor, wenn er ihn findet? Will er ihn festnehmen? Ich möchte Liam bitten, das Messer dazulassen, aber ich weiß, dass er nicht auf mich hören wird.

Schnell schaue ich noch einmal nach dem Vogel, bevor wir aufbrechen. Erleichtert stelle ich fest, dass er noch lebt. Er hackt nach meiner Hand. Sein Futter hat er fast aufgefressen, und auch ein bisschen Wasser muss er getrunken haben. »Braves Mädchen.« Ich beschließe, dass es sich um ein Weibchen handeln muss, obwohl ich keine Ahnung habe. »Du wirst es schon schaffen«, versichere ich ihm und breite wieder das Handtuch über die Kiste.

»Jetzt komm.« Liam steht bereits an der Hintertür und wartet ungeduldig darauf, aufbrechen zu können.

In der Küche stecke ich noch eine Tüte Studentenfutter und einen Apfel ein, schnell einen Blick aus dem Fenster werfend. Die Morgendämmerung hat eingesetzt, und am Himmel hängen immer noch graue Wolken, jetzt von rosafarbenen Streifen durchzogen. Etwas zum Überziehen habe ich nicht, da meine Jacke noch feucht von der Reinigungsaktion ist. Vermutlich geht es auch ohne. Als wir aus dem Haus treten, schließt Liam sorgfältig die Tür hinter uns ab. Er lässt den Blick über den Wald vor uns wandern, hektisch hin und her schauend, als vermute er zwischen den Bäumen einen Scharfschützen. Aber es ist noch dunkel draußen. Der Himmel beginnt sich erst zu lichten, und man kann nicht erkennen, ob da jemand ist und uns beobachtet.

Sprühregen legt sich auf mein Haar, und als wir in den Wald marschieren, tropft so viel Wasser von den Bäumen, dass es genauso gut regnen könnte. Jetzt bereue ich es, meine Jacke nicht angezogen zu haben, selbst wenn sie noch feucht war. So rinnt bald kaltes Wasser in mein Pulloverbündchen, direkt auf die nackte Haut. Auch unsere Jeans sind schon pitschnass, weil wir auf dem Weg durch den Schlamm an nassen Farnwedeln und Büschen entlangstreifen.

Die Burg erwartet uns bereits, sich schemenhaft im Nebel abzeichnend. Heute wirkt sie fast noch bedrohlicher, so wie sie da unter dem tiefen Himmel kauert. Beinah wünschte ich, ich wäre im Cottage geblieben, aber ich konnte Liam ja nicht allein losziehen lassen.

Bevor wir über die Lichtung zu der Kellertür laufen, durch die wir das letzte Mal in die Burg gelangten, legt Liam den Finger an die Lippen. Er möchte das Überraschungsmoment auf seiner Seite haben, weshalb wir auch in der Morgendämmerung hier aufgetaucht sind. Mein Atem rauscht in meinen Ohren, und mein Herz klopft wie wild. Mein Magen flattert vor Angst. Liam erreicht die Kellertür schneller als ich und bleibt stehen. Einen kurzen Moment überlege ich, ob ihm vielleicht Bedenken kommen, und bete flehentlich, dass es so sein möge. Aber als ich näher trete, sehe ich, was ihn zum Anhalten bewogen hat. Mit roter Farbe wurden Worte auf die Tür geschrieben: ZUTRITT VERBOTEN.

Mein Herz explodiert hinter meinen Rippen, und mein Puls schießt in die Höhe. Ich greife nach Liams Hand und bringe plötzlich keinen Ton mehr heraus. Als ich ihn fortziehen will, bewegt sich Liam keinen Millimeter vom Fleck. Er will doch wohl nicht immer noch in dieses Gemäuer? Nicht angesichts dieser Warnung. Wieder betrachte ich die beiden Wörter, und plötzlich dämmert es mir: Das ist keine rote Farbe, das ist Blut. Oder? Ich meine, es kann gar keine Farbe sein – wo sollte man hier Farbe hernehmen?

Ich schaue zu Liam hinüber. Seine Miene ist unergründlich. Ich kann nicht ermessen, ob er Angst hat, aber vermutlich reißt auch er sich zusammen, um seine bösen Ahnungen zu verbergen. Er wägt seine Möglichkeiten ab.

»Lass uns zurückgehen«, flüstere ich panisch. Aber Liams Miene verfinstert sich. Er starrt auf die Worte an der Tür.

»Nein«, entgegnet er. »Der Bastard wird mich nicht einschüchtern.«

Mein Magen hat sich zu einem Knoten verkrampft. »Liam«, bettele ich wieder. »Bitte. Ich möchte da nicht rein.«

Er schüttelt meine Hand ab. »Du solltest hier auf mich warten. Oder im Wald.«

Ich reiße die Augen auf. Das kann er nicht ernst meinen.

Ich schüttele wild den Kopf. »Niemals«, sage ich. »Wir dürfen uns nicht trennen.«

Er dreht sich gereizt zu mir um. »Laura«, antwortet er, »hier ist es nicht sicher für dich.«

»Für dich auch nicht!«, zische ich zurück.

»Ich weiß mir zu helfen.«

Mir ist klar, dass er das kann, aber ich kenne Liam. Er ist eben auch ein Sturkopf und gönnt diesem Fremden den Sieg nicht. *Das hier ist doch kein Spiel,* will ich ihm sagen. Nicht, wenn nicht zwei Personen mitspielen. Wir könnten einfach verschwinden. Aber tief im Innern spüre ich, dass es nichts gibt, was Liam zurückhält.

»Warte im Wald auf mich«, sagt Liam noch einmal.

»Nein.« Ich klammere mich wieder an seinen Arm. »Was, wenn dir etwas zustößt? Was soll ich dann tun?«

»Mir wird nichts zustoßen«, erwidert er, tätschelt meine Wange und lächelt mich an. »Das schwöre ich dir. Hör auf, dir Sorgen zu machen. Jetzt geh und warte auf mich. Ich bleibe nicht lang.«

»Was hast du mit ihm vor?« Ich muss an das Messer in Liams Tasche denken.

»Herausfinden, wer es ist, und ihm nahelegen, damit aufzuhören.«

Ich schlucke den Kloß in meinem Hals herunter, dann drehe ich mich um und betrachte den Wald, hin- und hergerissen zwischen dem Wunsch, mich in seinem finsteren Innern zu verstecken, und jenem, Liam in den Bauch des Ungeheuers zu folgen. Keine der Optionen ist verlockend, aber ich bin lieber bei Liam, als allein zu sein und nicht zu wissen, was passiert. »Ich komme mit«, beschließe ich.

Er schürzt verärgert die Lippen, nickt dann aber. »In Ordnung. Aber du hältst dich im Hintergrund und bist ruhig«, weist er mich an.

Ich nicke.

Wir treten in den Keller. Liam führt uns durch den niedrigen Raum, in dem er sich wegen seiner Größe ducken muss, bis wir die Küche erreichen. Ich klebe an seinen Fersen, mein Herz rappelt in der Brust, und mein Atem geht schnell und hektisch, angefacht von meiner Angst. Bei jedem Schritt erwarte ich, dass sich der Fremde auf uns stürzt. Ich wünschte bei Gott, Liam würde sich nicht so auf ihn fixieren.

»Im Erdgeschoss muss es noch eine Treppe geben«, flüstert er und schaut sich um. »Wir müssen sie nur finden. Komm.« Liam zeigt auf die Treppe, über die wir letztes Mal in die Vorhalle hochgestiegen sind. Widerwillig folge ich ihm, und so gelangen wir auf Zehenspitzen in die Halle mit ihren Schuttbergen.

Liam eilt sofort in Richtung Arbeitszimmer. Ich haste ihm hinterher, jedes noch so leise Geräusch wahrnehmend, das ich verursache. Es ist fast unmöglich, leise zu sein, da unsere Schritte von den Steinplatten widerhallen. Das Überraschungsmoment ist sicher nicht mehr auf unserer Seite, und ich fürchte, dass wir in eine Falle laufen.

Im Arbeitszimmer begibt sich Liam direkt zu der Tür in der Holzvertäfelung, und wir schieben uns in den schmalen Dienstbotengang, der die Räume verbindet. Mein Atem klingt in dem beengten Raum wie ein Orkan, obwohl er vom Rauschen des Bluts in meinen Ohren fast noch übertönt wird. Ich erkenne den Beginn einer Panikattacke und kämpfe dagegen an, halte den Blick auf Liams Rücken geheftet und reiße mich zusammen. Alles in meinem Körper schreit, ich solle diesen Ort verflucht noch mal verlassen, aber ich kann mich nicht umdrehen. Es ist fast, als sei ich verhext. Ich kann nichts tun, außer Liam blind zu folgen. Zu verängstigt, um ihn allein zu lassen und auf eigene Faust kehrtzumachen, wähle ich das geringere Übel.

Wir tappen den Gang entlang, bis Liam schließlich eine Treppe entdeckt. »Hier!«, sagt er. »Volltreffer!«

Liam leuchtet mit der Taschenlampe hinauf und setzt sich dann in Bewegung. Ich folge ihm mit bleiernen Beinen, das Herz immer noch panisch klopfend. Hektisch sauge ich Luft ein, um meine verkrampften Lungen zu füllen.

Am Ende der Treppe geraten wir in einen weiteren Gang, aber dieser endet an einer Tür. Als Liam sie vorsichtig aufstößt, öffnet sich dahinter ein Flur. Liam schlüpft hinein, wieder den Finger an die Lippen legend. Mein Atem geht keuchend, aber ich versuche, jedes Geräusch zu vermeiden. Als ich hinter Liam in den Flur trete, lasse ich die Tür los, die prompt hinter mir zuknallt. Liam fährt herum und wirft mir einen wütenden Blick zu. Ich schüttele den Kopf und deute eine Entschuldigung an.

Der Flur ist lang. Zu beiden Seiten zweigen Türen ab, sicher zwölf insgesamt. Die Dachbalken über uns geben den Blick auf den finsteren Himmel frei – wie es aussieht, wird der nächste Regen nicht mehr lange auf sich warten lassen. Meine Füße treten in etwas Schwammiges, und als ich hinunterschaue, bemerke ich einen vollgesogenen, vor sich hinrottenden Teppich. Unter den fadenscheinigen Stellen liegen verkohlte Holzdielen. Sie knarren unter unseren Schritten, was unsere Hoffnungen auf einen Überraschungsangriff durchkreuzt.

Meine Nerven liegen blank, und meine Beine zittern in einer Weise, dass ich mich kaum aufrecht halten kann. Jeden Moment glaube ich, in Ohnmacht zu fallen. Trotzdem folge ich Liam weiter, verborgen hinter seinem Rücken, in ständiger Angst, jemand könne sich aus dem Hinterhalt auf uns stürzen.

Liam öffnet die erste Tür, die wir erreichen. Ich schnappe überrascht nach Luft, als sich vor meinen Augen der Wald ausbreitet. Wir sind in dem Kinderzimmer, das wir von draußen gesehen haben. Die Außenwand fehlt vollständig. Das Schaukelpferd steht verloren an der Kante, die wie eine Klippe anmutet, und starrt über die Landschaft hinweg. Wir befinden uns auf Augenhöhe mit den Baumwipfeln. Ich blicke mich um. Der Brand muss sich durch das Stockwerk über uns und das Dachgeschoss gefressen haben, aber auf wundersame Weise ist das Kinderzimmer fast verschont geblieben. Neben dem Schaukelpferd finden sich hier noch ein Stuhl und ein kleines Bett, komplett mit den verrotteten Resten einer Matratze.

Liam zupft mich am Ärmel, und wir verlassen das Kinderzimmer. Unsere Schritte werden von dem fadenscheinigen, einen muffigen Geruch ausströmenden Teppich im Flur gedämpft. Ich atme nun durch den Mund. In jedem einzelnen Raum halten wir nach einem eventuellen Bewohner Ausschau, und bei jeder Klinke, die Liam hinunterdrückt, sind meine Nerven zum Zerreißen gespannt und treiben mich fast in die Flucht. Aber wir entdecken nichts. Bis wir die letzte Tür erreichen.

Liam stößt sie auf und erstarrt auf der Schwelle. Ich spähe an ihm vorbei und entdecke in einer Ecke ein provisorisches Lager mit einem Schlafsack, einem Campingkocher, Töpfen, Pfannen und anderen Gegenständen. Nur ein Bewohner ist nicht in Sicht. Hier lebt jemand! Aber wer? Und warum?

Liam tritt in den Raum und eilt sofort zu dem Schlafsack. Er kniet nieder und legt die Hand darauf, dann berührt er die Pfanne, die auf dem Campingkocher steht. »Sie ist noch warm«, bemerkt er.

Vor noch gar nicht langer Zeit muss der Fremde hier gewesen sein. Entweder haben wir ihn knapp verpasst, oder – ich fahre entsetzt herum – er ist noch hier, irgendwo in der Burg.

Panisch drehe ich mich wieder zurück und sage zu Liam: »Wir sollten verschwinden, bevor er hier aufkreuzt.«

Doch Liam ignoriert mich. Er wühlt schon in einem Rucksack und wirft den Inhalt aufs Bett. Schmutzige Socken und Unterwäsche kommen zum Vorschein, außerdem T-Shirts und ein kariertes Hemd. Meine Angst für einen Moment vergessend, trete ich näher, greife nach dem Hemd und betrachte das Etikett. Es ist eine Männergröße, Medium. Die Boxershorts betrachte ich ebenfalls.

Liam öffnet den Kulturbeutel. Er enthält einen zerbrochenen Spiegel, ein Rasiermesser, Rasierschaum, eine Zahnbürste, Zahnpasta und ein kleines Erste-Hilfe-Set. Ich schnappe nach Luft, die aber meine Lunge nicht wirklich füllt. Mein Kopf schwirrt. Wer ist dieser Mann, und was macht er hier?

Liam durchforstet die Anziehsachen, vielleicht auf der Suche nach einem Ausweis, und ich wende mich wieder nervös zur Tür. Der Fremde könnte jeden Moment zurückkehren, und wir haben keine Ahnung, wozu er imstande ist, wenn er uns hier entdeckt.

Dann weckt die Karte, die Liam aus der Tasche des Mannes geholt und aufs Bett geworfen hat, meine Aufmerksamkeit. Sie zeigt die Insel. Womöglich ist der Mann doch ein Schatzsucher. Ich mustere das Lager. Es wirkt eher wie ein provisorischer Unterschlupf. In einer Schachtel befinden sich ein Dutzend Packungen mit Fertignudelsuppen und ein paar Müsliriegel. Am Kamin steht ein großer Wasserbehälter. In einer Raumecke hat sich ein kleiner Müllberg gebildet: leere Nudelsuppenschalen, Einwickelpapiere, eine zerknüllte Wasserflasche und etliche zerdrückte Bierdosen. Insgesamt scheinen hier Vorräte für eine Woche zu lagern.

Liam steckt die Hand in die Innentasche des Rucksacks und fischt ein Taschenradio heraus. Dann wirft er Rucksack und Radio beiseite und tastet den Schlafsack ab. Schließlich langt er mit einem triumphierenden Blick hinein und zieht einen Leinenbeutel heraus. Ein leeres Fernglasfutteral befindet sich darin. Verfolgt der Typ uns mit dem Feldstecher? Als ich mich auf dem Friedhof beobachtet fühlte, war er das vielleicht?

»Bitte, können wir jetzt abhauen?«, frage ich, als Liam weiter in den Sachen des Mannes herumkramt. Ich trete von einem Fuß auf den anderen und schiele ständig zur Tür. Was, wenn der Fremde auftaucht und uns dabei ertappt, wie wir wie Diebe in seinem Gepäck stöbern?

Liam hingegen lässt sich nicht drängen. Er durchsucht die Habseligkeiten, als könne er etwas aufspüren, das uns verrät, wieso dieser Mann uns verfolgt.

Ich begebe mich schon einmal zur Tür, aber plötzlich wird mein Blick von etwas in dem Müllhaufen angezogen, einer Schachtel, die zwischen all den Papierchen und Packungen hervorragt. Ich gehe hin.

»Volltreffer«, ruft Liam.

Ich drehe mich zu ihm um. Liam schwenkt ein zusammengefaltetes Stück Zeitung. Das Papier ist vergilbt, die Tinte von Feuchtigkeit verschmiert. Er faltet es auf, und ich trete zu ihm, um mitzulesen.

»MORD IN DER BURG!«, schreit die Titelzeile. Ein verschwommenes Schwarz-Weiß-Foto zeigt die verkohlte Burgruine; daneben ist ein Foto von Nancy und Elliot abgebildet. Als ich den Artikel überfliege, stockt mir der Atem.

Nancy McKay, 39, und ihr Sohn Elliot, 9, sind letzte Nacht in ihrem Zuhause auf der Insel Shura einem brutalen Verbrechen zum Opfer gefallen. Die Polizei fand ihre Leichen, bis zur Unkenntlichkeit verbrannt, nachdem ein Feuer den Familiensitz verschlungen hat.

Der Bericht des Coroner steht noch aus, aber die Polizei behandelt die Todesfälle als Mord. Aus einer zuverlässigen Quelle wurde verlautbart, dass die Leichen von Mutter und Sohn Stichwunden aufweisen.

Andrew McKay, 45, Nancys Ehemann und Vater von Elliot, gilt als vermisst. Noch ist unklar, ob er ebenfalls in den Flammen umkam. Ebenso wenig ist bekannt, ob Andrew McKay zum Kreis der Verdächtigen zählt. Es wurde allerdings berichtet, dass er sich in beträchtlichen finanziellen Schwierigkeiten befand und die Bank sein Anwesen pfänden wollte. Die Familie McKay wohnt seit fast sechshundert Jahren auf Shura und genießt in der Gegend einen sehr guten Ruf. Andrew McKays Mutter Mary erbte die Burg von ihrem verstorbenen Vater und vermachte bei ihrem Tod einen Großteil des Anwesens katholischen Wohltätigkeitsorganisationen. Die Polizei bittet mögliche Zeugen des Verbrechens oder eventuelle Mitwisser, sich zu melden.

Ich hole tief Luft. »O Gott«, flüstere ich. »Er hat sie getötet. Und dann hat er die Burg in Brand gesetzt, um es zu vertuschen.«

Liam nickt. »Sieht so aus.«

»Er ist es.« Ich lasse den Blick über das Lager schweifen. »Er hält sich seither hier versteckt.« Aber schon während ich das ausspreche, frage ich mich, wie es möglich sein soll, jahrein, jahraus hier zu leben. Wie soll der Mann den Winter überstehen? Und angesichts seiner Sachen scheint klar zu sein, dass es sich um ein provisorisches Lager handelt. Aber vielleicht fährt er ja aufs Festland, um sich mit Proviant einzudecken.

Plötzlich fällt mir wieder ein, was mir kurz zuvor in dem Müllhaufen an der Tür ins Auge gesprungen ist. Ich eile hin.

»Liam«, sage ich mit rauer Stimme, als ich es gefunden habe.

»Was?«, gibt er zerstreut zurück, weil er immer noch in den Sachen des Mannes herumwühlt.

»Schau dir das an.«

Er kommt, und ich zeige es ihm. Es ist eine Schachtel für Munition. Gewehrkugeln.

17

Liam stupst mit dem Zeh gegen die Schachtel. Sie ist leer. Nun bemerke ich, dass sich in dem Müllhaufen auch etliche leere Patronenhülsen befinden. Liam zögert einen Moment, dann nimmt er meine Hand.

»Lass uns gehen.« Er zieht mich in den Flur zurück. Das muss er mir nicht zweimal sagen. Wir rennen förmlich den Flur entlang und wollen gerade die Tür zur Dienstbotentreppe öffnen, als wir Schritte hochkommen hören. Wir erstarren auf dem Fleck.

Liam reißt mich zur Seite und dann in einen der Räume, ein altes Badezimmer. Aneinandergepresst verharren wir hinter der Tür und halten die Luft an. Liam kramt in seiner Tasche und holte das Springmesser heraus, aber ich packe sein Handgelenk. Ein Messer kann es mit einem Gewehr nicht aufnehmen.

Wir hören das Quietschen von Türangeln, dann das Knarren von Dielenbrettern, als die Schritte sich in unsere Richtung wenden. Das wilde Kribbeln in meinem Bauch steigt mir in die Kehle, dann in den Mund. Liam muss es spüren, denn er presst mir die Hand auf die Lippen, um den Schrei zu ersticken. Die Schritte nähern sich weiter, begleitet von einem dumpfen Geräusch, als würde der Mann im Gehen mit den Knöcheln gegen die Wand schlagen.

Das Geräusch der gedämpften Schritte verstummt unvermittelt, und mein Schrei sammelt sich hinter Liams Hand, um zwischen seinen Fingern hervorzubrechen. Mein Herz scheint mir in der Brust zu explodieren, ein Wunder, dass der Mann es nicht hört. Es ist so laut wie ein Presslufthammer, der sich in Beton bohrt, wenigstens in meinen Ohren.

Ich starre Liam an, der die Aufmerksamkeit auf die Tür gerichtet hält. Er wirkt wie ein Tier, das in die Enge gedrängt wurde, zusammengekauert, bereit zum Sprung, die freie Hand so fest um das Messer geklammert, dass die Knöchel weiß hervortreten. Jetzt hören wir wieder einen Schritt, viel näher diesmal. Liams eiserner Griff an meinem Mund verstärkt sich. Ich habe Angst, dass er alle Vorsicht fahren lässt und herausspringt, um sich dem Mann in den Weg zu stellen. Aber gerade als die Anspannung in einer Weise angeschwollen ist, dass sie sich zu entladen droht, entfernen sich die Schritte.

Liam nimmt seine Hand von meinem Mund, und ich ringe nach Luft. Kurz darauf schiebt er die Tür ein Stück auf. Wir spähen hinaus, gerade noch rechtzeitig, um den Fremden den Flur entlanggehen zu sehen. Ist das Andrew McKay? Schwer zu sagen, da wir sein Gesicht nicht erkennen können. Er ist ganz in Schwarz gekleidet, die Kapuze der langen Regenjacke verhüllt den Kopf. Mein Blick wird von etwas anderem angezogen. In der rechten Hand trägt er eine Schrotflinte, mit der linken hält er die Ohren eines toten Kaninchens gepackt. Das knallt er in regelmäßigen Abständen gegen die Wand. Schließlich wendet er sich nach links und verschwindet in dem Raum mit dem Lager. Erst in diesem Moment fällt mir ein, dass wir in unserer Eile die Sachen des Mannes auf dem Bett haben liegen lassen. Er wird sofort merken, dass wir dort waren. Vermutlich wird er sogar denken, dass wir noch in der Burg sind.

»Los!«, raunt Liam, der offenbar dasselbe befürchtet. »Nun komm schon!«, ruft er im selben Moment, als wir einen wütenden Aufschrei hören – eine Männerstimme, die nun lautstark flucht. Der Typ muss das Chaos, das wir verursachten, entdeckt haben.

Liam zerrt mich aus dem Raum. Hand in Hand rennen wir den Flur entlang. Dann stürzen wir, Liam voran, durch die Tür zur Treppe. In meiner Panik stolpere ich ein paar Stufen hinab, aber da Liam vor mir läuft, pralle ich in seinen Rücken. Meine Beine sind wie Gummi und wollen mir kaum gehorchen. Am Fuß der Treppe angekommen, taumele ich in den schmalen Dienstbotenflur im Erdgeschoss. Wir irren durch pechschwarze Finsternis. Liam hat die Taschenlampe entweder verloren, oder er möchte keine Zeit mit der Suche danach verschwenden. Mit vorgestreckten Händen bahnen wir uns den Weg zum Arbeitszimmer, immer wieder blind gegen die Wände prallend. Wie weit mag es wohl noch sein? Ist das überhaupt der richtige Weg?

Und was, wenn der Mann uns auf den Fersen ist? Ich drehe mich um, aber hinter mir ist nichts als gähnende Finsternis. Liam hält an, holt sein Handy heraus und richtet den Lichtstrahl an die Wand. Durch den Gang hinter uns hallt ein klapperndes Geräusch, und mir entfährt ein Wimmern.

Plötzlich flutet Licht in den Flur – Liam hat die Tür gefunden und dagegengedrückt. Wir stolpern ins Arbeitszimmer, dann weiter in die große Halle. Als wir sie jedoch erreichen und zu der Treppe eilen, die uns hinunter in die Küche bringt, höre ich ein Geräusch über uns und schaue hoch. Der Mann hat sich auf der Galerie aufgebaut und hebt die Schrotflinte an die Schulter.

Ich schreie auf und springe hinter Liam in die Treppenöffnung. Wie Ratten auf einem sinkenden Schiff wollen wir nur noch den Keller und den Ausgang erreichen. Auf halbem Weg fällt mein Blick auf etwas, das mich auf der Stelle erstarren lässt. Meine Beine weigern sich, auch nur einen einzigen Schritt zu tun.

Liam dreht sich um. »Was tust du da?«, schreit er. »Lauf weiter!«

Aber ich bin wie gelähmt, kann nicht einmal mehr atmen. Er hastet zurück und packt mich am Handgelenk, um mich hinter sich herzuschleppen. Aber als er sieht, was ich sehe, bleibt er ebenfalls wie angewurzelt stehen.

»O Gott«, keucht er.

Wir befinden uns vor dem Raum mit den Haken an der Decke. Als wir zuvor hier vorbeiliefen, war er leer. Jetzt hängen rote Streifen frischen Fleischs an den Haken; Blut tropft auf den Boden. Meine Nase füllt sich mit dem Gestank von zerfetzten Kadavern und Fäkalien. Ich muss würgen. Mein Blick fällt auf ein langes Messer mit Sägeschliff, das an der Seite herumliegt.

»Lauf weiter!«, wiederholt Liam, mich aus meiner Trance weckend, und zieht mich fort.

Wir stolpern durch den Keller, stürzen ans Tageslicht und rennen zum Wald. Ständig erwarten wir, hinter uns eine Schrotflinte knallen zu hören. Der Mann wird uns aus einem der oberen Fenster beobachten, ganz sicher. Ich spüre, wie sein Blick meinen Rücken durchbohrt, als ich mit brennender Lunge weiterrenne.

Als wir den Wald und den Schutz der Bäume erreichen, können wir endlich Atem schöpfen. Ich lehne mich an einen Baumstamm. Mein Körper zittert von dem Adrenalinschub, und die Welt unter meinen Füßen kippt und gleitet fort. Was ist da geschehen? Ich kann es kaum begreifen. Und was war das, was in dem Kellerraum an den Haken hing?

Liam wischt sich mit bebender Hand über die verschwitzte Stirn und beugt sich vor, die Hände auf die Knie gestützt, um wieder zu Atem zu kommen.

»Was war das?«, flüstere ich. Das Grauen, dem wir soeben begegneten, hat sich unauslöschlich in mein Gehirn gebrannt. »Im Keller? Was war das?«

Liam schüttelt den Kopf. »Ein Kaninchen.« Seine Stimme klingt schwach und wenig überzeugend. War das ein Kaninchen? Es sah nicht so aus, aber ich konnte es auch kaum richtig erkennen, weil ich von all dem Blut und Gestank so benommen war.

In diesem Moment knackt ein Stück weiter ein Ast. Das Geräusch hallt wider wie ein Schuss, und wir zucken zusammen. Unsere Köpfe fahren hoch; wir sind wie Tiere, die einen Raubvogel heranrauschen hören.

»Lass uns verschwinden«, sagt Liam und packt meine Hand. Wir rennen los, so schnell wir können, schießen zwischen den Bäumen entlang, stolpern über versteckte Wurzeln, brechen durchs Unterholz, bis wir unser Cottage erkennen, auf der Lichtung am Rand des Fjords.

DER STALKER

Run, rabbit, run, rabbit, run, run, run.

Lauf, Hase, lauf.

Das Lied erklang in meinem Kopf, als ich sie um ihr Leben laufen sah. Ihre Flucht hatte einen gewissen Reiz. Ihr Kampfesmut hat mich erregt. Doch wollte ein Teil von mir sogar, dass sie entkam.

Das war schon immer mein Problem. Ich bestehe aus zwei verschiedenen Hälften. Ständig bin ich hin- und hergerissen zwischen widerstreitenden Gefühlen und Bedürfnissen: Liebe und Hass, Freude und Wut, Versöhnlichkeit und Rachsucht, dem Wunsch nach Erlösung und der Akzeptanz der Verdammnis.

Es ist, als würde sich der Junge in mir, der einst vom Teufel ausgelöscht wurde, ständig aufs Neue bemerkbar machen. Mittlerweile verspüre ich Reue für die Taten, die ich beging, und sehne mich nach Vergebung. Aber dann taucht der Teufel mit Gebrüll wieder aus der Versenkung auf.

Also sehe ich sie wegrennen und weiß, dass sie nicht weit kommen wird.

18

Liam holt den Schlüssel aus der Tasche, während wir noch zur Hintertür rennen. Er rammt ihn ins Schlüsselloch, und wir platzen in das Cottage, als sei es eine Erdhöhle, in der wir vor Raubtieren geschützt sind.

Keuchend und zitternd stolpere ich in den vorderen Raum. Meine Sicht verschwimmt. Im nächsten Moment schießt etwas auf mich zu, ein schwarzer Schatten, der sich aus der Zimmerecke auf mich stürzt. Ich ducke mich weg und stoße einen Schrei aus, aber es ist nur die Krähe. Ich wehre sie ab. Liam kommt hereingestürzt, das Springmesser erhoben, den Arm kampfeslustig gereckt.

Der Vogel schreit. Mit seinem heilen Flügel taumelt er schräg durch die Luft und knallt gegen die Wand, bevor er in der Ecke landet und kläglich krächzt.

Die Panik, die sich wie ein Orkan in meinem Inneren zusammenbraute, entlädt sich in heulenden Schluchzern. Ich sacke in mich zusammen, während Liam immer noch mit dem Messer in der Hand dasteht, vor Adrenalin strotzend.

»Verflucht«, zischt er. »Verflucht.« Er sieht sich im Raum um.

Durch den Tränenschleier bemerke ich, dass der Vogel

überall seinen Dreck hinterlassen hat. Weiße Streifen ziehen sich über das Sofa, den Kamin, den Couchtisch, den Teppichläufer.

»Wie ist das Tier aus der Kiste gelangt?«, brüllt Liam.

Ein weiterer Schluchzer zerreißt meine Brust. Ich kämpfe dagegen an. »Keine Ahnung. Tut mir leid.« Die Kiste ist auf die Seite gefallen. Die Krähe wollte offenbar ihrem Gefängnis entfliehen – was ich gut nachvollziehen kann.

»Bring sie raus, zum Teufel«, bellt Liam ungeduldig.

Ich kämpfe mich auf die Knie.

»Die werden uns den Schaden in Rechnung stellen«, murrt Liam und wedelt mit der Hand in Richtung der befleckten Polstermöbel. »Das Mobiliar ist neu. Das Ganze wird uns ein Vermögen kosten.«

»Tut mir leid«, sage ich, obwohl mir das im Moment zweitrangig erscheint. Immerhin haben wir ein ganz anderes Problem: einen Mann mit Gewehr.

Ich nähere mich dem Vogel, der hektisch davonhüpft, hebe das Handtuch auf und werfe es ihm über den Kopf. Dann nehme ich das zappelnde Tier in den Arm und schaue mich verzweifelt um. Ich kann es nicht hinausbringen und sich selbst überlassen; mit dem gebrochenen Flügel wird es nicht überleben. »Ich stelle sie unter die Treppe.« Ich greife nach der Kiste.

Liam schüttelt den Kopf. »Nein. Schau dir doch den Dreck an. Der Vogel kann nicht bleiben.«

»Aber er wird sterben, wenn ich ihn jetzt aussetze«, widerspreche ich schwach.

»Das kann ich beschleunigen«, erwidert Liam, immer noch in Rage.

Ich zucke entsetzt zusammen, als ich mir vorstelle, wie er der Krähe den Hals umdreht. Er würde das tun, das weiß ich. Sein Herz ist nicht so weich wie meins. Er denkt pragmatisch, womit er womöglich sogar recht hat. Vielleicht sollte ich den Vogel einfach sterben und der Natur ihren Lauf lassen. Hätten wir ihn nicht in der Burg gefunden, wäre er längst tot, das ist sicher. Und ob meine Schienung ihren Zweck erfüllt, muss sich auch erst erweisen. Sollte der Flügel schief heilen und der Vogel verkrüppelt sein, wäre es tatsächlich besser, ihn sterben zu lassen. Und dennoch ist die Vorstellung, dass Liam ihn tötet, unerträglich für mich. Das kann ich nicht hinnehmen.

»Bitte«, sage ich. »Ich kann die Krähe nicht rausbringen. Was, wenn dieser Mann sich dort herumtreibt? Lass mich die Kiste unter die Treppe stellen. Das hätte ich sowieso tun sollen.«

Widerwillig stimmt Liam zu. »Na gut. Aber ich schwöre dir, wenn dieser Vogel noch irgendetwas anstellt, drehe ich ihm den Hals um. Das hätte ich gleich tun sollen.«

Schnell setze ich den Vogel in die Kiste und stelle die Kiste unter die Treppe. Als ich Fressen und Wasser nachfülle, merke ich, wie stark meine Hände zittern. Mein Herz klopft immer noch so heftig wie bei unserer Flucht aus der Burg. Währenddessen verbarrikadiert Liam Vorder- und Hintertür mit Möbelstücken. Ich verdränge den Gedanken, dass uns der Mann mit dem Gewehr hierher gefolgt sein könnte, und schaue zum Fenster hinüber. Sind wir hier sicher?

Nachdem ich den Vogel unter der Treppe eingesperrt habe, kehre ich zurück und finde Liam in der Küche, wo er eine Karte von der Insel ausgebreitet hat.

»Was tust du da?«, frage ich. »Was ist das für ein Zeug?« Dann begreife ich. »Das sind seine Sachen! Du hast sie gestohlen! Warum? Das wird ihn nur noch mehr in Rage versetzen.«

Liam starrt mich an. Sein Blick ist so wild, dass ich zurückweiche. »Willst du mir Vorwürfe machen?«

Ich schüttele den Kopf. »Nein, natürlich nicht. Ich wollte nur sagen … Wir sollten ihn nicht gegen uns aufbringen. Er hat ein Gewehr. Und er hat uns davor gewarnt, die Burg zu betreten.«

Die Muskeln an Liams Wangen zucken.

»Ich habe Angst, das ist alles«, füge ich hinzu.

Sein Blick wird milder, als er die Furcht in meinem Gesicht wahrnimmt. »Ich weiß.« Er zeigt auf die Karte. »Aber sieh mal. Diese Karte ist anders als unsere. Da ist zum Beispiel ein Bootshaus, das auf unserer nicht verzeichnet ist.« Liam legt den Finger auf die Karte. »Wir müssen es verpasst haben, als wir neulich am Bach entlanggingen.«

»Du denkst, er hat ein Boot?«

»Wie soll er sonst hierherkommen?«, entgegnet Liam. »Das habe ich mich die ganze Zeit gefragt. Es liegt doch nahe, dass er sein eigenes Boot hat.«

»Er könnte sich auch herbringen lassen.«

Liam schüttelt den Kopf. »Nicht sehr wahrscheinlich, wenn er unbemerkt bleiben will. Er hat hier nichts mehr zu suchen, vergiss das nicht.«

Ich nicke. Liam hat recht. Obwohl der Mann zu glauben scheint, dass wir hier die Eindringlinge sind, der blutigen Warnung an der Burgtür nach zu urteilen.

»Und wenn es ein Boot gibt«, fährt Liam fort, schon wieder munterer klingend, »dann können wir es uns schnappen und zum Festland übersetzen.«

Er mustert mich. Ich reiße die Augen auf. Um zum Bootshaus zu gelangen, müssten wir über die ganze Insel wandern, an der Burg vorbei. Wahrscheinlich wartet der Typ bereits auf uns. Vielleicht ist er uns sogar zum Cottage gefolgt. Vielleicht lauert er jetzt in diesem Moment da draußen.

»Hier sitzen wir in der Falle«, meint Liam. »Wir können nicht bis Freitag bleiben. Wer auch immer das ist, er hat ein Gewehr. Und ist offenkundig verrückt. Hier sind wir nicht sicher. Wir müssen fort von der Insel, und zwar sofort.«

Er tritt in den Flur. »Wir nehmen nur eine Tasche mit. Nur das Wichtigste.«

Ich folge ihm. »Was ist mit dem Dreck?« Ich zeige in den ruinierten Wohnraum.

Liam zuckt mit den Schultern. Noch zehn Minuten zuvor war er außer sich, jetzt scheint es ihm egal zu sein. »Vergiss es«, sagt er. »Die bekommen keinen Penny von mir. Wir sind es, die Anspruch auf Schadenersatz haben. Was ist das für ein verfluchter Urlaub? Die setzen uns im Niemandsland aus und stellen nicht einmal ein Telefon bereit, mit dem wir Kontakt aufnehmen können.«

Er läuft die Treppe hoch. Ich folge ihm und schaue zu, wie er seinen Rucksack unter dem Bett hervorzieht und Dinge hineinstopft. Nach einer Weile sieht er auf. »Was ist los?«, fragt er und starrt mich an, weil ich reglos herumstehe. »Jetzt mach schon!«

Ich reiße mich zusammen und haste ins Bad, um Bürste und Zahnbürste zu holen. Dann krame ich in der Tamponschachtel nach meinen Antidepressiva und der Pille und stecke sie in die Jeanstasche. Ohne sie komme ich nicht aus. Liam klopft ungeduldig an die Tür und mahnt mich zur Eile. Ich trete aus dem Bad und reiche ihm meine Sachen, damit er sie in den Rucksack packt. Dann stürzen wir die Treppe hinunter und schaffen es vor lauter Hektik nicht, uns noch einmal umzudrehen. Auf dem Weg zur Hintertür greift Liam nach der Karte, die er aus der Tasche des Mannes gestohlen hat, faltet sie zusammen und stopft sie in die Innentasche seiner Jacke.

Als Liam die Tür öffnet, fällt mir der Vogel ein. *O Gott, ich kann die Krähe nicht einfach hierlassen.* Andererseits können wir sie kaum mitnehmen. Ich zögere, unsicher, was ich tun soll. In diesem Moment tritt Liam ins Freie, zieht mich mit sich, und es ist zu spät.

19

Schweigend stapfen wir durch den Wald. Die Äste sind schwer vom Regen und ächzen im Wind, sodass wir bei jedem Schritt zusammenzucken. Liam nimmt einen Umweg, damit wir nicht das Burggelände queren müssen, aber das Terrain ist rau und unwegsam. Wir kommen nur mühsam voran, weil wir so leise wie möglich sein wollen.

Irgendwann stehen die Bäume nicht mehr so dicht, und ich kann durch die Lücken das Wasser glänzen sehen. Wir schlagen uns bis zu dem felsigen Ufer durch, klettern über Felsbrocken hinweg, und plötzlich liegt das Bootshaus vor uns. Es ist verfallen; die Steinwände sind so vermoost, dass es sich aus der Ferne perfekt als Teil der Landschaft tarnt. Die Wolken hängen nun schwer herab und umfangen uns mit sanftem Sprühregen; alle Geräusche sind gedämpft, die Sicht ist trübe.

Als wir uns weiter nähern, erkennen wir, dass das Bootshaus über dem Fjord errichtet ist; eine altersschwache steinerne Bootsrampe ragt wie eine graue Zunge ins Wasser. Vorsichtig tappen wir weiter, immer auf Überraschungen gefasst – einen Mann, der mit einem Gewehr aus dem Gebüsch springt, zum Beispiel.

Ständig drehe ich mich um, spähe nach rechts und nach links, lasse den Blick über den Wald gleiten. Doch er liegt verlassen da.

»Bleib hinter mir«, flüstert Liam, als wir den Eingang zum Bootshaus erreichen.

Das tue ich und suche Deckung hinter seinem Rücken. Liam wirft die Tür auf. Im Innern ist niemand. Ich stoße einen Seufzer der Erleichterung aus. *Gott sei Dank.* Aber ein Boot liegt in dem Schuppen, ein hölzernes Ruderboot, das aus dem Wasser geholt und die Bootsrampe hochgezogen wurde.

Liam eilt hin und wirft die Tasche hinein. »Steig ein«, drängt er. »Ich schiebe uns raus.«

Ich zögere.

»Alles wird gut«, versichert er mir.

Da wäre ich mir nicht so sicher. Ich werfe einen besorgten Blick auf den Kahn und den grauen endlosen Himmel, der mit dem Fjord verschmilzt. Das Wasser ist aufgewühlt, und ich muss an die Warnung des Fährmanns denken, wegen der Strömungen und der Kälte.

»Jetzt mach schon!«, drängt Liam.

Ich schaue in die andere Richtung, auf die Insel hinter der Tür. Was habe ich für eine Wahl? »Gut«, sage ich und begebe mich zum Boot.

Nachdem ich hineingeklettert bin, schiebt Liam uns ins Wasser. Ich klammere mich an die dünne Bootswand, als Liam hineinspringt. Wir schaukeln bedrohlich, und über den Rand schwappt Wasser herein, das meinen Schoß und meine Füße durchnässt. Als Liam sich setzen will, bringt er uns fast zum Kentern, aber das Boot richtet sich wieder auf. Nun nimmt er die Ruder und stößt uns weiter aufs Wasser hinaus.

Der Wind bläst heftig, womit wir nicht gerechnet hatten, da das Bootshaus im Schutz einer kleinen Bucht liegt. Sobald wir jedoch auf dem offenen Fjord sind, werden wir von Böen erfasst; hohe Wellen schlagen gegen die Bootswand. Ich blicke zur Insel zurück, die schon zehn Meter weit weg ist, dann schnell zwanzig Meter. Liam spritzt herum, als er mühsam und nach mehreren Versuchen die Ruder in die Dollen einhängt. Als er losrudern will, schafft er es aber nicht, die Richtung einzuschlagen, in die er will. Stattdessen werden wir von der Strömung fortgezogen, vor der uns der Fährmann gewarnt hat. Das Boot knallt gegen mächtige Wellen, die ganze Wassermassen über den Bug fluten lassen und unsere Füße überschwemmen. Fast scheint es, als trieben wir durch die Unterwelt, dabei entfernen wir uns vom Festland in Richtung Meer.

Ich fröstele, als sich der Nieselregen in einen heftigen Schauer verwandelt und mir über Gesicht und Augenbrauen strömt. Durch die Wasserwolke kann ich kaum etwas ausmachen, und meine Hände, die sich immer noch an den Bootsrand klammern, sind schon taub von der Eiseskälte. Als ich aufs Wasser starre, muss ich daran denken, wie unfassbar tief es hier ist, und kämpfe gegen die anschwellende Panik an.

»Wir sollten zurückrudern!«, schreie ich Liam zu, aber der schüttelt den Kopf und kämpft weiter, um den Kurs zu ändern. Im selben Moment, als er sich umdreht und prüfen will, wie weit wir schon gekommen sind, wird unser

Boot von einer gewaltigen Welle erfasst – es ist, als wären wir frontal auf einen Felsen gekracht. Mit einem Schrei des Entsetzens falle ich in den eisigen Fjord.

20

Das Wasser ist so unfassbar kalt, dass ich das Gefühl habe, bei lebendigem Leib gehäutet zu werden. Es schneidet mir ins Fleisch, schabt an meinen Knochen, packt mein Herz und presst es zusammen. Ich tauche unter und bin vor Schock derart gelähmt, dass ich mich dem Abwärtssog nicht einmal widersetze. Doch plötzlich erwacht mein Überlebensinstinkt, und meine Beine beginnen sich zu bewegen. Ein Beinschlag, und ich durchbreche die Wasseroberfläche und schnappe nach Luft. Ich kann aber keinen Sauerstoff in meine geschrumpfte Lunge saugen. Das Wasser ist wie Beton, der über meine Beine und meinen Körper gegossen wurde und mich hinabzieht. Ich versinke wieder, verschlucke mich, kann weder Arme noch Beine rühren, um mich an der Wasseroberfläche zu halten. O Gott. Mir ist klar, dass ich ertrinke.

Unvermittelt kommt mir meine Mum in den Sinn. Seit ihrem Tod habe ich sie immer nur als Tote vor Augen gehabt; das Bild hat alle anderen Erinnerungen an sie ausgelöscht. Doch nun, da ich in den Abgrund gerissen werde, sehe ich sie als lebendige Frau vor mir. Sie ruft meinen Namen, schreit, ich solle schwimmen, drängt mich dazu zu kämpfen. Ich möchte sie nicht enttäuschen, also tue ich es. Ich beiße die Zähne zusammen und ignoriere die Kälte und die gierigen Hände des Fjords, die mich in die Tiefe ziehen. Ich widerstehe dem Wunsch, aufzugeben und mich sinken zu lassen, und strampele mit aller mir verbliebenen Kraft dem Himmel entgegen.

Wieder durchbreche ich die Wasseroberfläche, und dieses Mal werde ich hochgerissen. Liam hat mich am Kragen gepackt. Er beugt sich aus dem Boot, das zu kentern droht, und will mich hineinziehen. Ich huste und spucke und schlage heftig mit den Beinen.

Liams Griff wird fester. Ich höre, wie er meinen Namen schreit, höre die Verzweiflung darin. Dann ertönt ein lautes Klatschen, und sein Griff löst sich. Das Boot ist umgekippt und hat ihn ebenfalls ausgespuckt. Keuchend taucht Liam neben mir auf. Ich versinke wieder, aber jetzt ist der Kampfgeist in mir erwacht. Einen Moment später gelange ich wieder an die Luft und schlage mit den Armen, um oben zu bleiben.

Liam brüllt meinen Namen, einen guten Meter neben mir Wasser tretend. Als ich bei ihm bin, greift er nach mir.

»Schwimm«, prustet er.

Ich sehe das Boot mit dem Kiel nach oben davontreiben und merke, dass auch wir uns immer weiter von der Insel entfernen. Wir haben keine Wahl. Wir können schwimmen oder untergehen.

Unbeholfen werfe ich meine Arme in die Wellen. Ich fühle mich schwer wie Blei, zwinge mich aber weiterzumachen, obwohl ich kein Stück voranzukommen scheine. Mit jeder Sekunde fühle ich mich matter.

Ich halte die Augen auf die Insel gerichtet. Trotz meiner Erschöpfung, die nur einen Wunsch kennt, nämlich aufzugeben, zwinge ich mich zum Durchhalten. Ich frage mich nicht, wie weit es noch bis zur Insel ist, sondern trete einfach stumpf mit den Beinen.

Im selben Moment, als ich denke, ich kann nicht mehr, und mich in mein Schicksal ergeben will, spüre ich Grund unter den Füßen. Ich kann stehen. Triumphierend paddele ich noch ein Stück weiter, bevor ich auf wackeligen Beinen ans Ufer stolpere. Und dann ist plötzlich Liam an meiner Seite, packt meinen Arm, zieht mich aus dem Wasser an den Strand.

Wir brechen beide zusammen, mit dem Gesicht nach unten, hustend und wild zitternd. Mein Gesicht liegt schwer im Sand. Wir müssen am Strand an der Nordseite sein, da uns die Strömung abgetrieben hat. Ich will den Kopf heben, um mich zu orientieren, aber das gelingt mir nicht – ich bin zu schwach für jede Regung. Meine Zähne klappern so heftig, dass sie zu bersten drohen. Auch meine Muskeln zucken, als jage mir jemand Elektroschocks durch die Glieder.

Liam kommt mühsam auf die Knie, dann auf die Beine, vornübergebeugt, zitternd. Er fasst nach meiner Schulter. »Steh auf!«, befiehlt er mir, die Worte durch seine eingefrorenen Lippen pressend.

Ich kann nicht.

»Steh auf!«, knurrt er wieder.

Ich versuche die Augen aufzuschlagen. Sein Gesicht gerät in Sicht und verschwimmt dann wieder. Seine Lippen sind blau, seine Haut bleich, so viel habe ich gesehen. Er zerrt an mir. Ich protestiere, aber dann hieve ich mich mühselig auf Hände und Knie und schaffe es irgendwie aufzustehen. Meine durchnässten Kleider kleben an meinem Körper. Liam nimmt meinen Arm, und wir staksen den Strand hinauf.

Meine Füße schwimmen in meinen Schuhen, und ich will mich nur noch hinwerfen, zusammenrollen und schlafen. Wie ich zum Cottage gelangen soll, ist mir schleierhaft, aber wir schleppen uns einfach durch den Wald. Liam führt uns und zieht mich weiter, wenn ich stolpere.

Schließlich erscheint das Cottage vor unseren Augen, und wir stolpern über die Lichtung darauf zu. Keiner von uns beiden macht sich die Mühe, nach einem Mann mit Gewehr Ausschau zu halten. Alles, woran ich denken kann, ist die heiße Dusche, die ich gleich nehmen werde. Erst als Liam in der Tasche nach seinem Schlüssel kramt und ihn mit seinen klammen Fingern fallen lässt, fährt es mir durch den Kopf, dass wir ja keinen Strom haben. Keine Heizung, kein heißes Wasser. Fast wäre ich in Tränen ausgebrochen.

Endlich hat Liam die Tür aufgeschlossen, und wir treten ins Innere. Sofort eilt Liam ins Wohnzimmer und wirft das nasse Holz, das er am Vorabend hereingeholt hat, in den Bauch des Holzbrenners. Ich breche neben ihm auf dem Läufer zusammen, bekomme den Zipfel einer Decke zu fassen und will mich darin einwickeln, obwohl meine Finger so steif sind wie Krallen.

Liams Hände zittern derart, dass die Streichhölzer immer wieder zerbrechen, wenn er sie anreißt. Leise vor sich hin fluchend, macht er weiter, bis er es beim fünften Anlauf schafft, eines zu entzünden. Er hält es an einen weißen Grillanzünder, der mit einem entschiedenen Zischen aufflammt. Ich starre in die Flamme, als sei sie etwas Magisches, und muss dem Drang widerstehen, den Würfel in die gefrorenen Hände zu nehmen. Liam steckt ihn in den Kamin. Das feuchte Holz, das er darin aufgestapelt hat, knistert und zischt aber nur. Dampf steigt auf, aber kein Feuer. Hilflos sehe ich die flackernde Flamme des Grillanzünders allmählich ausbrennen.

»Verdammt«, murmelt Liam und reibt sich die Hände, damit ein bisschen Leben in die Finger zurückkehrt. Seine Fingerspitzen sind blau. Ich betrachte meine eigenen Hände. Sie sind verschrumpelt und bleich; Kuppen und Nägel sind genauso blau wie Liams.

Wieder quält sich Liam auf die Beine und verschwindet in der Küche. Ich habe nicht die Kraft, ihm zu folgen. Ich bleibe einfach liegen und starre in den Kamin, wo die schwache Flamme erlischt. Meine Lider sinken herab. Vage vernehme ich, dass die Hintertür ins Schloss fällt. Wohin Liam wohl gegangen sein mag, überlege ich kurz, aber meine Gedanken sind zusammenhanglos und wirr. Allmählich verliere ich das Bewusstsein.

Ein lauter Knall schreckt mich wieder auf, und meine Augen öffnen sich. Das klang, als würde eine Axt in Holz fahren. Was ist da los? Noch ein Knall, dann noch einer. Einen Moment später tritt Liam durch die Wohnzimmertür, zersplitterte Bruchstücke von lackiertem Holz im Arm. Ich brauche einen Moment, um zu begreifen, dass er einen der Küchenstühle klein gehackt haben muss.

Er kniet vor dem Kamin nieder, stapelt das Holz hinein, steckt einen weiteren Grillanzünder an und schließt die Tür, sobald das Holz Feuer fängt und auflodert.

Ich krieche näher an den Kamin heran, bis meine Hand fast das schmiedeeiserne Kamingitter berührt, und bade mein Gesicht in dem Licht und der überwältigenden Wärme. Wie ein schwarzer Vorhang senkt sich die Erschöpfung auf mich herab. Nun zerrt allerdings jemand an meinen Jeans und hindert mich daran, mich den herrlichen Freuden des Schlafes hinzugeben. Ich murmele ein paar unverständliche Worte, da ich nicht verstehe, was das soll, aber das Gezerre hört nicht auf.

»Zieh dich aus.« Liams Stimme klingt wie aus weiter Ferne an mein Ohr. »Du musst deine Sachen ausziehen. Sie sind nass.«

Matt will ich ihn abwehren und rolle mich zu einer Kugel zusammen, aber Liam ist unerbittlich. Also lasse ich es über mich ergehen, dass er mir die Schuhe und Socken vom Körper schält. Dann hievt er mich in eine sitzende Position und streift mir den Pullover ab. Wie Haut löst er sich von meinem Körper. Die kalte Luft schneidet mir in die nackte Haut, und ich zittere wild, aber Liam legt mir die Decke um die Schultern.

Jetzt rolle ich mich wieder auf dem Teppich zusammen und spüre, dass Liam seinen nackten Körper an mich schmiegt. Er breitet die Decke über uns. Obwohl mich ein Gedanke plagt, kann ich ihn nicht fassen, weil ich innerhalb weniger Sekunden in den tiefsten, dunkelsten Schlaf meines Lebens falle.

21

Von einem lauten Krachen werde ich wieder wach. Ich reiße die Augen auf. Es dauert einen Moment, bis mir klar wird, wo ich bin – auf dem Fußboden im Wohnzimmer. Das Feuer ist erloschen. Es ist kühl; ein düsteres rötliches Licht herrscht im Raum. Wie spät ist es? Wie lange haben wir geschlafen?

Liam schlummert immer noch tief und fest. Sein Arm lastet auf meiner Hüfte, und sein Atem geht schwer. Erneut ertönt ein Knall, gefolgt von einem Knarren. Mein Herz tut einen Satz, als hätte mir jemand einen Schlag mit einer elektrischen Fliegenklatsche verpasst. Ich halte den Atem an, und mein Blick huscht zur Küchentür. Ist jemand im Haus?

Aber dann knallt es noch einmal, und ein Schwall kalter Luft fegt in den Raum. Das Geräusch muss von der Hintertür herrühren, die vom Wind hin und her geworfen wird. Ich zwinge meine stocksteifen, schmerzenden Beine, sich zu bewegen, und rolle mich wie ein greiser Patient unter Liams Arm hervor. Dann gehe ich auf die Knie. Ich bin nackt, und als ich aufstehe und die Decke abwerfe, bildet sich eine Gänsehaut auf meiner Haut. Die Arme um den

Leib geschlungen, laufe ich schnell zu der Holzkommode neben dem Fenster und hole die Wolldecke heraus, die ich neulich dort entdeckte. In die Decke gehüllt, tappe ich in die Küche.

Die Hintertür steht offen und schlägt im böigen Wind hin und her. Haben wir sie nicht zugemacht? Haben wir in unserer Erschöpfung etwa vergessen, sie abzuschließen? Jetzt erinnere ich mich wieder: Genau das war der Gedanke, den ich zu fassen versuchte, als ich in den Schlaf sank. Die Türen zu verriegeln wäre das Allerwichtigste gewesen. Liam muss es vergessen haben, als er die Axt von draußen holte. Wir können von Glück sagen, dass der Mann nicht gekommen ist.

Ich drücke die Tür zu und stelle einen Stuhl unter die Türklinke, nicht ohne einen schnellen Blick in den Wald zu werfen. Der Regen hat nachgelassen, und obwohl noch Wolken am Himmel hängen, bricht sich eine tief stehende Sonne Bahn und färbt sie violett. Es muss sieben oder acht Uhr abends sein, schließe ich aus dem Licht und der Position der Sonne. Wir müssen stundenlang geschlafen haben. Ich will auf die Uhr schauen, aber dann fällt mir ein, dass mein Handy in meiner Hosentasche steckte, als ich in den Fjord fiel. Selbst wenn es noch dort ist, wird es nicht mehr funktionieren. Und da wir keinen Strom haben, wird auch die Uhr am Herd nicht laufen.

Ich stakse zur Spüle und kippe zwei Gläser Wasser hinunter. Ich bin vollkommen ausgetrocknet, und mein Kopf pocht. Gedankenverloren starre ich aus dem Fenster. Der Fährmann wird uns nicht vor Freitag abholen. Noch zwei Tage, bis Hilfe eintrifft. Ich denke an den Mann aus der

Burg. Im Geiste sehe ich ihn schon auf dem Landungssteg stehen, das Gewehr im Anschlag. Wer ist dieser Typ? Was will er von uns? Und schlimmer noch: Was wird er tun, wenn er entdeckt, dass sein Boot nicht mehr da ist?

Ich drehe mich um und will wieder ins Wohnzimmer zurückkehren, als mein Blick auf den Stapel Papier und die Karte fällt, die Liam dem Mann entwendet hat. Die Sachen liegen noch auf dem Küchentisch. Als ich erneut die Nachricht über den Brand überfliege, fällt mir auf, dass ein weiterer Zeitungsausschnitt darunterliegt. Ich nehme ihn und falte ihn auseinander.

ANDREW MCKAY GEFUNDEN

Schnell überfliege ich den Text, mit zitternden Händen. Er stammt vom 9. Dezember, zwei Wochen nach Nancys und Elliots Tod.

Gestern wurde an der Küste der Leichnam von Andrew McKay aufgefunden, zwei Wochen nach seinem Verschwinden im Zusammenhang mit dem Mord an seiner Frau und seinem Sohn. Der vorläufige Bericht des Coroner hält fest, dass McKay ertrunken ist. Um die Morde ranken sich immer noch Gerüchte. Andrew McKay gilt als der einzige Verdächtige. Die Polizei geht davon aus, dass er seine Frau Nancy und seinen Sohn Elliot umbrachte, bevor er sich selbst das Leben nahm. Die brutalen Tötungen haben die eng verbundene Gemeinde in der Gegend von Shura erschüttert.

»Er ist es nicht«, flüstere ich und verspüre im ersten Moment Erleichterung, um im nächsten ins Grübeln zu geraten.

Wer zum Henker ist dann der Mann in der Burg?

Als ich ins Wohnzimmer zurückkehre, schläft Liam immer noch wie ein Stein auf dem Boden vor dem Kamin. Ich wecke ihn nicht, sondern steige die Treppe nach oben, um trockene Sachen anzuziehen. Aus der Kommode hole ich frische Unterwäsche, einen weiten Pullover und Leggins, außerdem warme Wandersocken. Ich stöhne vor Wonne, als ich sie überstreife. Dann krame ich noch eine Mütze hervor, die ich auf meine mittlerweile trockenen, aber verwuschelten Haare setze. Was würde ich nicht für eine warme Dusche geben! Doch das ist ein Luxus, über den wir nicht mehr verfügen.

Ich halte inne, um in den Badezimmerspiegel zu schauen, aber das ist erwartungsgemäß kein schöner Anblick. Ein Gespenst starrt mich an, mit blutleerem Körper, farblosen Lippen, strähnigem Haar. Aber in meinen Augen bemerke ich auch etwas, das vorher nicht da war: einen Funken Leben. Ich muss an den Kampf denken, den ich unter Wasser begonnen habe – als meine Mutter mir erschien und drängend die Stimme erhob. In dem Moment hat etwas in mir gezündet, und das erkenne ich jetzt in meinem Spiegelbild und dem Funkeln dieser Augen wieder: wilde Entschlossenheit und ein Lebenswille, der jetzt, nachdem die Depression ihn mir geraubt hatte, mit aller Macht wiederkehrt.

Als ich nach unten komme, ist das Wohnzimmer leer. »Liam?«, rufe ich.

Ich bücke mich und hebe die nassen Kleider auf, die wir ausgezogen und überall liegen gelassen haben, zwischen dem ganzen Vogeldreck. Sie sind immer noch nass. Fast schaudert es mich, als ich mich daran erinnere, wie das Wasser über mir zusammenschwappte und mich in die Tiefe zog. Dann fällt mir ein, dass meine Antidepressiva und die Pille in meiner Hosentasche steckten. Ich taste danach, aber sie sind nicht mehr da. Sie müssen im Wasser herausgefallen sein. Verflucht. Aber deswegen kann ich mir jetzt nicht den Kopf zerbrechen.

»Liam?«, rufe ich wieder.

Keine Antwort. Ich will in die Küche gehen, aber in diesem Moment entdecke ich einen roten Fleck auf dem Teppich neben meinen Füßen. Es sieht aus wie Blut. Ich bücke mich, um den Fleck genauer in Augenschein zu nehmen. Er ist frisch. Und da sind noch viele andere Spritzer. Mit klopfendem Herzen folge ich ihnen. »Liam?«, frage ich noch einmal, diesmal lauter.

Ich finde ihn schließlich in der Küche, wo er auf einem Stuhl sitzt, in eine Decke gehüllt wie in ein Cape. Er hat seinen Fuß aufs Knie gelegt, beugt sich darüber und betrachtet seine Fußsohle.

»Was ist los?«, erkundige ich mich. »Ich habe nach dir gerufen.«

»Tut mir leid«, murmelt er. »Ich muss mich konzentrieren. Ich habe etwas im Fuß und muss es rausbekommen.«

»Was denn?« Ich trete näher.

»Glas vermutlich.« Er verzieht das Gesicht vor Schmerz.

Ich runzele die Stirn. »Wo hast du dir das denn geholt?«

Er schüttelt den Kopf. »Keine Ahnung. Ich bin eben erst reingetreten.«

»In Glas?« Ich bin verwirrt. »Wo?«

»Im Wohnzimmer«, antwortet er und zieht eine Grimasse.

Ich lege die nassen Kleider auf den Tisch und betrachte seinen Fuß. Die Dämmerung hat sich herabgesenkt, und es herrschen nicht die besten Lichtverhältnisse, aber das Glas erkenne ich trotzdem. Zwei Scherben ragen aus der Fußsohle heraus, außerdem entdecke ich ein paar kleinere Splitter, an denen Blutstropfen hängen.

»Soll ich eine Pinzette holen?«, biete ich an.

»Ja«, knurrt er und beißt sich auf die Lippe.

Ich laufe hoch, hole die Pinzette aus meinem Kulturbeutel und kehre wieder in die Küche zurück. »Soll ich das machen?«

Er nickt. Ich hole Kerzen aus der Küchenschublade, zünde zwei an und stelle sie auf den Tisch. Dann nehme ich die Taschenlampe, knie mich hin und untersuche seinen Fuß. »Wo kommt das Glas überhaupt her?«, überlege ich laut, als ich eine der größeren Scherben zu fassen bekomme und gleichzeitig drehe und ziehe.

Liam stößt einen Schrei aus, und ich packe seinen Knöchel, damit er stillhält. Nun greife ich die zweite Scherbe mit der Pinzette und ziehe, aber Liam zuckt zusammen. Die Scherbe zerbricht, die Hälfte bleibt im Fleisch stecken.

»Herrgott«, ruft er. »Hast du sie?«

Ich untersuche den Fuß. »Nein, es steckt noch etwas drin.«

Er wirft mir einen finsteren Blick zu. »Mist.«

»Ich kann es noch einmal versuchen«, schlage ich vor, aber er entreißt mir die Pinzette. »Lieber Himmel, nein, ich erledige das lieber selbst.«

Ich reiche ihm die Taschenlampe, dann nehme ich eine der Kerzen und verschwinde ins Wohnzimmer. Vorsichtig stakse ich zum Kamin, damit ich nicht selbst in Glas trete. Die Scherben entdecke ich sofort; auf dem Läufer vor dem Kamin verstreut, glänzen sie im Licht. Ich knie davor nieder und inspiziere sie. Offenbar handelt es sich um eine Glasfigur. Ich hebe eine Scherbe auf und betrachte sie näher. Das war einmal ein Flügel.

»Was ist das?«

Ich hebe den Kopf. Liam ist in den Raum gehüpft. Er lehnt an einer Sessellehne. Ich zeige ihm die Scherbe. »Schaut wie ein Engel aus.«

Liam starrt auf das Fragment in meiner Hand und erbleicht. Schließlich nimmt er es mir aus der Hand und besieht es näher. »Wie kommt das hierhin?«, fragt er.

»Keine Ahnung«, erwidere ich schulterzuckend. »Ich habe es dort gefunden.« Ich zeige auf den Läufer.

Liam mustert stirnrunzelnd die Stelle, wo immer noch etliche Glassplitter verstreut liegen. Ich sehe förmlich sein Hirn rattern, weil er sich nicht vorstellen kann, wie sie dort hingelangt sein können.

»Die Tür stand sperrangelweit auf, als ich aufgewacht bin«, sage ich leise.

Er blickt irritiert auf. »Ich habe sie zugemacht, das weiß ich genau. Ich habe die Tür abgeschlossen, als ich wieder hereinkam.«

»Vielleicht hat der Typ einen Schlüssel.«

Das müssen wir sacken lassen. Eine schleichende Angst ergreift von meinem Körper Besitz.

»Aber ich habe einen Stuhl unter die Klinke gestellt«, entgegnet Liam. Als er sich zur Vordertür umdreht, dämmert es ihm. »Er ist vorne reingekommen«, sagt er. »Ich hatte vergessen abzusperren. Er muss vorne reingelangt und hinten wieder rausgegangen sein. Ich fasse es nicht.« Er verflucht sich selbst und humpelt zur Vordertür, um den Riegel vorzulegen.

»Es ist nicht Andrew McKay.« Ich laufe los, um den Artikel zu holen. »Man hat seine Leiche gefunden. Er hat sich umgebracht.« Ich halte Liam den Zeitungsausschnitt hin.

Er reißt ihn mir aus der Hand und liest.

Schweigend blicken wir uns im eiskalten Wohnzimmer um, betrachten das erloschene Feuer und den Läufer, auf dem wir geschlafen haben. »Wer auch immer es ist, er war hier«, sagt Liam mit belegter Stimme. »Er muss im Haus gewesen sein, als wir tief und fest geschlafen haben. Genau hier.«

Er zeigt auf die Stelle, wo er selbst steht. »Der Typ hat uns beobachtet.«

DER STALKER

Ewig lange habe ich vor ihnen gestanden. Ich wollte sie beide töten. Ich konnte mich kaum beherrschen. Es war ein harter Kampf, Ärger und Wut zu unterdrücken. Aber ich wollte sie erst leiden lassen. Ich wollte dem Mann unvorstellbare Schmerzen zufügen, und ich wollte, dass sie zuschaut. Dann würde sie ein bisschen von dem Schmerz spüren, den ich selbst erlitt, als ich sie mit ihm beobachtete.

Daher beschloss ich zu warten.

Ich betrachtete das Geschenk, das ich ihr mitgebracht hatte. Einen Engel aus Glas.

»Der ist für dich«, flüsterte ich, als ich ihn abstellte.

22

Ich mustere die Splitter. »Warum sollte der Mann einen Glasengel hier abstellen?«, frage ich. »Das verstehe ich nicht.«

»Ich hab's doch gesagt. Er treibt seine Spielchen mit uns.«

»Aber warum?«, rufe ich. »Wer könnte das sein? Was hat der Typ mit uns vor? Warum verfolgt er uns auf diese Weise?«

Liam schüttelt den Kopf, lässt sich in einen Sessel sinken und verzieht das Gesicht, als er den Fuß in den Schoß legt und ein Geschirrtuch auf die Fußsohle drückt. »Ich muss dieses Glas rausbekommen«, sagt er. »Sonst kann ich nicht mehr laufen.«

»Ich könnte es mit einer Rasierklinge probieren«, schlage ich vor in dem Versuch, gegen die Panik anzukämpfen und mich auf unser konkretes Problem zu konzentrieren.

Liam wirft mir einen grimmigen Blick zu und nickt widerstrebend. »Im Bad habe ich eine Ersatzklinge, bei meinem Rasierzeug«, erklärt er.

Ich eile hoch und hole sie, außerdem ein paar alkoholgetränkte Tücher aus dem Erste-Hilfe-Set und Kleidung für

Liam. Die ganze Zeit kämpfe ich gegen die Angst vor diesem Mann an. Was treibt ihn nur um?

Als ich mit einem Arm voller Zeug nach unten zurückkehre, sitzt Liam immer noch in dem Sessel und betrachtet den Engelflügel. Als ich zu ihm trete, zuckt er zusammen, dann zieht er schnell das T-Shirt und den Pullover an, die ich ihm mitgebracht habe. Ich helfe ihm in Boxershorts und Jogginghose.

»Allmählich bin ich mir sicher, dass das irgendetwas mit einem deiner Fälle zu tun haben muss«, meine ich, wohl wissend, dass ich mich wiederhole.

Er starrt mich erstaunt an. »Was?«

»Gibt es jemanden, der sich an dir rächen will? Jemanden, der sauer auf dich ist? Vielleicht irgendein Verbrecher, den du eingelocht hast?«

Liam schüttelt den Kopf, meidet aber meinen Blick. Unwillkürlich werde ich misstrauisch. Ob ihm etwas eingefallen ist? Ob er vielleicht weiß, wer dieser Mann ist? Der Engel ist es! Offenbar hat die kleine Figur etwas in Liam ausgelöst, ohne dass er mit mir darüber reden will.

»Wie geht es *dir* eigentlich?«, wechselt er plötzlich das Thema. »Alles so weit in Ordnung?«

»Mir geht es gut«, antworte ich.

»Du zitterst.«

»Mir ist nur kalt.« Ich kann mir nicht vorstellen, dass mir je wieder warm wird. Bis aufs Mark bin ich durchgefroren. Aber ich zittere nicht nur vor Kälte. Ich bin wie versteinert. Ich nicke, knie vor Liam nieder und desinfiziere mit einem der Tücher das Rasiermesser. Als ich fertig bin, schaue ich zu ihm hoch. »Bereit?«

Liam beißt die Zähne zusammen und nickt. Ich schneide mit dem Rasiermesser in seinen Fuß. Er stöhnt vor Schmerz auf, und ich muss mit der freien Hand seinen Knöchel packen, damit er ihn nicht wegzieht. In meiner Zeit beim Tierarzt habe ich gelernt, mich auf meine Tätigkeit zu konzentrieren, während ich ein zappelndes Tier festhalte. Daher beachte ich Liam gar nicht, halte seinen Knöchel gepackt und schaffe es so, die kleineren Splitter herauszuziehen. Vorsichtig lege ich sie in ein Papiertuch. Das größere Stück, das abgebrochen ist, erweist sich allerdings als hartnäckig; es wird sich nur durch einen tiefen Schnitt entfernen lassen.

Liam wird immer bleicher, während ich mit dem Rasiermesser herumfuhrwerke. Er klammert sich an die Armlehnen des Sessels, von seiner Stirn tropft Schweiß. Immer wieder trage ich Haut ab und halte inne, um das Blut abzutupfen. »Die steckt zu tief drin«, sage ich mit einem Seufzer, als ich es endlich aufgebe. »Ich bekomme sie nicht zu packen. Du musst ins Krankenhaus. Ohne örtliche Narkose und Vergrößerungsglas kriegt man die nicht raus.«

»Siehst du hier irgendwo ein Krankenhaus?«, faucht er.

Ich hocke mich auf die Fersen, das Rasiermesser in der Hand, und antworte nicht.

»Mist«, knurrt Liam.

Er stellt den Fuß auf den Boden und versucht aufzustehen, knickt aber weg und zischt durch die Zähne vor Schmerz. Er kneift die Augen zusammen und runzelt die Brauen.

Ich sammele die Alkoholtücher und die Glassplitter ein und werfe sie in den Küchenmülleimer. *Was sollen wir denn jetzt tun?*, denke ich bei mir. Hinter mir höre ich Liam kommen. Als ich mich umdrehe, hüpft er zum Küchentisch. Er wirkt ausgelaugt, blass und erschöpft. Sein Gesicht ist schmerzverzerrt.

»Hast du Hunger?«, frage ich, da sich mein eigener Magen bemerkbar macht.

Er nickt. »Ja.«

Ich gehe zum Kühlschrank, um zu prüfen, was sich noch auftischen lässt. »Verdammt«, murmele ich, als ich ihn öffne.

»Was denn?«, fragt Liam.

Ich reiße die Tür so weit auf, dass er es auch sehen kann. Im Kühlschrank herrscht gähnende Leere. »Es ist nichts mehr drin. Alles weg.«

»Er hat das Essen mitgenommen«, sagt Liam ungläubig. Er hüpft zu den Schränken und öffnet alle mit einem Ruck. Sie sind ebenfalls leer. Sämtliche Kekse und Nudeln und sonstigen Lebensmittel, die heute Morgen noch da waren, sind verschwunden. Liam knallt die Türen wieder zu.

»Ich verstehe das nicht. Wieso sollte er uns das Essen wegnehmen?«, bohre ich nach.

»Das habe ich doch gesagt! Er spielt seine Spielchen mit uns«, zischt Liam. »Wir haben nichts zu essen, keinen Strom, kein Gas. Und wir sind noch zwei Tage hier.« Er stützt den Kopf in die Hände. »Er spielt mit uns. Er macht es spannend, bevor er …« Liam verstummt.

Ich starre ihn mit großen Augen an. »Bevor er was?« Mir bricht die Stimme. »Wie kannst du ahnen, was er vorhat?«

Liam hüpft zur Spüle. Er stützt sich ab und späht aus dem Fenster in die Nacht, die sich schnell herabsenkt. Er weiß etwas über diese Person. Ich weiß, dass er es weiß.

Liam verzieht das Gesicht. »Wir hätten längst weg sein können, wenn …«

»Tut mir leid«, unterbreche ich ihn und senke den Blick zu Boden. Meine Schultern sacken herab. Es war meine Schuld, dass das Boot gekentert ist, das ist mir schon klar. Wir könnten längst auf dem Festland sein. Obwohl es wahrscheinlicher ist, dass wir aufs Meer getrieben worden wären und vielleicht sogar ertrunken. Aber wer kann das schon sagen?

Als ich aufschaue, schüttelt Liam den Kopf, als kämpfe er gegen die Verzweiflung an. Dann kommt er zu mir herübergehüpft und nimmt mich in den Arm. »Im ersten Moment fürchtete ich, ich hätte dich verloren. Du bist einfach untergegangen. Ich dachte, du ertrinkst.« Er drückt mich fest an sich, presst meinen Kopf an seine Brust und streichelt mir übers Haar. »Was sollte ich nur tun, wenn dir etwas zustoßen würde«, flüstert er mir mit brechender Stimme ins Ohr.

Ich schließe die Augen. »Was, wenn er zurückkommt?«, frage ich. »Was, wenn der Typ feststellt, dass sein Boot nicht mehr da ist? Vielleicht hat er es längst herausgefunden.«

Liam lässt mich los. »Wir könnten versuchen, auf den Klippen ein Feuer zu entzünden«, sagt er. »Dann könnten wir Signale ans Festland senden.«

»Wie soll man das auf dem Festland denn sehen? Wir sind doch so weit weg.«

»Nachts wäre das vielleicht möglich«, erwidert er. »Oder tagsüber, wenn sie den Rauch wahrnehmen.«

»Wir haben kein Brennmaterial«, gebe ich zu bedenken. »Alles ist triefnass. Was sollen wir denn verbrennen?«

Allmählich verliert Liam die Geduld mit mir. »In der Burg gibt es genug trockenes Holz. Und die Möbel hier können wir auch verwenden. Ich könnte die anderen Stühle klein hacken. Und den Tisch. Wir könnten das Zeug auf den Klippen anzünden.« Nun, da er sich die Idee in den Kopf gesetzt hat, ist er nicht mehr davon abzubringen.

»Und was ist, wenn der Mann es auch entdeckt?«, wende ich besorgt ein. »Was ist, wenn er das Feuer bemerkt und nachschauen kommt? Er hat ein Gewehr.« Ich presse die Knöchel an den Mund, um die Panik zu unterdrücken.

Liam runzelt die Stirn. »Das ist unsere einzige Chance, die lasse ich mir nicht entgehen.«

Ich bin mir nicht sicher, ob *ich* unsere einzige Chance wahrnehmen möchte, und schüttele den Kopf. »Meiner Ansicht nach sollten wir uns ein Versteck suchen«, schlage ich vor. »Irgendwo auf der Insel. Dort könnten wir bleiben, bis Freitag der Fährmann kommt.«

»Wo sollen wir uns denn verstecken?« Liam schaut mich an, als sei ich verrückt geworden.

»In der Kapelle?«, entgegne ich. »Wenn der Mann uns nicht ausfindig macht, denkt er vielleicht, wir hätten einen Weg ausgekundschaftet, die Insel zu verlassen. Vielleicht weiß er noch gar nicht, dass wir sein Boot gestohlen haben. Wenn er es entdeckt, könnte er glauben, wir sind entkommen.«

Liam lässt sich das durch den Kopf gehen. »Du meinst, wir sollten uns in der Kapelle verkriechen und die Zeit dort abwarten?«, fragt er. »Ohne etwas zu essen und zu trinken?«

Ich zucke mit den Schultern. »Vielleicht stöbern wir

irgendetwas auf. Wir könnten im Wald nach Essbarem suchen«, sage ich. »Blaubeeren habe ich neulich gesehen.« Ich zucke mit den Schultern. »Irgendwo unterzutauchen, könnte sicherer sein, als hierzubleiben. Und definitiv sicherer, als auf der Klippe ein gigantisches Leuchtfeuer zu entzünden.«

»Ich habe keine Angst vor diesem Bastard«, murmelt Liam. »Wenn er kein Gewehr hätte …« Er verstummt.

Ich merke ihm an, dass er darunter leidet, in einer normalerweise beherrschbaren Situation nicht die Oberhand zu haben. Aber seine Angst ist noch größer als seine Wut. Ich weiß nicht, was ich davon halten soll, denn sonst ist Liam immer so besonnen und selbstbewusst. Tatsache ist aber, dass dieser Kerl ein Gewehr hat und Liam nicht.

»Dann lass uns das tun«, erwidert Liam entschlossen.

23

Im Eilschritt springe ich die Treppe hoch, hole meinen Kulturbeutel und sammele Kleider zusammen. Ich ziehe mehrere Pullover übereinander und wünschte, meine Jacke wäre nicht verdreckt. Ich nehme sie trotzdem mit, weil es in der Kapelle kalt sein wird.

Die Jacke erinnert mich an den Vogel. Ich habe noch gar nicht nach ihm geschaut. Schuldbewusst renne ich die Treppe hinunter und reiße die Tür zum Einbauschrank unter der Stiege auf.

Die Kiste steht noch da, mit dem Handtuch bedeckt. Ich ziehe es weg. Die Krähe öffnet eines ihrer Knopfaugen und schaut mich an. Dann hüpft sie auf mich zu und will mir in die Hand hacken. Sie stößt einen Schrei aus, als fühle sie sich vernachlässigt, sei andererseits aber auch erleichtert, dass ich mich endlich um sie kümmere. Ich lächele, weil die Krähe schon viel kräftiger wirkt als am Morgen.

Liam wirft mir einen Blick zu, als ich die Kiste in die Küche trage und auf den Tisch stelle. Er murmelt etwas, aber ich ignoriere es einfach. Er hat inzwischen die Decken aus dem Wohnzimmer geholt und steckt sie in einen Müllsack.

Wir füllen eine Plastikflasche mit Wasser. Liam holt die Weinflaschen aus der Glastonne und spült sie aus, um sie ebenfalls zu füllen und mit den alten Korken zu verschließen. Genug Wasser für zwei Tage ist das nicht, das wissen wir beide. »Wir werden uns hierher zurückschleichen müssen«, sagt Liam, »um sie noch einmal zu füllen.«

Eine angenehme Vorstellung ist das nicht, aber wir haben keine andere Wahl. Ich fülle mir ein Glas am Wasserhahn, stürze es hinunter und trinke noch ein Glas, um mich mit Wasser vollzupumpen, bevor wir es rationieren müssen. Mein ganzer Körper schmerzt vom Schwimmen, und mein Magen knurrt erbärmlich. Mein Appetit hat sich für seine Rückkehr den schlechtmöglichsten Zeitpunkt ausgesucht.

Mir ist klar, dass Liam vor Hunger sterben muss, da er einen wesentlich größeren Appetit hat und seit dem Morgen nichts mehr gegessen hat.

»Wie kann das sein, das mit den Lebensmitteln?«, frage ich kopfschüttelnd. »Das will mir einfach nicht in den Kopf.«

Liam hat keine Antwort darauf.

Wir verlassen das Cottage und huschen in die finstere, sternenlose Nacht hinaus. Liam nimmt die Axt, mit der er auch den Küchenstuhl zerhackt hat. Außerdem haben wir die Taschenlampe, ein paar Grillanzünder und die Streichhölzer dabei. Die Taschenlampe wollen wir nicht benutzen, um nicht gesehen zu werden. Also schlagen wir uns in der Dunkelheit den Strand entlang und dann in den Wald hinein, einzig vom blassen Mond beschienen. Da Liam noch den Splitter im Fuß hat, kommen wir nur langsam voran. Er humpelt und stützt sich auf mich, und ich höre ihn manchmal leise fluchen, wenn er den verletzten Fuß versehentlich belastet. Als wir die Kapelle erreichen, ist er schweißgebadet; seine Lippen sind weiß, weil er sie in dem Versuch, nicht zu jammern, die ganze Zeit zusammengepresst hat.

Er drückt gegen die Tür, die sich mit einem Knarren öffnet. Da die Fenster weit oben liegen, wagen wir es, im Innern die Taschenlampe anzuschalten. Liam hält allerdings die Hand über den Lichtstrahl, aus Angst, der Schein der Lampe könne wie ein Leuchtturm unseren Aufenthaltsort verraten.

In der Kapelle ist es kühl, aber windgeschützt. Ich lasse den Blick über die maroden Kirchenbänke und die Spinnweben in den Ecken gleiten und stelle die Kiste mit dem Vogel hinter das steinerne Taufbecken.

Ein lautes Kratzen lässt mich zusammenzucken. Ich fahre herum. Es ist aber nur Liam, der mit einer der Kirchenbänke den Eingang verbarrikadieren will. Extrem robust ist die Barrikade nicht, aber vermutlich besser als gar nichts. Ich helfe ihm. Danach schauen wir uns in der Kapelle um, leuchten mit der Taschenlampe in die dunklen Ecken und überlegen, wo wir am besten unser Lager aufschlagen.

Der Strahl der Lampe wird vom Altar am Ende des Gangs zurückgeworfen. Etwas steht dort. »Was ist das?«, frage ich Liam.

»Was denn?«

»Dahinten.« Ich zeige in die Richtung. »Leuchte noch mal.«

Er richtet den Strahl ans andere Ende der Kapelle. Zweifellos, da ist etwas auf dem Altar. Wir tappen durch den Mittelgang darauf zu, aber erst als wir näher kommen, stelle ich fest, dass es sich um ein Foto handelt. Es lehnt an einem staubigen Gesangbuch und zeigt ein Mädchen oder eine junge Frau von Mitte zwanzig, vielleicht sogar jünger. Sie hat blaue Augen und blondes Haar. Das Foto wurde so zerrissen, dass der Mann neben ihr verschwunden ist. Nur sein Arm, der auf ihrer Schulter liegt, ist noch sichtbar. Die beiden posieren auf einem Berg, dahinter das Meer. Die Frau grinst in die Kamera.

Ich will es nehmen, aber Liam packt mich am Arm, um mich daran zu hindern. Als ich ihn anschaue, merke ich, dass sein Blick an dem Bild klebt und seine Miene absolutes Entsetzen verrät, als handele es sich um eine Giftschlange und nicht um eine Fotografie.

»Wer ist das?«, erkundige ich mich. »Kennst du sie?«

Liam antwortet nicht. Er starrt einfach mit offenem Mund auf das Bild und wird mit jeder Sekunde bleicher.

»Wer ist das?«, dränge ich ihn und spüre, wie die Panik in mir anschwillt.

»Mia Watkins«, antwortet er schließlich, seine Stimme kaum mehr als ein Flüstern.

Ich schaue wieder auf das Foto, dann zu Liam. »Wer ist Mia Watkins?«

Liam reißt den Blick von der Aufnahme los und wendet sich an mich. »Sie wurden umgebracht«, erzählt er. »Sie und ihr Freund.«

Die Luft weicht mit einem scharfen Zischen aus meinem Körper. »Wer hat sie getötet?«

Liam zuckt mit den Schultern und schüttelt den Kopf. »Es wurde nie jemand verhaftet.«

»War das dein Fall?«

»Nein«, erwidert Liam. »Das fiel in den Zuständigkeitsbereich von Cumbria. Man hat Scotland Yard hinzugezogen, daher ist die Sache über meinen Schreibtisch gegangen. Das weiß ich noch, weil die Fotos vom Tatort so …« Er verstummt und schüttelt sich bei der Erinnerung, bevor er mich wieder anblickt. Offenbar hat er beschlossen, mir die Details zu ersparen. »Am Tatort wurde ein Glasengel gefunden«, fügt er nur hinzu.

Ich bekomme eine Gänsehaut und erstarre auf der Stelle. »Was meinst du damit, ein Glasengel?«, hake ich nach, obwohl ich es längst weiß.

Liam mustert mich mit grimmiger Miene. »Wie der im Wohnzimmer, in den ich heute hineingetreten bin.«

Ich lasse mich in die nächste Kirchenbank sinken und lege den Kopf in die Hände. Vor meinen Augen tanzen dunkle Punkte. Ich versuche zu atmen, aber meine Lunge hat sich zusammengekrampft.

»Bis zu diesem Moment habe ich keinen Gedanken daran verschwendet«, fährt Liam fort. »Irgendwo hat ein Glöckchen geläutet, aber ich habe zwei und zwei erst zusammengezählt, als ich …«, er zeigt auf das Foto, »das Bild gesehen habe.«

Ich starre ihn an. Die kalte Hand der Angst greift nach meinem Herzen und quetscht es zusammen.

»Es konnte nie bewiesen werden, dass der Tatverdächtige den Engel hinterlassen hat«, berichtet Liam weiter. »Aber man hat ihn auf dem Küchentisch am Tatort gefunden – als habe ihn jemand dorthin gestellt, damit er zuschaut.«

»Wobei zuschaut?«, will ich wissen, obwohl ich in meiner Angst kaum zuhören kann.

»Bei dem, was der Täter ihnen angetan hat«, murmelt Liam.

Ich schlucke etwas hinunter, das sich wie ein spitzer Zweig in meiner Kehle anfühlt. Mein Herz pocht laut in meinen Ohren. »Was hat er mit ihnen gemacht?«, ertönt meine Stimme wie von weit her. Ich bin mir selbst nicht sicher, ob ich die Antwort hören möchte, aber ich muss.

Liams Miene ist schmerzverzerrt, als wolle er es mir nicht verraten.

»Sag's mir«, zische ich ihn an.

Er holt tief Luft, dann stößt er einen lauten Seufzer aus. »Er hat die beiden umgebracht. Wir denken, dass er den Mann erst folterte – sein Name war Will – und dass Mia dabei zusehen musste. Anschließend hat der Täter die Leichen in einen Graben geworfen.« Liams Stimme klingt emotionslos, aber seiner Miene nach zu urteilen, verschweigt er mir die schlimmen Details.

»Und die Polizei hat nie herausgefunden, wer es war?«

»Nein«, erwidert Liam. »Wer auch immer das getan hat, er ist damit davongekommen.«

»Wie kann das sein?«

»Er hat es sehr schlau angestellt und keinerlei Beweise am Tatort hinterlassen. Nicht die geringste Spur. Es war ein absolutes Rätsel.«

»Warum sollte jemand so etwas tun?«

Liam schüttelt den Kopf. »Wer weiß das schon? Ich hatte

die Theorie, dass der Typ in Mia verliebt war. Dass er dachte, sie gehöre ihm, und dann wütend wurde, als er sie mit einem anderen Mann entdeckte. Sie hat ihn betrogen, also hat er sie bestraft.«

Liam wendet sich ab und nimmt das Foto in die Hand. Bestimmt überlegt er, was zum Teufel das Bild auf dem Altar zu suchen hat. Ich verstehe auch nicht, warum man es hier hingestellt hat – in eine Kapelle. Das Arrangement wirkt wie eine Gedenkstätte. »Warum steht das Bild hier?«, frage ich Liam.

Der meidet meinen Blick, und ich schaue mich wie betäubt um. »Er ist es, nicht wahr?«, sage ich laut, bevor ich mich wieder zu Liam umdrehe. »Der Mörder ist mit uns auf der Insel.«

Liam sieht mich an. Dann kommt er zu mir, schlingt seine Arme um mich und zieht mich an seine Brust. »Keine Angst«, entgegnet er. »Bei mir bist du sicher. Ich schwöre, dass ich niemals zulassen werde, dass dir irgendetwas zustößt.«

Ich entziehe mich ihm. Hektisch tigere ich im Mittelgang auf und ab und versuche das Ganze zu begreifen. »Warum wir?« Ich laufe um Liam herum. »Warum sollte der Täter *uns* hierherlocken? Das war gar nicht dein Fall. Das hat doch nichts mit dir zu tun, oder?«

Liam denkt angestrengt nach. Offenbar plagt ihn dieselbe Frage. »Ich weiß es nicht«, antwortet er schließlich. »Für mich ergibt das alles keinen Sinn. Ich finde dafür einfach keine Erklärung.«

Ich starre ihn an und wünschte, ihm würde etwas einfallen.

»Hat er die beiden gestalkt, bevor er sie umbrachte?«, hake ich nach.

Liam zuckt mit den Schultern. »Das konnten wir nicht ermitteln. Ich meine, er hat die Frau zweifellos beobachtet, ja. Offenbar hat er alles detailliert geplant. Das war auch der Grund, warum er es geschafft hat, keinerlei DNA zu verbreiten. Ich musste mir das alles aus den Akten zusammenreimen, aber das Ausmaß der Gewalt gegen Mias Freund – die Anzahl der Messerstiche in seinem Leib – lässt darauf schließen, dass der Täter wegen irgendetwas völlig außer sich war. Wahrscheinlich war er wütend, weil er dachte, der Mann habe ihm Mia weggenommen.«

Ich mustere Liam. Mir ist klar, dass er in seinem Job in die Köpfe der Menschen eindringen muss, aber das klang gerade, als wolle er einen Mord entschuldigen. »Das ist ein kranker Bastard. Ein Psychopath«, sage ich.

Liam schweigt, die Brauen gerunzelt.

»Ich bin ein Ersatz für Mia«, fahre ich fort und schaue zu Liam auf. Mein Puls flattert wie der eines Vogels.

Liam wirft mir einen Blick zu, als würde ich kompletten Unsinn von mir geben.

»Sieh uns doch an.« Ich zeige mit dem Finger auf das Foto. »Wir ähneln uns wirklich sehr.«

Liam rümpft die Nase. »So sehr nun auch wieder nicht.«

»Wir sind beide blond, blauäugig, etwa gleichaltrig.«

Liam betrachtet das Foto genauer, dann mustert er mich.

»Ich denke, er hat Mia umgebracht und seine Gefühle für sie auf mich übertragen.« Meine Stimme zittert.

Liam verzieht das Gesicht, fast schon spöttisch. »Das ist doch albern«, meint er abfällig.

»Ach ja?« Ich stütze die Hände in die Hüften. »Wir werden verfolgt«, zische ich ihm dann zu. »Genau wie Mia und Will.«

24

Tag 6

Wir lagern im Chorgestühl hinter dem Altar. Liam holt die Decken, und ich strecke mich darauf aus, den Kopf auf die Hände gebettet. Eine weitere Decke breite ich über mir aus. Vermutlich ist es bereits nach Mitternacht.

Liam bleibt neben mir sitzen, stocksteif, das Messer umklammert. Er hat meine Theorie, dass sich der Mörder auf der Insel befindet, nicht weiter kommentiert. Ich ahne jedoch, dass der Gedanke in ihm arbeitet.

»Mit ein bisschen Glück glaubt er, wir seien verschwunden«, murmelt Liam nun. Er gibt sich hörbar Mühe, sich selbst davon zu überzeugen. Ich versuche das auch, aber die Silhouette des Mannes, der über mir auf der Galerie stand, das Gewehr an der Schulter, will mir nicht aus dem Kopf; und auch nicht der Raum mit den Fleischfetzen und das Schild mit der blutigen Inschrift ZUTRITT VERBOTEN.

Liam schaltet die Taschenlampe aus. Meine Hüfte schmerzt von der harten Bank. Während ich reglos daliege, kommen mir Zweifel, ob ich jemals einschlafen kann, bei der Kälte und dem Wind, der um die Kapelle heult. Die Vorstellung, dass da draußen dieser Typ lauert und Jagd auf uns macht, verbessert die Situation nicht gerade.

Irgendwann schlummere ich trotzdem ein. Ich muss so erschöpft sein, vom Schwimmen und dem Adrenalin, das durch meinen Körper rauscht, dass ich das Bewusstsein verliere.

Als ich aufwache, dringt wässriges Sonnenlicht durch die Buntglasfenster der Kapelle; die Steinplatten unter mir erglänzen in Regenbogenfarben. Ich bin steif wie ein Brett, mein Körper schmerzt, und in meinem Magen rumort nagender Hunger. Ich schaue zu Liam hinüber, der immer noch in der Nebenbank sitzt. Er betrachtet die dritte Scheibe des Triptychons, die Auferstehung. Mit dem Handtuch, das er sich um die Schulter gelegt hat, erinnert er an einen mittelalterlichen Büßermönch.

»Hast du geschlafen?«, frage ich, mich mühsam aufsetzend, und strecke die schmerzenden Glieder aus.

Er schüttelt den Kopf. »Ich habe Wache gehalten, für alle Fälle.«

Er war die ganze Nacht wach und wirkt ermattet, fast am Rande des Zusammenbruchs; seine Augen liegen tief in den Höhlen, und seine Wangen verschattet ein Dreitagebart.

»Du hast im Schlaf gesprochen.« Er mustert mich.

»Wirklich?«, erwidere ich überrascht. »Einen Albtraum hatte ich aber gar nicht, glaube ich.«

»Du hast ›Hilfe‹ gemurmelt«, klärt Liam mich auf.

»Dann muss ich davon geträumt haben, wie ich in den Fjord gefallen bin.« Ich reibe mir das Gesicht, um wach zu werden. Vielleicht habe ich auch davon geträumt, dass ich auf der Insel festsitze.

Ungelenk taste ich nach einer der mit Wasser gefüllten Weinflaschen und trinke einen Schluck. Da ich Liams Blick auf mir ruhen fühle, drehe ich mich um. Er betrachtet mich mit sonderbarer Miene.

»Was ist?«, frage ich ihn.

Er holt etwas aus der Tasche und hält es hoch. Meine Antidepressiva und die Pille. Mir wird flau, und ich spüre Nervosität in mir aufsteigen. Liam wirkt elend und verletzt. Ich finde kaum Worte.

»Was ist das?«, erkundigt er sich.

Natürlich weiß er es längst, das ist nicht zu übersehen. »Ich ... ich nehme die Pille«, gestehe ich mit einem Achselzucken.

Er beißt den Kiefer zusammen und lässt die Schultern hängen. Einen Moment lang fürchte ich, er bricht in Tränen aus.

»Tut mir leid«, entschuldige ich mich. »Ich habe mir Antidepressiva verschreiben lassen, aber das wollte ich dir nicht sagen. Und unter Antidepressiva darf ich nicht schwanger werden, das würde dem Ungeborenen schaden.«

Zwischen Liams Augen bildet sich eine Falte. »Wann warst du beim Arzt?«

Ich trete einen Schritt auf ihn zu.

»Warum hast du mir nichts davon erzählt?«, bohrt er nach. »Warum hast du nicht mit mir darüber gesprochen?«

Ich merke, dass er verletzt ist, weil ich ein Geheimnis vor ihm hatte.

»Es war mir peinlich.« Ich setze mich neben ihn und ergreife seine Hand. »Tut mir leid.«

Er antwortet nicht.

»Ich werde nicht immer Antidepressiva brauchen«, versichere ich ihm.

»Mache ich dich nicht glücklich?«, fragt er. »Ist es das?«

Heftig schüttele ich den Kopf und drücke seine Hand. »Aber ja doch. Sehr glücklich sogar! Ich liebe dich. Mit dir hat das nichts zu tun. Es ist wegen meiner Mutter. Ich glaube aber nicht, dass ich die Tabletten noch lange nehmen muss. Und dann versuchen wir, ein Kind zu bekommen.« Ich küsse ihn auf die Wange. »Jetzt lass uns erst einmal alles daransetzen, von dieser Insel fortzukommen. Über die anderen Dinge können wir später sprechen.«

Liam nickt.

»Ich liebe dich«, murmelt er. »Ich möchte nur, dass du glücklich bist. Dass *wir* glücklich sind.«

»Ich weiß.«

»Du hast nicht noch weitere Geheimnisse vor mir, oder?«, fragt er.

Ich schüttele den Kopf. »Nein, natürlich nicht.«

Eine Welle von Scham und Schuldgefühlen überwältigt mich, als er mich ansieht und offenbar überlegt, ob ich die Wahrheit sage. Ich habe sein Vertrauen missbraucht; es wird wohl eine Weile dauern, das wiedergutzumachen.

»Ich muss mal raus«, verkünde ich.

Liam runzelt die Stirn und schüttelt den Kopf. »Nein. Wir müssen hierbleiben«, sagt er. »Draußen ist es zu gefährlich.« Das Weiß seiner Augäpfel glänzt. Er wirkt fast wie ein Besessener.

»Ich muss mal aufs Klo«, sage ich entschuldigend und schaue mich in der Kapelle um. Hier drin kann ich wohl kaum mein Geschäft verrichten.

Liams Miene ist finster. »Gut«, meint er schließlich. »Aber wir müssen uns beeilen.«

Er steht auf und steuert auf die Tür zu. Mir fällt auf, dass er stärker humpelt als gestern und das Gesicht vor Schmerz verzieht; immer wenn er den Fußballen auch nur leicht belastet, zuckt er zusammen. Die Scherbe muss noch tiefer eingedrungen sein. Ob sich die Wunde infiziert haben könnte? Jetzt wäre das Erste-Hilfe-Set von Nutzen, aber wir haben das Cottage so überstürzt verlassen, dass ich nicht einmal darüber nachgedacht habe, es einzupacken.

Wir rücken die Kirchenbank von der Tür weg und treten vorsichtig in den Morgen hinaus. Es muss ungefähr neun Uhr sein, dem Stand der Sonne nach zu urteilen. Ich eile zu einem nahe gelegenen Busch und erleichtere mich, dann tut Liam das Gleiche.

Währenddessen suche ich zwischen den Grabsteinen nach Nahrung für die Krähe, indem ich mit bloßen Händen nach Maden und Insekten wühle.

»Was tust du da?«, fragt Liam wütend.

»Ich suche Würmer für den Vogel«, erkläre ich ihm.

»Vergiss den bescheuerten Vogel«, zischt er.

»Nur eine Sekunde.« Ich grabe weiter und spüre die kalte, feuchte Erde unter den Nägeln.

Liam packt mich am Ellbogen und will mich fortreißen, aber da ich gerade einen Wurm erwischt habe, weigere ich mich nachzugeben, bevor ich ihn nicht aus seinem Loch gezogen und mit den Fingern umschlossen habe.

Liam zerrt mich in die Kapelle, missbilligend schnalzend und über den verdammten Vogel fluchend. Ich beiße mir auf die Zunge und betrachte finster seinen Nacken. Er mag das für eine Verrücktheit halten, aber mir ist das wichtig.

Ich halte dem Vogel den Wurm hin, den er prompt verschlingt. Als ich ihm über den Rücken streiche, sträubt das Tier das Gefieder. »Du brauchst einen Namen«, sage ich. »Wie wär's mit Hathor?« Wie die ägyptische Göttin. Das passt auch zum Namen meines Hundes, Isis. »Hathor ist die Göttin der Frauen«, erläutere ich. Die Krähe krächzt zustimmend. »Gut, dann heißt du ab jetzt Hathor.« Ich lächele.

Dann fülle ich ihre leere Schale mit Regenwasser, das praktischerweise durch ein Loch im Dach gefallen ist und sich als Pfütze auf dem Boden gesammelt hat. Mein Ehering ist mit Dreck verkrustet, wie ich jetzt merke. Das Gröbste kann ich abkratzen. Ich wünschte, ich könnte mir die Hände waschen oder sogar duschen. Mir ist immer noch eiskalt.

Die Erinnerung an das Schaumbad, das ich am Tag unserer Ankunft nahm, treibt mir die Tränen in die Augen. Ich schließe sie und tröste mich mit dem Gedanken an die Badewanne, in die ich nach unserem Inseltrip als Erstes eintauchen werde: die Wärme, das Seifenwasser mit den hoch aufschäumenden Blasen, der vollständig von Wasser umhüllte Körper. Vielleicht schenke ich mir sogar ein großes Glas Wein dazu ein. Ich pfeif auf die Medikamente! In den letzten Tagen hat sich meine Sichtweise auf das Leben verändert. Ich muss in der Gegenwart bleiben und darf mich nicht in der Vergangenheit verlieren. Der Umstand, dass ich handeln und mich um unser Überleben kümmern muss, hat jede Traurigkeit und jeden Kummer weggeblasen.

Ich werde es schaffen. Ich werde die Insel verlassen. Ich muss. Es gibt so vieles, für das ich lebe, so vieles, was ich in meinem Leben machen möchte. Ich gebe mir selbst ein Versprechen, hier und jetzt: Sobald ich zu Hause bin, werde ich wieder zur Arbeit gehen und mich bei meinen Freundinnen melden. Sogar neue Freunde will ich gewinnen. Ich werde alle Möglichkeiten nutzen, die meine Mum für mich vorhergesehen hat, auch wenn ich bis zu diesem Zeitpunkt immer daran zweifelte. Nie wieder werde ich mein Licht unter den Scheffel stellen oder auch nur eine Sekunde meines Lebens vergeuden, weil ich Angst vor irgendetwas habe.

Als draußen ein Ast knackt, erstarren wir. Mit lautem Geflatter erhebt sich ein Vogelschwarm, dann ächzt ein weiterer Ast. »Was war das?«, flüstere ich und sehe Liam ängstlich an.

Liam dreht den Kopf, um zu lauschen. Wieder hören wir das Geräusch. Bewegung. Schritte vielleicht. Draußen ist jemand, er läuft über den Friedhof. Liam tappt auf Zehenspitzen in Richtung Tür. Ich zupfe an seinem Ärmel, um ihn zurückzuhalten. Er wendet sich fragend um.

»Was tust du da?«, flüstere ich entsetzt.

Er deutet auf die Tür. Ich schüttele heftig den Kopf. Er darf nicht hinaus. Wir müssen hierbleiben. Wir müssen uns verstecken. Wir haben keine Vorstellung, was der Fremde mit uns anstellen könnte, wenn wir ihm entgegentreten. Ich schiele auf das Springmesser in Liams Hand und werde von Angst geschüttelt. Aber bevor ich etwas sagen kann, macht Liam wieder kehrt und geht in Richtung Tür.

Mein Herz rast, als ich beobachte, wie er sich an der Kirchenbank vorbeiquetscht. Im Versteck zu bleiben, wäre wesentlich sicherer, aber das ist nicht Liams Sache. Er wird diesen Typen nicht mit seinen Taten davonkommen lassen, mag das Risiko auch noch so groß sein. Aber was will er mit einem Messer gegen ein Gewehr ausrichten? Zumal er kaum laufen kann, geschweige denn rennen. Das wird kein fairer Kampf.

»Und was ist mit mir?«, will ich wissen, als ich ihn an der Tür einhole und wieder am Arm packe. »Wenn dir etwas zustößt, was wird er mir dann antun?«

Liam hält inne und möchte sich das offenbar nicht vorstellen.

»Du hast versprochen, niemals zuzulassen, dass mir etwas zustößt«, wispere ich. In meinen Augen brennen Tränen.

Einen Moment lang wirkt er gequält, dann entwindet er mir den Arm, küsst mich auf die Wange und verschwindet durch die Kirchentür.

25

Ich folge Liam nach draußen und schaue mich vor der Kapelle um. Der Friedhof ist leer; man kann keinerlei Bewegung ausmachen, auch von dem Mann keine Spur. Liam ist zum Ende der Fassade geschlichen und äugt um die Ecke. Ich husche auf Zehenspitzen hinterher. Genau in diesem Moment fliegt hinter der Kapelle ein weiterer Vogelschwarm auf.

»Bleib hier«, flüstert Liam. Dann bricht er, so schnell es sein schlimmer Fuß erlaubt, in die Richtung auf, aus der wir das Geräusch gehört haben.

Ich ignoriere seine Aufforderung und bin ihm gebückt auf den Fersen, darum bemüht, nicht auf Blätter oder Zweige zu treten. Als wir ein großes, bemoostes Steinkreuz mit verwitterter Inschrift erreichen, ducken wir uns dahinter. Liam wirft mir einen finsteren Blick zu, weil ich ihm nachgelaufen bin. Dann späht er um das Kreuz herum.

»Da ist er!«, zischt er aufgeregt.

Über Liams Schulter hinweg sehe ich den Mann zügig auf den Wald mit dem Hügelgrab zuschreiten. Sein Gesicht kann ich nicht erkennen, aber er trägt die Kapuze nicht, sodass ich einen Blick auf sein schwarzes Haar erhasche.

Er ist ungefähr einen Meter achtzig groß und von durchschnittlicher Gestalt.

»Er hat das Gewehr nicht dabei«, raunt Liam.

Ich betrachte die Hände des Mannes, die an seinem Körper herabhängen. Liam hat recht, der Mann ist unbewaffnet. Jedenfalls trägt er keine Flinte in den Händen. In diesem Augenblick verschwindet der Fremde im Wald. Liam macht Anstalten, ihm zu folgen, aber ich packe ihn am Ärmel und halte ihn zurück. »Wo willst du hin?«

»Er hat sein Gewehr nicht dabei!«, wiederholt Liam. »Jetzt könnte ich ihn mir schnappen.«

Ich reiße panisch die Augen auf. »Sei nicht verrückt. Der Mann ist gefährlich.«

Liam mustert mich finster und verzieht den Mund. Dann schaut er dem Fremden nach und wägt seine Chancen ab.

»Wir wissen nicht, ob er eine andere Waffe hat«, flüstere ich, jetzt regelrecht außer mir. »Und du kannst kaum laufen.«

Liam sinkt in sich zusammen. »Du hast recht.« Doch sein Blick wandert hektisch hin und her, als er über den nächsten Schritt nachdenkt. Dann schaut er mich an, da ihm offenbar etwas eingefallen ist. Seine Miene hellt sich auf. »Lass uns zur Burg gehen, solange er fort ist. Wir holen uns das Gewehr. Er muss es in seinem Lager gelassen haben.«

Ich zögere. Mir gefällt diese Idee nicht im Mindesten. »Was, wenn er zurückkehrt und uns dort überrascht?«

»Dann haben wir zumindest das Gewehr«, antwortet Liam mit einem Achselzucken. »Komm schon.« Er ist bereits in Richtung Burg unterwegs, mühsam humpelnd.

Besorgt schaue ich noch einmal über die Schulter.

»Er ist auf dem Weg zur Klippe«, versichert Liam und bedeutet mir, ihm zu folgen. »Wahrscheinlich sucht er uns. Der letzte Ort, an dem er uns vermuten würde, ist die Burg.«

Wenn der Typ uns fangen will, warum sollte er dann sein Gewehr nicht mitnehmen? Und hätte er dann nicht die Kapelle in Augenschein genommen, das naheliegendste Versteck auf der Insel? Vielleicht hat er festgestellt, dass sein Boot fehlt, und war dann am Cottage, um uns dort auch nicht anzutreffen. Es besteht also die Möglichkeit, dass der Fremde tatsächlich glaubt, wir seien längst fort. In dem Fall sollten wir lieber im Versteck bleiben, denn wenn wir seine Flinte stehlen, wird er eines Besseren belehrt.

Ich eile Liam hinterher und ziehe ihn hinter einen Baum. »Ich meine, wir sollten das Gewehr nicht holen.«

»Warum nicht?«, fragt er.

»Weil er dann weiß, dass wir nicht fort sind. Im Moment besteht noch die Chance, dass er das Verschwinden seines Boots bemerkt hat und davon ausgeht, uns sei die Flucht gelungen.«

»Mir egal«, entgegnet Liam trotzig. »Wenn wir erst einmal die Waffe haben, möchte ich mal erleben, wie er uns verfolgt.« In diesem Moment wird mir klar, dass Liam auf Rache aus ist. Er will uns nicht beschützen. Er möchte das Gewehr nicht, um sich zu verteidigen, sondern um den Mann zu stellen.

Bevor ich mich aber mit ihm anlegen kann, ist Liam schon wieder verschwunden. Seufzend haste ich ihm hinterher, wohl wissend, dass ich ihm seine Idee nicht ausreden kann.

Trotz seiner Verletzung hält er das Tempo und jammert nicht, obwohl er sichtlich unter Schmerzen leidet und seinen Fuß nicht belasten kann. Außer Atem und schweißgebadet erreichen wir die Lichtung vor der Burg und eilen zu dem Kellereingang mit der Furcht einflößenden Warnung an Eindringlinge. Ich gebe mir Mühe, sie nicht weiter zu beachten, auch wenn die Inschrift jetzt zu einem stumpfen Braun vertrocknet ist – was meine frühere Befürchtung, es müsse sich um Blut handeln, bestätigt.

Liam holt die Taschenlampe heraus und leuchtet uns auf dem mittlerweile vertrauten Weg durch den Keller. Im Dienstbotenbereich werfen wir unwillkürlich einen Blick in den Raum, in dem neulich das Fleisch hing. Prompt müssen wir feststellen, dass noch mehr Fleischstreifen dort hängen und das Blut Pfützen auf dem Steinboden bildet. Da mein Entsetzen nicht mehr ganz so groß ist, erkenne ich nun, dass es sich tatsächlich um Kaninchenfleisch handelt. Auf dem Tisch liegen etliche Häute. Er muss die Tiere mit Fallen fangen und dann häuten; vielleicht isst er sogar das Fleisch.

Nun fällt mir auch das rostige Jagdgerät ins Auge, das an den Wänden versammelt ist. Zuvor hatte ich immer nur die Furcht einflößenden Haken und die blutigen Fleischstreifen wahrgenommen, aber nun weckt das rostige Maul eines uralten Fangeisens meine Aufmerksamkeit. Es scheint für Bisons bestimmt, so groß ist es. Wofür um Gottes willen wurde das benutzt? Vielleicht hat es einst Wildschweine auf der Insel gegeben. Dann entdecke ich noch eine Reihe kleinerer Drahtschlingen und etliche Geräte mit Sägezähnen, mit denen vermutlich Füchse und andere Wildtiere erjagt wurden. Das Blut rauscht in meinen Ohren. Was haben wir hier verloren?

Wir eilen weiter, und mir ist schmerzlich bewusst, dass unser Verfolger jeden Moment in die Burg zurückkehren könnte. Vielleicht ist er nur wenige Minuten hinter uns. Wir haben keine Zeit zu verlieren. Über die Dienstbotentreppe und den Flur erreichen wir das Schlafzimmer, in dem er sein Lager aufgeschlagen hat. Liam keucht schwer und schwitzt; er muss sich auf mich stützen.

Der Raum sieht genauso aus wie zuvor, nur dass der Mann sein Zeug wieder in den Rucksack gestopft hat und der Müllberg in der Ecke weiter angewachsen ist. Mein Blick wird unweigerlich von den Fertignudelsuppen und dem Campingkocher angezogen. Liam geht es genauso. »Schau nach, ob wir von den Lebensmitteln etwas gebrauchen können«, weist er mich an.

Ich eile hinüber und wühle in den Vorräten. Es gibt eine Schachtel mit Müsliriegeln und einige Packungen mit Fertignudeln, aber wir bräuchten den Kocher, um sie zuzubereiten. Ob wir den einpacken sollten, weiß ich nicht. Ich bin mir nicht einmal sicher, ob wir überhaupt etwas einpacken sollten. Dennoch stecke ich die Müsliriegel in die Tasche und wünschte, ich könnte einen aufreißen und hineinbeißen. Aber nicht einmal dazu bleibt Zeit.

Liam kramt wie ein Verrückter in den Sachen des Mannes herum. »Wo ist nur das Gewehr?«, knurrt er wütend.

Ich drehe mich um und entdecke es auf der anderen Raumseite; es liegt auf dem zerbrochenen Kaminsims. »Da«, sage ich und zeige hin. Dass der Mann es hiergelassen hat, ist mir unbegreiflich. Wahrscheinlich bestätigt das meine Vermutung – und der Typ wähnt uns längst auf der Flucht.

Liam hastet hin und nimmt die Waffe an sich. »Schnapp dir die Munition dahinten«, befiehlt er, während er kontrolliert, ob das Gewehr geladen ist.

Ich schiele zu der Schachtel, auf die er deutet, und bücke mich danach. Sie liegt in einem Haufen benutzter Patronen neben dem Bett. Wieder zögere ich, da mir die Idee immer noch missfällt. Am besten sollten wir das Gewehr einfach hierlassen, aber ich mache keine Einwände mehr – dafür ist es ohnehin zu spät. Ich stecke eine Handvoll der roten Patronen in die Tasche und richte mich wieder auf.

»Gut«, meint Liam. »Lass uns verschwinden.«

Das muss er mir nicht zweimal sagen. Wir sind schon viel zu lange hier, der Mann könnte jede Sekunde in der Tür auftauchen. Das Gewehr in der einen Hand, die andere auf mich gestützt, führt uns Liam aus der Burg. Auf dem gesamten Weg die Treppen hinunter rast mein Herz und dröhnt in meinen Ohren. Ständig rechne ich damit, dem Mann in die Arme zu laufen. Hinter jeder Ecke, um die wir biegen, könnte er lauern. Aber wir haben Glück. Nachdem wir es bis in den Keller geschafft haben, gelangen wir ins Freie und rennen Richtung Wald.

26

Sobald wir im Schutz der Bäume sind, halten wir an, um nach Luft zu schnappen. Liam ist bleich und schweißgebadet. Das Wasser läuft ihm in Strömen über die Stirn, und sein T-Shirt klebt ihm am Körper. Er lehnt sich an einen Baum, flach atmend und das Gewicht auf seinen gesunden Fuß verlagernd.

»Tut es sehr weh?«, frage ich.

Er verzieht nur das Gesicht und winkt ab, dann holt er tief Luft, und wir hasten weiter. Einen Teil des Wegs über stütze ich ihn, was unser Tempo verlangsamt.

Zurück in der Kapelle, bricht Liam heftig keuchend auf einer Kirchenbank zusammen. Ich schiebe die Bank am Eingang allein zurück und verbarrikadiere die Tür. Danach setze ich mich und mache mich über einen der Müsliriegel her, die ich aus dem Vorrat in der Burg gestohlen habe. Einen zweiten reiche ich Liam. Am Knurren meines Magens erkenne ich die Regungen meines lang verlorenen Appetits. Es ist, als wäre ich ein Tier, das aus dem Winterschlaf erwacht und die Energiespeicher wieder auffüllen muss. Liam hingegen legt seinen Riegel beiseite, ohne auch nur hineinzubeißen. »Hast du keinen Hunger?«, erkundige ich mich.

Er schüttelt den Kopf. Er sieht aus wie der wandelnde Tod, hätte meine Mum gesagt. Ich lege die Hand an seine Stirn. Sie ist heiß. »Du hast Fieber«, erkläre ich.

»Wo ist die Munition?«, entgegnet er, meine Bemerkung ignorierend, und zieht das Gewehr auf den Schoß.

Ich krame die Patronen aus der Jackentasche und schaue zu, wie Liam zwei davon in das Gewehr schiebt.

Mit versteinerter Miene dreht er sich zur Kapellentür um. Dann richtet er das Gewehr darauf, als würde er, wenn jemand ins Innere träte, sofort den Abzug drücken.

»Versprich mir, dass du ihn nicht umbringst«, flehe ich.

Liam zieht eine Augenbraue hoch, hält den Blick aber weiterhin auf die Tür gerichtet. Dabei hebt er den Arm und wischt sich den Schweiß von der Stirn.

Die nächsten Stunden verbringen wir schweigend. Liam wendet den Blick nicht eine Sekunde von der Tür. Ich merke aber, dass ihm, als die Mittagssonne das Innere der Kapelle aufwärmt, die Lider schwer werden. »Soll ich mal übernehmen?«, biete ich an, als ihm die Augen zum dritten Mal zugefallen sind. »Du musst ein wenig schlafen.«

Liam blinzelt heftig, als wolle er die Erschöpfung vertreiben, doch schließlich gibt er nach. »Weck mich in einer Stunde«, sagt er, während er sich an einer Kirchenbank aufrichtet. »Und pass auf die Tür auf«, warnt er mich.

Ich nicke. »Willst du mir das Gewehr geben?«, frage ich.

Er schüttelt den Kopf und verzieht das Gesicht. »Nein«, erwidert er. »Du weißt gar nicht, wie man es bedient. Womöglich schießt du dir noch in den Fuß. Wenn du etwas hörst, weck mich, okay?«

Ich nicke. Er humpelt in den hinteren Bereich der Kapelle, wo sich die Decken befinden. Vorsichtig legt er sich hin und schiebt sich eine zusammengefaltete Decke unter den Kopf. Das Gewehr legt er neben sich auf den Boden. Mir fällt die Axt ins Auge, die Liam neben dem Taufbecken deponiert hat. Nach einer Weile gehe ich hin, hebe sie auf und wiege sie in den Händen. Ob ich in der Lage wäre, sie als Waffe einzusetzen? Ich kann mir kaum vorstellen, sie gegen jemanden zu erheben. Trotzdem trage ich sie zu der Bank, wo Liam zuvor saß. Den Blick auf die Tür gerichtet, hocke ich mich hin und grübele darüber nach, wie ich zur Zielscheibe dieses Mannes werden konnte.

Habe ich recht mit der Annahme, dass es zwischen Mia und mir eine Verbindung gibt? Ist es unsere Ähnlichkeit, weshalb der Typ sich zu mir hingezogen fühlt? Erinnere ich ihn an sie? Bin ich sein nächster Engel? Ist er ein religiöser Fanatiker, oder genießt er einfach die Macht, sich ein anderes Opfer suchen zu können? Macht es ihm Spaß, Kontrolle über das Leben eines anderen zu haben? Was will er von mir? Glaubt er wirklich, ich könne ihn retten? Ich würde ihm gern sagen, dass es für jemanden wie ihn keine Rettung oder Erlösung gibt. Er ist kein Mensch, sondern ein Monster. Ich muss an das Wort denken, dass er in die Fensterscheibe ritzte. TEUFEL. Er ist ein Teufel, und das weiß er auch. Vielleicht bildet er sich deshalb ein, ein Engel könne ihn retten. Aber ein Teufel ist nicht zu retten.

Ich wünschte, ich würde verstehen, warum er gerade mich auswählte. Wie habe ich nur seine Aufmerksamkeit erregt? Mir fällt wieder ein, was Liam mir über Mia und Will erzählte – wie der Typ die beiden umbrachte und Will zuvor folterte. Dass der Mann zu einer solchen Grausamkeit fähig ist, erfüllt mich mit lähmender Angst. Ich sehe zu den Buntglasfenstern hoch und denke an die Mönche, die sich vermutlich in der Vorgängerkapelle versteckten, voller Todesangst, während die Wikinger plünderten und wüteten. Haben sie gebetet? Tränen rinnen mir die Wangen hinab, und ich wische sie schnell fort.

Dann stelle ich mir vor, wie dieser Mann in sein Versteck in der Burg zurückkehrt und feststellt, dass sein Gewehr verschwunden ist. Was wird er tun? Wird er sich sofort auf die Suche begeben? Oder wird er nun vorsichtig sein? Ich wäre es jedenfalls, wenn mir klar wäre, dass mein Gegner bewaffnet ist. Aber wer weiß, vielleicht stachelt das seine Wut nur noch an. Möglicherweise wartet der Typ einfach den Einbruch der Dunkelheit ab. Oder er ist schon draußen und belauert uns.

Womöglich ist ihm längst bekannt, dass wir hier sind, und er beobachtet uns von seinem Posten aus – und sobald wir die Kapelle verlassen, schlägt er zu. Ich starre auf die Tür, erwarte fast, dass sie auffliegt, und versuche mir vorzustellen, was ich dann tun würde. Meine Finger umklammern den Griff der Axt. Ich muss schlucken. Mühsam ignoriere ich das Rumoren in meinem Innern.

Plötzlich fluche ich innerlich. Ich habe keine Ahnung, wie spät es ist. Verstreichen gerade Minuten oder Stunden? Oder nur Sekunden?

Ich stehe auf, die Axt in der Kirchenbank zurücklassend, und kümmere mich um den Vogel. Irgendwie muss ich mich von der Angst vor dem drohenden Schrecken ablenken. Der gebrochene Flügel scheint zusammenzuwachsen; die Krähe versucht, damit zu flattern. Offenbar hatte ich recht mit der Annahme, dass es sich um einen glatten Bruch handelt und der Flügel nur ein paar Tage geschient werden muss. »Noch nicht, Hathor«, erkläre ich ihr. Einen Tag will ich noch warten, um auf Nummer sicher zu gehen.

Hathor setzt sich bereitwillig auf meinen Schoß und lässt sich die Federn streicheln. Ich gebe ihr ein Stück Müsliriegel, und sie stupst mit dem Kopf gegen meine Handfläche, als wolle sie sich bedanken. Ich streichele sie weiter. Das hat etwas Beruhigendes.

Nach einer Weile schaue ich nach Liam. Als ich mich auf Zehenspitzen nähere, bemerke ich, dass er tief und fest schläft. Seine Haut ist gerötet, sein Atem klingt schwer. Ich betrachte ihn unschlüssig, misstrauisch das Gewehr auf dem Boden beäugend. Ich wünschte immer noch, wir hätten es nicht mitgenommen.

Schließlich lasse ich ihn einfach schlafen und wecke ihn bei Einbruch der Dämmerung. Er schlägt die Augen auf, erschöpft und desorientiert. Angestrengt setzt er sich auf, blinzelt ins violette Licht und starrt mich verwirrt an. »Wie spät ist es?«, fragt er.

Ich zucke mit den Schultern. »Keine Ahnung.«

Er schielt auf seine Uhr, aber der Deckel ist gesprungen. Ich überlege, wann das geschehen sein mag. Vermutlich bei unserem Sturz in den Fjord. »Verdammt«, stöhnt er. »Warum hast du mich nicht geweckt?«

»Du brauchtest Schlaf«, entgegne ich. »Wie geht es dir?« Ich fühle seine Stirn. Das Fieber ist gestiegen.

Er reibt sich die Augen und blinzelt, als habe er Kopfschmerzen. Ich hole ihm Wasser.

»Hier, trink. Du wirkst vollkommen ausgetrocknet.«

Er nimmt die Flasche und trinkt sie halb leer.

Ich halte ihm einen Müsliriegel hin, aber er schüttelt den Kopf und reibt sich wieder die müden Augen. Die dunklen Schatten darunter stechen wie blaue Flecken hervor. Er steht auf, das Gewicht auf den gesunden Fuß verlagernd. Als er einen Schritt tun will, knickt sein Bein ein.

»Verdammt«, murmelt er wütend.

»Dein Fuß hat sich bestimmt entzündet«, sage ich. »Vielleicht sollte ich das mal genauer unter die Lupe nehmen.«

Widerwillig lässt Liam zu, dass ich ihm den Schuh ausziehe und den Socken abstreife. Als ich seinen Fuß in meinen Schoß lege, schreit er auf. Ich hatte recht, das Fleisch hat sich entzündet. Die Haut um den Splitter herum ist feuerrot und angeschwollen. Wie das so schnell passieren konnte, ist mir schleierhaft; es muss Dreck hineingekommen sein. Da ich kein Verbandszeug und kein Desinfektionsmittel habe, kann ich nicht viel tun. »Ich könnte zum Cottage zurückkehren und das Erste-Hilfe-Set holen«, biete ich ihm an.

Liam schüttelt den Kopf. »Du läufst nicht raus. Nicht allein. Das ist viel zu gefährlich.«

Ich betrachte seinen Fuß. »Das wird aber schlimmer.«

»Ich bin in Ordnung.« Er greift nach seinem Socken. Aber seine Stirn ist gefurcht. Es ist nicht zu übersehen, dass er sich Sorgen macht.

Ich weiß nicht, was ich sagen soll. Außerdem bin ich auch gar nicht sicher, ob Desinfektionsmittel noch helfen würde. Vermutlich braucht er Antibiotika, und die gibt es auf der Insel nicht. Dazu müssten wir ans Festland. Liam zieht seinen Stiefel an und schließt, schwer schnaufend, die Schnürbänder. Dann steht er auf, humpelt zur Axt und setzt sich in die Kirchenbank, in der ich sie hatte liegen lassen. Er schwingt sie hoch über seinen Kopf. Was zum Teufel tut er da? Im nächsten Moment lässt er die Axt mit einem mächtigen Knall auf den Platz krachen, auf dem ich zuvor saß.

Ich zucke vor Schreck zusammen. »Was soll das?«, frage ich entsetzt. Der Krach könnte dem Mann unseren Aufenthaltsort verraten. Mittlerweile hat er bestimmt entdeckt, dass wir sein Gewehr gestohlen haben, und wird irgendwann hier aufkreuzen.

»Feuerholz«, antwortet Liam. Wieder fährt die Axt mit einem ohrenbetäubenden Knall in das Holz. »Ich werde auf der Klippe ein Leuchtfeuer entzünden. Wir müssen Kontakt mit dem Festland aufnehmen. Das ist unsere einzige Chance.«

»Wir brauchen doch nur noch eine Nacht durchzuhalten«, widerspreche ich.

»Und wer sagt uns, was dieser Typ vorhat«, fährt Liam mich an. »Wir müssen diese Insel verlassen, und zwar sofort.«

27

Liam macht kurzen Prozess mit der Kirchenbank, sodass nur ein Haufen splittriger Bretter zurückbleibt. Er trieft vor Schweiß und trägt nichts weiter als Jeans und T-Shirt, obwohl es nach Einbruch des Abends mit jeder Minute kühler wird.

Bei jedem Schlag, mit dem die Axt in das harte Holz schneidet, zucke ich zusammen. Ich halte mir die Ohren zu und fürchte, dass der Lärm noch am anderen Ende der Insel zu hören sein wird. In meiner Fantasie ist der Mann dort unterwegs, um uns zu suchen, und dreht bei dem Krach sofort um.

Ein paar Bretter steckt Liam in seine ausgeleerte Tasche. »Den Rest nehmen wir so mit«, meint er und hält inne, um sich den Schweiß von der Stirn zu wischen.

Ich schaue zum Kirchenfenster hoch, das sich schnell verdüstert. Liam bindet sich das Gewehr mit einem Streifen Decke, den er zu einem provisorischen Riemen umfunktioniert hat, über die Schulter. Dann steht er wackelig auf. Wir packen das Holz und verlassen die Kapelle. Draußen senkt sich die Dunkelheit langsam herab; der Himmel ist von einem tiefen Violett. Der Wind frischt auf und fegt heulend durch die Bäume um uns herum. Von düsteren Vorahnungen erfüllt, kann ich kaum atmen. Augen ruhen auf mir, irgendwo in dieser Finsternis. Wir werden verfolgt, das weiß ich. Nicht dass ich jemanden bemerken würde, aber ich spüre es, ein Kribbeln, das mir den Rücken hochkriecht, eine Gänsehaut über Arme und Beine jagt und als stummer Schluchzer in meinem Hals stecken bleibt.

Liam humpelt erbärmlich; bei jedem Schritt zuckt er zusammen und ächzt vor Schmerz. Er trägt die Tasche mit dem Holz. Ich habe die restlichen Scheite im Arm, und so schleppen wir uns mühselig voran, alle paar Schritte innehaltend, damit Liam Luft schöpfen kann. Bei jedem Knacken eines Asts fahre ich panisch herum und vermeine Gestalten zwischen den Bäumen stehen zu sehen.

Mühsam bahnen wir uns den Weg in eine Waldschlucht. Liam führt uns über den Bach und schließlich wieder hinauf, für den Aufstieg zum Kliff. Auf halber Höhe spüre ich den ersten Regentropfen im Gesicht. Als ich in den Himmel blicke, landen weitere Tropfen auf meinen Wimpern und Augenbrauen.

»Wir müssen uns beeilen«, sagt Liam und gibt sich alle Mühe, schneller zu humpeln.

Als wir oben auf der Klippe eintreffen, ist die Finsternis um uns herum vollkommen. Keuchend lasse ich mein Holz fallen. Liam kniet sich hin und holt seinen Anteil aus der Tasche. In dem Dunkel kann ich ihn kaum erkennen, als er die Bretter kegelförmig aufstapelt, sie sorgfältig arrangierend, damit sie Feuer fangen und hell brennen können. Am Ende ist der Stapel über einen Meter hoch.

Ich spähe über den Fjord hinweg, meine Augen mit den

Händen gegen den Regen abschirmend. In der Ferne mache ich ein paar gelbliche Lichter aus. Das muss Arduaine sein, von wo aus wir das Fährboot genommen haben. Wie groß ist die Wahrscheinlichkeit, dass irgendjemand aus dieser Entfernung unser Feuer bemerkt? Und wie groß die Wahrscheinlichkeit, dass jemand es für etwas anderes als ein gewöhnliches Lagerfeuer hält? Wieso sollten die Leute glauben, es wäre ein Signalfeuer oder ein Hilferuf?

Der Regen fällt nun heftiger, und der Wind schlägt mir ins Gesicht. Fröstelnd betrachte ich den Holzstapel, den Liam errichtet hat. Er wird nass.

Liam wühlt hektisch in seiner Tasche. »Wo sind die Anzünder?«

»Weiß ich nicht. Ich dachte, du hättest sie.«

Er schüttelt den Kopf. »Ich habe sie eingesteckt«, sagt er und zeigt auf die Tasche. Dann kramt er in seinen Hosentaschen. »Bildete ich mir jedenfalls ein. Verdammt. So ein Mist«, flucht er laut. Als er die Anzünder nicht findet, fischt er ein Feuerzeug aus der Tasche. Mit einem Klicken erscheint eine winzige Flamme, die Liam mit gewölbten Händen vor dem Wind abschirmt. Er hält sie an den Stapel, aber das Holz entzündet sich nicht. Es ist zu feucht.

Unter weiteren Flüchen legt Liam das Feuerzeug weg und kramt wieder in der Tasche. Schließlich holt er die Karte von der Insel heraus. Im ersten Moment verstehe ich nicht, was er damit vorhat. Aber dann hält er das Feuerzeug an eine Ecke, und die Karte fängt Feuer. Schnell wirft Liam das brennende Papier in den Holzstapel und fächert verzweifelt Sauerstoff in die Flammen. Ich trete näher, um ein wenig von der spärlichen Hitze abzubekommen.

Auf einmal entzündet sich ein trockeneres Stück Holz im Innern des Stapels. Ein schwaches Flämmchen entsteht, das ein Rauchfähnchen produziert und empört zischt. Der Regen tut sein Bestes, um es zu ersticken. Wieder spähe ich über den Fjord nach Arduaine hinüber. Eines der schwachen Lichter wird der Pub sein, aber bei diesem Wetter ist niemand unterwegs. Wie groß ist die Chance, dass jemand dieses jämmerliche Feuer auf der Insel Shura entdeckt?

Den Gedanken behalte ich für mich, da Liam die Hoffnung noch nicht aufgegeben hat. Er fächelt unermüdlich und versucht, die Flammen mit seiner Jacke vor dem treibenden Regen zu schützen. Aber er kämpft auf verlorenem Posten. Irgendwann flackert das Feuer noch einmal auf und erlischt.

Liam lässt die Arme sinken und starrt über das Wasser, als erwarte er, die Lichter eines Boots zu entdecken – irgendein Zeichen, dass Rettung naht. Wir sind beide klatschnass; meine Jeans kleben mir an der Haut, und meine Füße sind taub. Der Regen sticht mir wie Nadeln in die Augen. Über uns rollt Donner, fast unmittelbar gefolgt von einem Blitz, der keine zehn Meter von uns einschlägt. Ich stoße einen Schrei aus, der vom nächsten Donner übertönt wird.

»Lass uns abhauen«, brüllt Liam, um sich in dem Unwetter verständlich zu machen.

Der Mond ist nicht zu sehen und spendet keinen einzigen Funken Licht. Langsam steigen wir von der Klippe wieder herab, ständig auf den matschigen Wegen ausrutschend, blind vom Regen. In regelmäßigen Abständen erschüttert ohrenbetäubender Donner die Erde. Das Universum erscheint wie ein wild gewordenes Tier, das sein Maul aufreißt und die Zähne in die Erde schlägt.

Mir ist fast so kalt wie damals, als ich in den Fjord fiel. Wir stapfen durch den unerbittlichen Regen, bis wir den Wald erreichen. Liam klammert sich an mich, um das Gleichgewicht zu halten. Immer wieder stolpere ich und drohe zu stürzen, und Liam flucht vor sich hin, da er Schmerz und Enttäuschung nicht länger unterdrücken kann. Ich versuche, mich zusammenzureißen und die Orientierung zu behalten, der Dunkelheit und dem Unwetter zum Trotz.

»So viel zum Sommer in Schottland«, murmele ich vor mich hin. Liam hört es nicht, da schon wieder ein gewaltiger Donner kommt und ein Blitz die Umgebung erhellt. Ich packe Liams Arm, und er blickt in die Richtung, in die ich zeige. Im Wald hat sich etwas bewegt; es kommt auf uns zu. Jetzt erkenne ich gar nichts mehr. Das Leichentuch der Finsternis hat sich wieder auf uns herabgesenkt. Die Taschenlampe habe ich griffbereit in der Jacke, aber ich möchte sie nicht anschalten, um unseren Standort nicht zu verraten.

Sekunden später erhellt der nächste Blitz den Wald, und da ist die Gestalt wieder, für ein kurzen Moment in gleißendes Licht getaucht. Das Gesicht des Mannes ist gespenstisch weiß. Er trägt eine schwarze Kapuze und befindet sich keine zwanzig Meter von uns entfernt. Ich bin mir nicht sicher, ob er uns bemerkt hat, da wir von einer großen Tanne verdeckt werden. Liam hat ihn nun auch entdeckt.

»Er muss das Feuer gesehen haben«, flüstert Liam durch zusammengebissene Zähne.

Er verlagert das Gewicht auf seinen gesunden Fuß, löst das Gewehr aus der Halterung und hievt es an die Schulter.

Aber schon schwimmen wir wieder in tiefster Finsternis, und der Regen strömt so heftig herab, dass es kaum möglich ist, etwas auszumachen. Gebeutelt von den Elementen, machen wir uns auf einen Angriff gefasst. Liam packt das Gewehr fester. Das Regenwasser sprudelt in kleinen Wasserfällen über sein Gesicht.

Im nächsten Moment fährt ein Blitz in eine Tanne in unserer Nähe. Es ist, als stünden wir im Flutlicht.

Ich sehe ihn sofort. Der Typ steht da und schaut in unsere Richtung. Liam erblickt ihn im selben Moment. Er schwingt das Gewehr in Richtung des Mannes und betätigt den Abzug. Nichts geschieht, kein Knall, kein Rückstoß. Ich schaue Liam an. Wieder zielt er und will die Gestalt durch den Regen hindurch ins Visier nehmen, aber sie hat sich im allgegenwärtigen Schwarz aufgelöst. Liam drückt ab, ins Leere hinein, aber wieder ist kein Knall zu hören, kein Einschlag einer Kugel. Das Gewehr funktioniert nicht.

Liam klappt die Doppelläufe auf und kippt die Patronen heraus. »Gib mir Neue«, ruft er.

Ich stecke die Hand in die Tasche, aber im selben Moment huscht etwas auf uns zu.

»Liam!«, schreie ich.

Liam dreht sich in die Richtung, in die ich zeige, reißt das Gewehr hoch und schwingt es über seiner Schulter, um es als Knüppel einzusetzen. Aber es passiert nichts. Um uns herum herrscht düstere Finsternis. Der gespenstische Widerschein der Blitze hat sich in meine Retina eingebrannt, und ich muss blinzeln. Ich habe das Gefühl, blind zu sein. »Genau dort stand er«, erkläre ich Liam . »Direkt vor uns. Nur fünf Meter entfernt.«

Förmlich erstarrt, klammere ich mich an eine Eiche, als sei sie ein Fels im brandenden Meer – das Einzige, was mich vor dem Ertrinken retten kann. Ich wage es nicht, auch nur einen Schritt zu tun. Liam hingegen bewegt sich von mir weg. Als ich ihn zurückhalten will, greift meine Hand ins Leere.

»Liam?«, zische ich und gebe mir Mühe, wenigstens so laut zu sprechen, dass ich den Wind übertöne.

Doch Liam antwortet nicht. Plötzlich erklingt ein grauenhafter, ohrenbetäubender Schrei, als würde jemand bei lebendigem Leibe von einer wilden Bestie verschlungen. Sofort hole ich die Taschenlampe heraus. Es ist mir jetzt egal, ob ich mich damit verrate. Mit fahrigen Fingern schalte ich sie an und lasse den Strahl in großem Bogen durch den Wald schweifen.

Der Strahl landet auf Liam. Er liegt auf dem Boden. Zunächst begreife ich nicht, warum. Ist er gestürzt? Aber dann wird mir klar, dass sein Bein in einem gewaltigen Fangeisen steckt. Es sieht aus wie jenes, das wir in der Burg entdeckt haben; es hat sich um seine rechte Wade gelegt. Schockiert reißt er daran, vor Entsetzen und Schmerz schreiend. Ich bin erstarrt und kann mich nicht regen. Ich kann nichts tun, als diese blutigen Metallzähne anzustarren, die sich in Liams Fleisch graben. Ich bemerke die Blutlache, die sich unter ihm bildet, und sein schmerzverzerrtes Gesicht. Irgendwann hebe ich die Taschenlampe und richte sie an die Stelle, an der sich noch vor wenigen Sekunden diese Gestalt befand.

Und da steht es dann, immer noch an derselben Stelle, und beobachtet mich aus der Ferne: ein Gespenst.

Teil zwei

28

Acht Monate zuvor
Mia

Einen solchen Heiligen Abend kennt man sonst nur von Postkarten. Am Morgen hat es geschneit, und die Landschaft ist unter einer dicken Schneedecke verschwunden. Es herrscht eine derart tiefe Stille, dass wir in unserer eigenen Welt eingeschlossen scheinen.

Will und ich sind am Nachmittag spazieren gegangen. Der Schnee lag wie dicker Zuckerguss auf den Hecken. Die einzigen Farbtupfer bildeten die roten Beeren der Stechpalmen; wie Blutstropfen sprenkelten sie die weiße Fläche.

Jetzt senkt sich der Abend herab. Will schürt das Feuer, während ich Geschenke unter den Weihnachtsbaum lege und zwei Weihnachtsstrümpfe an den Kamin hänge. *Last Christmas* von Wham! läuft, und ich singe mit und schere mich nicht weiter um meine falschen Töne. Will lacht, dann stimmt er mit ein. Kurz muss ich innehalten, um mir bewusst zu machen, wie vollkommen dieser Moment ist.

Wills Familie lebt in Südengland, und da er an den Feiertagen Bereitschaft hat, beschlossen wir daheimzubleiben.

Ich bin froh darüber. Es ist ein besonderes Gefühl – fast magisch. Dies sind unsere zweiten gemeinsamen Weihnachten, aber beim letzten Mal kannten wir uns erst einen Monat, und Will fuhr zu seiner Mutter. Als er hörte, dass ich keine Familie habe, sondern nur eine Halbschwester in Australien, lud er mich ein mitzukommen. Das fand ich jedoch ein bisschen früh.

Jetzt schaue ich mich um, lasse das lodernde Feuer und die bunten Lichter am Weihnachtsbaum auf mich wirken und grinse unwillkürlich übers ganze Gesicht.

Nie hätte ich gedacht, dass ich etwas Derartiges empfinden könnte: Liebe und Glück. Und doch ist es so. Will ist perfekt; er ist attraktiv, freundlich, einfühlsam. Und er ist geduldig, nicht nur mit seinen Patienten, sondern auch mit mir. Manchmal habe ich Angst, dass er zu perfekt ist und irgendetwas zu verbergen hat.

»Ich habe dir doch erzählt, dass ich bei den Pfadfindern war«, sagt Will nun und schaut fröhlich in die Flammen. Die Holzscheite hat er früher im Winter eigenhändig gehackt.

Vor ein paar Monaten bin ich zu ihm gezogen, nachdem wir den Entschluss gefasst hatten, den nächsten Schritt in unserer Beziehung zu wagen. Zuvor wohnte ich in einem Zimmer bei einem alten Ehepaar, das einen großen Hof, aber keine Nachkommen hatte. Als Gegenleistung für Kost und Logis half ich ihnen bei der Hausarbeit und wurde praktisch ihre Pflegerin. So lernte ich Will kennen, der der Hausarzt der beiden war. Das Cottage hier gehört Will – er hat es gekauft, als er vor ein paar Jahren hierherzog –, aber ich betrachte es auch als meines. Ihm ist es wichtig, dass ich das so sehe. An den Wänden hängen auch Fotos von meinen Eltern, neben solchen von Will und mir. Viel mitgebracht habe ich nicht, aber das neue Sofa haben wir zusammen ausgesucht. Und die Vorhänge habe ich genäht.

Wills Strumpf hängt schon fast, und ich singe »It's beginning to look like Christmas«. Es sieht schon fast wie Weihnachten aus.

Ich arbeite noch stets für ein paar Leute im Tal, meistens in der Pflege. Manchmal betreue ich auch die Kinder eines Kollegen aus Wills Praxis. Eigentlich bemühe ich mich aber um einen Studienplatz, weil ich meinen Master in Psychologie machen möchte. Will ermutigt mich, Psychotherapeutin zu werden.

Ich beobachte ihn lächelnd. Er kniet immer noch vor dem Kamin. Und hält etwas in der Hand.

»Mia«, hebt er an, und mein Herz beginnt zu rasen. »Ich liebe dich. Willst du mich heiraten?«

Mir bleibt der Mund offen stehen. Ich muss blinzeln, als er die kleine Schachtel öffnet und ich den Verlobungsring darin erkenne. Dann schaue ich wieder auf Will, in dessen Miene sich Hoffnung und Angst spiegeln.

Ich kann nichts tun, als zu nicken.

Er kommt auf die Beine. »War das ein Ja?«, fragt er nervös.

»Ja«, bricht es schließlich aus mir heraus, als Will mich in die Arme schließt. »Ja.«

Wir strahlen beide derart entzückt, dass unsere Zähne aneinanderknallen, während wir uns küssen. »Ich liebe dich«, sagt er wieder. »Und ich werde dich ewig lieben.«

Ich lache voller Freude. Noch vor fünf Minuten hatte ich

gedacht, nicht glücklicher sein zu können, aber ich hatte mich geirrt. »Ich liebe dich auch«, flüstere ich und schlinge ihm die Arme um den Hals.

Will unterbricht seinen Kuss gerade so lange, wie er braucht, um mir den Verlobungsring anzustecken. Fassungslos starre ich den Ring an und schüttele den Kopf. Aus irgendeinem Grund hätte ich nie geglaubt, dass dieses Leben endlos währen könnte. Ich habe es als Episode betrachtet, selbst nachdem ich bei Will einzog. Jetzt ist es, als hätte man mir eine Zukunft geschenkt: ein gemeinsames Leben in Cumbria, in diesem Städtchen inmitten von Seen. Wir werden glücklich sein. Wir werden Kinder haben. Wir werden zusammen alt werden. Aber selbst, als ich das denke, zündet ein winziger Funke in meinem Gehirn: die Skepsis darüber, ob etwas derart Schönes, Vollkommenes überhaupt andauern kann. Ich versuche, den Gedanken zu ignorieren. Aber da er nun einmal entzündet ist, werde ich ihn nicht mehr los.

Will zieht mich zum Sofa, legt mich darauf nieder, kuschelt sich an mich, hält mich im Arm, küsst mich. Schnell haben sich meine Zweifel in Luft aufgelöst. Ich setze mich auf und werfe mir lachend mein T-Shirt vom Leib. Will tut es mir gleich, ebenfalls lachend. Innerhalb weniger Sekunden haben wir uns entkleidet, hektisch an den Sachen des anderen zerrend, und fallen uns in die Arme.

Wir sind so damit beschäftigt, uns zu lieben und unser Glück zu genießen, dass wir Jets Knurren erst gar nicht hören. Nach einer Weile wird es aber so laut und beharrlich, dass wir uns voneinander lösen und den Kopf in ihre Richtung wenden. Unsere Hündin hat die Pfoten auf die

Fensterbank gelegt; aus ihrer Kehle dringt ein leises Grollen.

»Jet«, sage ich. »Was gibt's denn da zu knurren?«

Die Vorhänge sind nicht zugezogen, doch durch das Fenster erblicken wir nichts als Schwärze. Wir leben auf dem Land, inmitten von Feldern, und zu unserem nächsten Nachbarn ist es eine halbe Meile über eine holprige Straße.

Jets Knurren wird lauter.

»Vermutlich ein Fuchs oder so«, meint Will. »Jet, still jetzt.«

Er steht auf und geht zum Fenster hinüber. Ich fröstele. Nun, da Will mich nicht mehr wärmt, wird mir meine Nacktheit bewusst.

Will schließt den Vorhang, aber jetzt bellt Jet so penetrant und aggressiv, wie man es gar nicht von ihr kennt. Sie ist ein guter Wachhund, jedoch eher von sanftem Wesen, auch wenn es gerade anders klingt – genau wie ich es von einem Hund erwarte. Ich schnappe mir die Decke, die über der Rückenlehne des Sofas liegt, und wickele mich darin ein, plötzlich ein ungutes Gefühl im Bauch.

Will steigt nackt in seine Jeans und schlüpft in einen Pullover.

»Wo willst du hin?«, frage ich, unfähig, das Zittern in meiner Stimme zu verbergen.

Er läuft in die Küche. Jet springt hinterher und überholt ihn, immer noch knurrend und bellend. Sie schlägt mit den Pfoten gegen die Hintertür, damit Will sie endlich aufmacht.

Mit wackeligen Beinen richte ich mich vom Sofa auf. »Nein«, bitte ich. »Lass Jet nicht raus.«

Will sieht mich stirnrunzelnd an. »Das wird nur ein Tier sein. Soll sie es doch vertreiben, dann muss sie nicht mehr bellen.«

Ich möchte protestieren, aber Will entriegelt bereits die Tür. Bevor sie auch nur zur Hälfte geöffnet ist, schiebt sich Jet zwischen Wills Beinen hindurch und schießt in die Dunkelheit hinaus.

Mein Herz schlägt wild, und ich fühle mich am Rande einer Ohnmacht. Fast hyperventiliere ich, so schnell geht mein Atem. Ich mahne mich zur Ruhe. Will hat sicher recht, das wird ein Fuchs sein, vielleicht auch ein Schaf, das vom benachbarten Bauernhof ausgebrochen ist. Das wäre nicht das erste Mal. Ich schelte mich eine dumme Kuh. Das ist nur meine alte Angst, dass es immer einen Preis hat, wenn das Glück sich zeigt. Ich muss diese Angst bekämpfen.

Will wartet an der Hintertür; er zittert in der eisigen Kälte und hüpft von einem Bein aufs andere. Wir hören Jet in der Ferne bellen, dann ertönt plötzlich ein Winseln, dann ist nur noch Stille. Ich eile zu Will, packe seinen Arm und schaue an ihm vorbei in die Schwärze. Meine Finger krallen sich in die Decke um meine Schultern, da die kühle Luft an meine nackte Haut dringt.

»Jet?«, ruft Will. »Jet, komm her!«

»Jet!«, stimme ich ein.

Aber die Hündin antwortet nicht und rennt auch nicht herbei. Will stößt einen Seufzer aus und wendet sich zu seinen Stiefeln um, die schlammverkrustet neben der Hintertür liegen. »Was hast du vor?«, frage ich. »Wo willst du hin?« Das Gefühl, dass etwas nicht stimmt, dass etwas ganz und gar nicht stimmt, kann ich einfach nicht abschütteln.

»Raus«, erwidert er, als sei das doch offensichtlich. »Nachschauen, wo sie geblieben ist. Vermutlich ist sie kopfüber in einem Bau stecken geblieben.«

Ich runzele die Stirn. Sehr wahrscheinlich ist das nicht; der Schnee liegt viel zu hoch.

»Vielleicht ist sie auch in einen Graben gefallen, dieser dumme Hund.«

»Jet!«, rufe ich noch mal in der widersinnigen Hoffnung, sie würde doch endlich angerannt kommen, aufgeregt den Schnee abschütteln; aber sie taucht nicht auf. Verdammt.

Will schnappt seine Jacke vom Haken und schiebt sich an mir vorbei. Als ich nach seinem Arm greife, dreht er sich um und blickt mich fragend an. Dann bemerkt er meine Angst, bleibt stehen und küsst mich auf die Wange. »Keine Sorge, ich bin gleich wieder zurück.«

Mit diesen Worten ist er verschwunden und lässt mich, in meine Decke gewickelt, in der Küche stehen. Ich spüre immer noch seinen Kuss auf den Lippen und seine Bartstoppeln an meiner Haut. Ich lege die Hand an die Wange und lasse sie dort liegen. Die Angst summt in mir wie eine Fliege über verwesendem Fleisch und lässt sich nicht verscheuchen. Mit jeder Sekunde, die verstreicht, ohne dass Will zurückkehrt, schwillt das Summen an. Irgendwann dröhnt mein ganzer Kopf. Mein Magen hat sich zusammengekrampft. Obwohl ich in der Kälte fröstele, kann ich mich nicht von der Hintertür wegbewegen. Ich spähe durch das Fenster und versuche, Will im Dunkeln zu entdecken.

Warum ist das Licht draußen nicht an?, frage ich mich

beiläufig. Wir haben einen Bewegungsmelder. Er hätte anspringen müssen, als Jet nach draußen lief, und auch als Will in den Garten ging. Komisch.

Die Angst, die ich verspüre, wächst noch weiter an. Meine Finger bohren sich in meine Arme. Wo ist Will? Wo ist Jet? Ich schaue auf die Uhr am Herd; sie sind schon seit Ewigkeiten weg.

Ich gehe durch die Küche zu der Stelle, wo der Messerblock steht. Genau in diesem Moment öffnet sich die Hintertür. Ich stoße einen Seufzer der Erleichterung aus, als ich Will hereinkommen sehe.

»Gott sei Dank!«, sage ich. Auf meinem Gesicht breitet sich ein warmes Lächeln aus. »Ich bekam es schon mit der Angst zu tun. Hast du …?« Ich halte inne, mein Lächeln erstirbt.

Wills Miene ist starr; seine Augen sind weit aufgerissen und angsterfüllt. Er stolpert über die Türschwelle ins Cottage. Als ich ihm über die Schulter blicke, bemerke ich den Schatten eines Mannes, der sein Gesicht unter einer Kapuze verbirgt.

Er hält Will ein Messer an den Hals und zwingt ihn, ins Haus zu treten.

Ich schnappe nach Luft. Meine Knie werden weich, und ich taumele zurück, als der Mann Will auf mich zuschiebt. Er hält ihn bei der Schulter gepackt und hat die Messerspitze nun an seinem Rücken. Mit der Ferse knallt er die Tür zu, dann wendet er sich an mich.

»Fröhliche Weihnachten«, verkündet er.

O Gott, nein. Mein Verstand überschlägt sich, und meine Gedanken verlieren sich ins Leere, als ich in dem

Mann Ethan erkenne. Wie kommt er hierher? Wie hat er mich gefunden? Und was ist das für ein Messer in seiner Hand? Mein Blick huscht zu Will, dann wieder zu Ethan.

»Hallo, Mia«, sagt er und lächelt dieses vertraute Lächeln, das nur eine Muskelzuckung von einer Grimasse entfernt ist. »Hast du mich vermisst?«

In meinem Kopf herrscht weißer Nebel. Ein ferner Urtrieb, zu fliehen oder zu kämpfen, regt sich in meinen Eingeweiden, aber mein Körper ist in Schockstarre gefallen. Ich schwebe neben mir. Ein Schleusentor öffnet sich, und Adrenalin schießt in meine Adern. Aber es bewirkt nur, dass mein Herz sich überschlägt; meine Füße sind wie festgenagelt, meine Lippen versiegelt.

Ich blinzele heftig und wünsche ihn fort von hier, aber als ich die Augen öffne, ist er noch da. Wie hat Ethan mich hier aufgespürt? Und was will er? Ich starre auf das Messer in seiner Hand. Was hat er damit vor? Wills Gesicht ist aschfahl. Seine Augen sind schreckgeweitet; er beschwört mich mit Blicken, etwas zu unternehmen. Aber was? Will weiß, wer Ethan ist. Er weiß alles über ihn. Ich habe es ihm erzählt: wie ich einen Mann heiratete, der mir vorgaukelte, er sei der Märchenprinz. Tatsächlich war er ein grausamer Dreckskerl, der es genoss, mir Schmerzen zuzufügen. Ich habe Will erzählt, wie Ethan mich schlug und demütigte, mich aushungerte und kontrollierte – bis ich ihm eines Tages, nach monatelangen heimlichen Planungen, entkommen konnte.

Es dauerte lange, bis ich mich Will gegenüber öffnen konnte. Damals dachte ich, nie wieder jemandem vertrauen zu können. Aber vielleicht hat Will, obwohl er meine Narben sah und küsste, nie wirklich begriffen, zu was Ethan fähig ist. Jetzt lese ich in seiner Miene, dass er endlich verstanden hat. Sein Gesichtsausdruck reicht, um mich aus meiner Erstarrung wachzurütteln.

»Was tust du hier?«, frage ich und bin selbst überrascht, wie streng ich klinge. Von der Panik, die in meinem Inneren herrscht, ist nichts zu hören.

Ich halte Ethans Blick stand und reiße mich zusammen, um nicht davonzulaufen. Ich muss einen kühlen Kopf bewahren. Ich muss die Ruhe bewahren. Wo ist mein Handy? Im Wohnzimmer, glaube ich.

Mein Blick huscht über den Küchentresen zum Messerblock, aber der befindet sich außer Reichweite. Ich könnte mich umdrehen und zur Vordertür rennen. Das würde bedeuten, Will zurückzulassen, aber Ethan hat es ja auf mich abgesehen. Würde ich einfach loslaufen, würde er mir wahrscheinlich hinterherrennen. Dann wird mir bewusst, dass ich unter der Decke splitternackt bin. Schuhe trage ich auch nicht. Und wohin sollte ich im Schnee laufen? Ich wäge sämtliche Möglichkeiten ab, aber das Risiko ist zu groß.

»Lass ihn gehen«, sage ich ruhig zu Ethan und nicke zu Will hinüber.

Ethan grinst mich an und schüttelt den Kopf. Als sein Blick über meinen Körper wandert, verfinstert sich seine Miene vor Wut. Ich ziehe die Decke enger um mich. Mir fällt ein, wie Jet das Fenster anbellte. Übelkeit steigt in mir hoch. Ethan stand draußen in der Dunkelheit und hat zugesehen, wie Will und ich uns liebten.

Plötzlich zuckt Will heftig zusammen, und mein Blick

fällt auf das Messer. Ethan hat es tief in Wills Rücken gebohrt.

»Bitte …«, beginne ich, dann halte ich inne. Wenn ich bettele, wird er das nur als Aufforderung verstehen, Will noch mehr Schmerzen zuzufügen. So tickt Ethan eben. Wenn er mich früher verprügelte, stachelte mein Flehen ihn nur noch mehr an. Erst wenn ich mich fügte, beruhigte er sich ein wenig.

»Komm mit ins Wohnzimmer«, beende ich meinen Satz. »Wir müssen miteinander reden.«

Will starrt mich entgeistert an. Vor Schock fällt ihm die Kinnlade herunter, aber ich ignoriere ihn und richte meine ganze Aufmerksamkeit auf Ethan. Ich zwinge mich, mir nicht das winzigste bisschen Angst anmerken zu lassen; das würde seiner Wut nur Nahrung geben. Dabei spüre ich schon den Druck, mit dem sich in meiner Kehle ein hysterischer Schrei bildet. Jetzt muss ich mich aber erst einmal darauf konzentrieren, Will und mich aus der Situation herauszuholen, in die ich uns gebracht habe. Ethan mustert mich mit zusammengekniffenen Augen. Er wundert sich über den plötzlichen Stimmungswechsel, das weiß ich. Es irritiert ihn.

Ich lächele ihn an und bin erstaunt, wie leicht es mir fällt, in die Rolle zu schlüpfen, die ich jahrelang gespielt habe: die der gehorsamen, unterwürfigen Ehefrau. Meine Zähne beginnen zu klappern, und ich beiße sie schnell zusammen, unbeirrt weiterlächelnd. Ich mache mir klar, dass ich nicht mehr die Frau von vor drei Jahren bin. Die habe ich hinter mir gelassen. Wie aus einer alten Haut bin ich aus meiner Persönlichkeit herausgeschlüpft, als ich in ein neues Leben floh – in eine neue Identität, so weit weg von Ethan wie nur möglich. *Jetzt bin ich eine neue, stärkere, mutigere Version meines alten Selbst,* sage ich mir. Ich habe so hart gekämpft – so viel aufgegeben –, um mich von ihm zu befreien, das werde ich mir jetzt nicht einfach wegnehmen lassen. Dieses Leben wird Ethan nicht auch noch zerstören.

Was will er nur hier?, frage ich mich, während er mich immer noch misstrauisch mustert. Will er mich zurückholen? Oder ist er hier, um mich zu bestrafen? Die Strafe wird auf jeden Fall nicht ausbleiben, das ist mir klar. Aber wenn Ethan noch etwas für mich empfindet, besteht vielleicht die Chance, die Situation zu retten. Vielleicht kann ich ihm weismachen, dass es mir leidtut, kann ihn um Verzeihung bitten und erklären, dass ich ihn vermisse. Bestrafen wird er mich sowieso, aber vielleicht lässt er wenigstens Will in Frieden.

Als ich an Ethans Strafen denke, gerät meine Entschlossenheit ins Wanken. Mir ist nicht klar, ob ich stark genug bin, mein Vorhaben durchzuziehen. Ich betrachte das Messer in seiner Hand und stelle mir vor, wie ich mich hinstürze, es packe, seiner Hand entwinde und ihm in den Hals ramme. Aber ich habe nicht die geringste Chance. Er ist größer als ich, stärker. Außerdem könnte Will verletzt werden. Wenn ich allein hier wäre, würde ich kämpfen. Oder?

Schließlich nickt Ethan. »In Ordnung, lass uns reden. Das ist schließlich der Grund, warum ich hier bin«, sagt er. »Zum Teil wenigstens. Ich will schon sehr lange mit dir sprechen. Aber es war nicht ganz leicht, dich zu finden, Mia.« Seine Lippen verziehen sich wütend.

Ich erwidere nichts darauf, dennoch überlege ich fieberhaft, wie er mich aufspüren konnte. Habe ich einen Fehler begangen? Hätte ich nicht nur meinen Nachnamen, sondern auch meinen Vornamen ändern sollen? Ich habe ihn behalten, weil ich irgendetwas – wenigstens einen winzigen Teil meiner selbst – aus meinem alten Leben herüberretten wollte. Ich habe meinen Nachnamen abgelegt, bin Hunderte von Meilen fortgezogen, habe mir die Haare abgeschnitten und braun gefärbt und jede Erinnerung an mein altes Leben fortgeworfen: Familie, Freunde, Arbeitsstelle, Kreditkarten, Führerschein, Geburtsurkunde, Social-Media-Kontakte, Krankenversicherungsnummer – alles, was jemanden auf meine Spur führen könnte. Meine Eltern starben, als ich ein Teenager war, daher war es nicht allzu schwer. Meine Halbschwester in Australien hält mich für vermisst – vermutlich Tod durch Selbstmord, so wie ich es, einen entsprechenden Brief hinterlassend, inszeniert habe.

Meine Freunde – die wenigen, die mir geblieben waren – denken das Gleiche. Die Polizei ebenfalls. Das war der Preis für meine Freiheit. Obwohl ich nie frei von Angst war. Immerzu habe ich mich gefragt, ob Ethan mich ebenfalls für tot hält oder ob er sich auf die Suche nach mir machen wird.

Im Laufe der Monate gelang es mir immer besser, nicht ständig über die Schulter zu schauen. Allmählich gewann ich die Gewissheit, dass Ethan mir auf meinen verschlungenen Fluchtwegen nicht nachstellte. Der Druck ließ nach, aber ganz verließ mich die Angst nie. Sie war ständig da, wie ein Schatten, der mich verfolgt. Dauernd musste ich an den Moment denken, in dem er mich finden würde. Obwohl ich hin und her überlegte, was dann passieren würde, malte ich mir die Begegnung nie im Detail aus. Denn ich ahnte, dass es nur eines bedeuten könnte: Er würde mich umbringen.

»Wie hast du mich ausfindig gemacht?«, will ich wissen, da ich es nicht länger aushalte.

Ethan lächelt verschlagen. Eine Gelegenheit, seine vermeintlich überlegene Intelligenz zur Schau zu stellen, würde er sich niemals entgehen lassen. »Du hast dich für einen Masterstudiengang in Psychologie beworben.«

Ich runzele die Stirn. Wie zum Teufel hat er das in Erfahrung gebracht?

»Du hast der Bewerbung dein Abschlusszeugnis vom Grundstudium beigelegt. Das Sekretariat hat sich mit dem Absolventen-Service der Uni Bristol in Verbindung gesetzt, um das Dokument zu beglaubigen«, fährt er fort und grinst, als er meine verwirrte Miene bemerkt. »Die Mitarbeiterin dort ist eine überaus hilfsbereite Frau.«

Mein Herz setzt aus. Was für ein dummer, verhängnisvoller Fehler. Wie konnte ich so eine Idiotin sein? Als ich Will anschaue, steigen mir Tränen in die Augen. Ich hatte Träume, daher habe ich mir eingeredet, dass genug Zeit verstrichen und die Sache das Risiko wert sei. Ich könnte mich selbst in den Hintern treten.

»Los, beweg dich!«, befiehlt Ethan und nickt zum Wohnzimmer hinüber. »Du willst reden, also reden wir.«

Ich nicke, drehe mich aber noch einmal nach Will um. Der wirkt wie erstarrt. Seine Augen sind immer noch schreckgeweitet, da er offenbar nicht begreift, was hier geschieht – und was für eine Rolle ich dabei spiele. Ich versuche ihm stumm zu bedeuten, dass er einfach mitmachen soll, und bete, dass er Ethan nicht angreift. Der ist wesentlich stärker, als er aussieht. Aber Will ist auch nicht der Typ dafür, sanftmütig, wie er ist. Statt zu kämpfen, diskutiert er lieber.

»Hören Sie«, sagt er nun zu Ethan. »Warum legen Sie nicht einfach das Messer hin …«

»Schsch«, warnt ihn Ethan mit einem wilden Blick.

Will verstummt, und Ethan schubst ihn vorwärts, mir hinterher. Wir betreten das Wohnzimmer, wo ich mich nach meinem Handy umschaue. Mein Blick wandert über die Kleidungsstücke, die vor dem Kamin verstreut liegen.

»Zieh dich an, du Schlampe«, bellt Ethan. Die Worte verlassen seinen Mund mit einem Spuckeregen, der auf meiner Wange landet.

Ohne ihn oder Will anzusehen, sammele ich meine Sachen zusammen und wende den beiden den Rücken zu. Mit zitternden Händen ziehe ich die Unterwäsche an, dann lege ich die Decke ab und streife den Rest über. Die ganze Zeit über halte ich nach meinem Handy Ausschau, aber ich kann es nirgendwo entdecken. Der Festanschluss ist in der Küche und damit unerreichbar.

»Du hast zugenommen«, stellt Ethan fest.

Mein Gesicht brennt vor Wut und Scham, und ich hasse mich noch mehr, weil ich mir diesen Mann nicht vom Hals halten konnte. Ich habe so hart daran gearbeitet, seine Stimme aus dem Kopf zu verbannen – diese ständige Kritik, die selbst nach meiner Flucht noch in Endlosschleife in meinem Hirn lief. Nachdem ich Ethans Fängen entkommen war, wollte ich nur noch in mich hineinstopfen, was er mir zu essen verboten hatte – Kuchen und Schokolade –, und nahm von allem einen Nachschlag. Damals war ich ausgemergelt. Jetzt habe ich ein vollkommen normales, gesundes Gewicht.

Als ich angekleidet bin, drehe ich mich zu ihm um und straffe Schultern und Rücken.

»Komm her«, weist er mich an.

Mein Trotz gerät ins Wanken. Langsam gehe ich in Ethans Richtung, mit hämmerndem Herzen. »Hol das Klebeband aus meinem Rucksack.« Sein Gesicht ist kalt und hart, und seine Augen flackern gefährlich. Er genießt das. Ihm gefällt es, Macht über mich zu haben. Das war immer so.

Er wirft seinen Rucksack zu Boden. Ich knie davor nieder und öffne den Reißverschluss. Ein Wimmern steigt in meine Kehle, als ich eine Rolle stabiler Müllsäcke und zwei Rollen Klebeband darin entdecke.

»Beeil dich!«, fährt Ethan mich an.

Ich hebe den Kopf. Er hält Will das Messer jetzt an die Kehle; an der Klinge bilden sich Blutstropfen. Mir dreht sich der Magen um. Ich muss sofort etwas unternehmen, bevor es zu spät ist. Aber was?

Ethan stößt Will in den Sessel, dann zwingt er mich, ihn mit dem Klebeband zu fesseln. Dabei führt er Aufsicht, um sicherzustellen, dass es fest genug sitzt. Schließlich klebt er ihm einen Streifen als Knebel über den Mund. Ich schaue Will mit zitternder Unterlippe an. »Tut mir leid«, bedeute ich ihm stumm. Er erwidert meinen Blick ungläubig.

Im nächsten Moment vollführe ich einen Satz und greife nach dem Schürhaken. Ich wirbele herum und will mich auf Ethan stürzen, aber er bekommt den Schürhaken zu packen, entwindet ihn mir und schleudert ihn fort. *Verdammt.* Nun wendet er sich in aller Ruhe um und stößt Will das Messer in die Seite, nicht tief, nur ein paar Millimeter.

Will stößt einen gedämpften Schrei aus. Ich stürze mich auf Ethan, klammere mich an seinen Arm und will ihn wegziehen, aber er fasst mich an der Kehle und hält mich von sich fort. Da ich merke, dass mein Kampfgeist seine Wut nur anfacht, verhalte ich mich lieber still. Seine Gewaltbereitschaft würde deutlich steigen, wenn ich mich weiter zur Wehr setzte. Das würde das Monster in ihm entfesseln.

Ethan lächelt mich an; er kennt seine Macht, mich zu kontrollieren. Ich spähe zu Will hinüber. Blut dringt durch seinen Pullover; er sitzt vornübergebeugt da und keucht. O Gott. Wie schwer ist er verletzt? Er sieht zu mir auf, bleich, Tränen in den Augen.

»Bitte«, sage ich zu Ethan. »Tu ihm nichts.«

Ich hasse mich selbst für diese Bettelei, aber was soll ich tun?

Ethan ignoriert mich und konzentriert sich auf Will. »Weißt du, dass sie mit mir verheiratet ist?«

Will, der immer noch vornübergebeugt dasitzt und keucht, wirft Ethan einen wütenden Blick zu. Natürlich ist er im Bilde: Ich bin mit Ethan verheiratet, und wir wurden niemals geschieden. Als Will mir zuvor einen Heiratsantrag machte, war ihm klar, dass eine offizielle Eheschließung gar nicht möglich ist. Dass meine Identität – die von Mia Smith – nicht die echte ist, dass mein richtiger Name Mia Watkins lautet, auch das ist ihm bewusst. Er ist der einzige Mensch, der die Wahrheit kennt.

Nachdem ich ihm alles über Ethan erzählt hatte, wollte er erfahren, warum ich nicht die Polizei einschaltete, um ihn anzuzeigen. Warum ich es nie jemandem verraten habe. Ich antwortete, dass ich meine Qualen niemandem gestanden habe, weil Ethan Polizist ist. Bei wem soll man sich beschweren, wenn der Ehemann zu den Leuten gehört, an die man sich wendet, wenn man Hilfe braucht? Zu denen, die geschworen haben, Menschen zu beschützen? Es gab niemanden, den ich hätte ansprechen können. Aber ehrlich gesagt hat sich ein Teil von mir auch zu sehr geschämt. Einmal habe ich Hilfe holen wollen. Ich rief bei einer Notrufnummer für häusliche Gewalt an, aber Ethan hatte einen Tracker in mein Handy eingebaut. Die Schläge, die ich danach kassierte, hätten mich fast umgebracht.

Aber selbst wenn ich zur Polizei gegangen wäre und sie mir zugehört hätten, und selbst wenn sie Ethan verhaftet und verurteilt und nicht auf Kaution freigelassen, sondern in den Knast geschickt hätten – alles große Wenns –, selbst dann hätte er mich eines Tages aufgespürt und Rache geübt. Mein ganzes Leben lang hätte ich darauf gewartet, dass die Axt auf mich niedersaust. Und hätte die Polizei mir nicht zugehört und ihn nicht verhaftet, hätte man ihn nicht belangt und das Gericht ihn nicht schuldig gesprochen, wäre ich so gut wie tot gewesen, so viel ist sicher. Daher habe ich das Einzige getan, was in meiner Macht stand: fliehen.

»Kennt ihr die Strafe für Ehebruch?«, fragt Ethan nun und schaut zwischen uns hin und her.

In meiner Kehle steckt ein Schrei, aber ich lasse ihn nicht hinaus.

»Wenn ein Mann dabei ertappt wird, wie er bei einer verheirateten Frau liegt«, beginnt Ethan, »dann sollen beide sterben, der Mann, der bei der Frau gelegen hat, und die Frau. Du sollst das Böse aus Israel wegschaffen. Fünftes Buch Mose, Kapitel 22, Vers 22.«

Ich zucke zusammen. Jetzt eifert er seiner Mutter nach. Jedes Mal, wenn er kurz vor einem Gewaltausbruch steht, zitiert er aus der Bibel – so wie er es von seiner Mutter kannte.

»Bestrafe mich, nicht ihn«, bitte ich Ethan. »Er wusste nichts von dir.«

Ethan mustert mich mit seinem durchdringenden Blick. Merkt er, dass ich lüge?

»Die Römer, die Griechen, die alten Kelten«, fährt er fort, »alle haben Ehebruch auf dieselbe Weise bestraft. Tod für beide Beteiligten.«

Ich hole zittrig Luft, und meine Knie drohen nachzugeben. Will knurrt etwas durch seinen Knebel.

Ethan wendet sich an mich. »Du hast mich betrogen«, erklärt er.

»Es tut mir leid«, sage ich wieder und hasse mich selbst dafür.

»Da ist noch etwas anderes im Rucksack«, fährt er fort. »Hol es raus. Es ist ein Geschenk.«

Ich knie mich hin. Mein Körper wird von Schluchzern geschüttelt, als ich wieder in seinem Rucksack herumkrame. Die Tränen, die ich mühsam zurückgehalten habe, rollen jetzt meine Wangen hinab. Ich ziehe ein in Weihnachtspapier eingewickeltes Geschenk heraus.

»Mach es auf«, ordnet Ethan an.

Eine Schachtel taucht aus dem Papier auf. Darin befindet sich ein Glasengel. Ich halte ihn in meinen bebenden Händen.

»Der ist für dich«, flüstert er. »Ich habe ihn für das Weihnachtsfest gekauft, an dem du verschwunden bist. Die ganze Zeit habe ich ihn behalten, weil ich immer hoffte, ihn dir eines Tages überreichen zu können.«

Ich werfe ihm ein zittriges Lächeln zu und wische mir mit dem Ärmel die Tränen fort. Ethan hat mich stets seinen Engel genannt, nach einer vollkommen verqueren Logik: Seine Mutter – eine religiöse Fanatikerin – hat ihn in dem Bewusstsein erzogen, er sei kein guter Mensch. Er habe den Teufel im Leib. In der Folge hat sie ihn geschlagen, im Keller eingesperrt, hungern lassen.

»Du hast mich gerettet«, meinte er ständig. »Du bist mein Engel.«

»Der ist wunderschön«, versichere ich ihm. »Danke.« Ich wiege ihn in meiner Hand.

»Warum bist du weggelaufen?«, fragt er. In seiner Stimme liegt ein klagender Unterton, der mich überrascht. Fast wähne ich einen Funken Licht in der Dunkelheit, einen Ausweg aus diesem Albtraum. Ich greife mit beiden Händen zu.

»Es tut mir leid«, wiederhole ich und strecke die Hand aus, um seine Wange zu berühren, obwohl sich alles in mir sperrt. Ethan weicht nicht zurück. Ermutigt streiche ich mit den Fingern über sein Gesicht und bemühe mich, Bewunderung in meinen Blick zu legen. Ethan liebt Bewunderung, sehnt sich danach. Er lebt davon, dass man ihn verehrt.

»Verzeihst du mir?«, flehe ich.

Er kneift die Augen zusammen.

Ich unterdrücke ein Schaudern. Jede Zelle meines Körpers schreit vor Panik.

»Vielleicht können wir über alles reden«, füge ich mit gezwungenem Überschwang hinzu. »Du und ich. Wir könnten doch wieder zusammenkommen, wenn du das willst. Lass uns einfach gehen.« Ich lasse meine Hand an seiner Wange liegen und schaue ihn mit einem Ausdruck an, der hoffentlich Zärtlichkeit verströmt, obwohl in mir alles tobt. »Ich verspreche dir, dass ich von nun an alles tun werde, was du von mir verlangst. Ich werde lieb sein. Ich werde gehorchen. Ich werde die perfekte Ehefrau sein.«

Ethans Augen öffnen sich ein wenig. Kauft er mir das ab? Seine Hand hebt sich, und ich zucke zusammen, aber er streicht mir einfach übers Haar, ganz sanft, als sei ich ein hauchzartes Gebilde. Dann stößt er mich unvermittelt zurück, auf das Sofa, wo ich auf der Seite liegen bleibe. Er legt sich neben mich und schmiegt sich von hinten an mich, einen Arm um meine Taille gelegt.

Ich höre Will stöhnen, aber ich kann ihn mit einem Blick zum Schweigen bringen. Wieder streicht mir Ethan übers Haar und liebkost dann meinen Hals. Seine Arme schließen sich um mich, und ich versteinere; es ist, als befände ich mich in den Fängen eines Skorpions und müsste jeden Moment mit dem Stich rechnen. Aber kein Messer senkt sich in meine Brust. Stattdessen küsst er mich, erst meine Schläfe, dann meine Wange, dann meinen Nacken. Ich bin nicht sicher, was schlimmer ist: die Messerklinge oder seine Lippen an meiner Haut.

Ich kneife die Augen zusammen und unterdrücke mit Mühe einen Schrei. Ethan holt tief Luft, seufzt und küsst mich dann direkt unters Ohr. »Dafür ist es zu spät«, murmelt er.

Ich halte immer noch den Engel in der Hand. Er ist so schwer wie ein Briefbeschwerer. Auf einmal langt Ethan nach dem Messer auf der Armlehne. Als er sich umdreht, knalle ich ihm den Engel an den Kopf. Ethan fällt vom Sofa und schreit; Glas regnet auf ihn herab.

Ich springe über ihn hinweg und stürze mich auf das Messer, das quer durch den Raum geflogen ist. Gerade als ich es zu packen bekomme, schließt sich eine Hand um meinen Knöchel, und ich werde zu Fall gebracht. Mein Kinn knallt auf den Boden. In meinen Fuß bohrt sich Glas.

Im nächsten Moment fühle ich, dass Ethan sich auf mich kniet. Er schmettert meinen Kopf gegen die Kante des Couchtischs.

Dann zieht er mich hoch, sodass ich zum Sitzen komme. »Das war dumm von dir«, zischt er.

Benommen kämpfe ich gegen die Ohnmacht an.

Barfuß renne ich durch den Schnee, mit brennender Lunge und einem anschwellenden Schmerz in der Brust. Schluchzer zerreißen mich. Ich habe Will zurückgelassen. Ich habe ihn allein gelassen. Bei der Erinnerung daran, wie Ethan das Messer hebt und zusticht, entfährt mir ein Winseln. Ich kämpfe gegen die Tränen und die laufende Nase an, während ich durch den Schnee taumele, eine Blutspur hinter mir herziehend. Mir ist schwindelig vom Aufprall meines Kopfes auf die Tischkante.

Blut strömt in meine Ohren. Ich schluchze Wills Namen. Ich muss Hilfe holen. Ich muss ihn retten. Vielleicht ist das noch möglich. Das ist jetzt mein einziger Antrieb; das ist es, was mir die Kraft verlieh, mich aufzurappeln und zur Hintertür zu eilen; was mich jetzt weiterlaufen lässt, obwohl mein Kopf dröhnt und sich in meinem Fuß brennender Schmerz ausbreitet.

Auf einmal dringt ein noch lauteres Dröhnen an meine Ohren. Im ersten Moment bilde ich mir ein, Hilfe würde nahen, aber als ich über die Schulter blicke, sehe ich zwei grellweiße Lichter auf mich zustürzen.

Er sitzt in seinem Wagen. Ethan folgt mir! Verdammt. Auf der Suche nach einem Fluchtweg schaue ich nach links und nach rechts, aber das Sträßchen ist auf beiden Seiten von undurchdringlichen Hecken eingerahmt. Ich kann nirgendwohin, kann mich nirgendwo verstecken.

Ich renne weiter, rutsche im Schnee aus, rappele mich wieder auf. Immer wieder werfe ich einen Blick über die Schulter. Er hat mich bald eingeholt. Die Scheinwerfer kommen näher, blenden mich.

Ich schlage einen Haken nach links und höre, wie der Motor aufheult und lauter und lauter wird, bis er über mir zu sein scheint. Dann explodiert Schmerz in meinem Körper, als hätte mich der Blitz getroffen, und fährt in sämtliche Gliedmaßen. Knochen splittern, und mein Fleisch fängt Feuer, als ich wie ein Blatt emporgewirbelt werde. Eine gefühlte Ewigkeit lang schwebe ich in der Luft, bevor ich mit einem dumpfen Knall im Schnee lande.

Das gleißende Licht weicht Finsternis.

Ein Gewicht lastet auf meiner Brust. Als ich nach Luft schnappe, atme ich Dreck ein. Schmerzen durchdringen meinen Körper. Er scheint zerbrochen, und jeder Atemzug sendet Schockwellen durch meine Glieder. Mein Kopf pocht wie wild. Ich versuche die Lider zu heben, aber es herrscht nur nebelhafte Dunkelheit. Eines meiner Augen scheint zugeklebt. Fetzenhaft schießen mir die Erinnerungen durch den Kopf, aber keine kann ich festhalten. Alles, was ich höre, sind Schreie, aber woher sie kommen, weiß ich nicht. Es dauert eine Weile, bis ich merke, dass ich es bin, die schreit.

Wo bin ich? Meine Sinneswahrnehmungen helfen mir auf die Sprünge. Die nasse Kälte, die durch meine Knochen kriecht, ist Schnee; das steife, kratzige Etwas an meinen Fingern ist ein Blatt; der Geruch in meiner Nase ist der von Erde, Laub und eisigem Winterfrost; der Geschmack in meinem Mund stammt von Dreck und noch etwas anderem – Blut.

Die Erinnerungen graben sich ihren Weg in mein Bewusstsein, langsam, schmerzhaft, ungewollt.

Will.

Ein Schluchzer steigt in meiner Brust auf und erhöht den Druck. Als ich ihn herauslasse, schwillt der Schmerz ins Unermessliche und lässt die Dunkelheit wieder auf mich herniedersinken, tröstlich wie eine warme Decke.

Ich weiß nicht, wie lange ich bewusstlos bin, aber als ich aufwache, ist der Schmerz noch da, an manchen Stellen matter, an anderen stärker. Hände, Füße und Gesicht sind taub. Mein Schädel pocht, und meine Brust fühlt sich an, als laste ein Felsbrocken auf ihr. Aber die schlimmsten

Qualen verspüre ich im Arm; er brennt, als habe er Feuer gefangen.

Will. Jetzt wird die Erinnerung deutlicher. Ich sehe sein Gesicht, den panischen Blick in seinen Augen, die grausame Verzweiflung, mit der er sich von dem Klebeband, mit dem ich seine Füße und Beine gefesselt habe, zu befreien versuchte.

Es ist alles meine Schuld. Ein weiterer Schluchzer steigt mir in die Kehle, gefolgt von einem Schrei. Dieses Mal werde ich nicht bewusstlos. Ich entsinne mich an das Blut – Unmengen von Blut. Sein Kopf, der schlaff auf seine Brust hinabhing, der stumpfe Ausdruck in seinen Augen. Mir fällt wieder ein, dass ich losrannte, weil Will mich dazu drängte und ich die Hoffnung damit verband, Hilfe für ihn holen zu können. Ich habe versagt. Da war ein Auto, das mich die Straße entlangjagte. Ich weiß noch, dass ich mich umgeschaut habe, die gleißenden Scheinwerfer bemerkte, dass sie näher kamen, mich blendeten, bevor ich von hinten erfasst und in die Luft gewirbelt wurde.

Vielleicht ist es noch nicht zu spät. Vielleicht lebt Will noch. Ob ich ihn noch retten kann?

Mühsam öffne ich die Augen und entdecke einen Streifen hellen Himmels über mir. Vorsichtig bewege ich meine Hand. Obwohl es schmerzt – jedem Muskel scheint ein eigener unerträglicher Schmerz innezuwohnen –, bin ich erleichtert, dass der Arm offenbar nicht gebrochen ist. Als ich den anderen Arm anzuheben versuche, werde ich fast wieder ohnmächtig. Meine Schulter muss ausgekugelt sein, möglicherweise ist auch ein Knochen gebrochen. Es dauert viele Minuten, in denen ich tief durchzuatmen versuche, bis ich gegen die Bewusstlosigkeit ankämpfen und mich wieder rühren kann.

Endlich schaffe ich es, die Blätter, den Schnee und den Dreck von meinem Gesicht zu entfernen, so weit jedenfalls, dass ich die schneebedeckten Äste der Bäume und eine mit Frost überzogene Hecke ausmachen kann. Offenbar bin ich in einem Straßengraben gelandet. Auf mir liegt ein Ast. Das ist also das Gewicht auf meiner Brust. Ich will ihn mit meinem heilen Arm fortschieben, schließe die Augen und denke an Will, als prompt meine Kräfte schwinden und mich wieder an den Abgrund der Dunkelheit führen. Pudriger Schnee rieselt auf mein Gesicht und reißt mich ins Bewusstsein zurück.

Wieder stemme ich mich gegen den Ast. Jetzt regt er sich endlich, und mit einem Mal kann ich wieder atmen. Ich schnappe nach Luft, immer und immer wieder. Jeder Atemzug vertreibt ein Stück von dem Nebel, sodass sich jetzt zu den Schmerzen überall in meinem Körper die Erinnerungen gesellen. Mir fällt wieder ein, was Ethan getan hat, was er Will angetan hat, was für Schmerzen er ihm zufügte, wie Ethan mich zwang, seine »Bestrafung« mitanzuschauen. Fast will ich aufgeben, aber der Gedanke, dass Will noch leben könnte und vielleicht weiter gefoltert wird, treibt mich an. Unter größten Mühen, aber mit neu erwachter Entschlossenheit, setze ich mich auf. Dann ziehe ich mich mit einer Hand aus dem zugeschneiten Graben.

Ich krieche auf die Straße, wo ich zusammenbreche. Mit dem Gesicht nach unten liege ich im Schneematsch und fühle Tränen über meine Wangen rinnen, bis ich wieder Atem schöpfe und mich vorwärtsschleppen kann. Ich zittere heftig. Als ich mich schließlich auf die Knie und dann auf die Füße erheben kann, taumelnd und schwindelig vor Anstrengung, stelle ich fest, dass meine Füße zerkratzt und blau vor Kälte sind. Meine Jeans sind zerrissen und blutig, und mein linker Arm hängt nutzlos an der Seite herab. Ich bebe am ganzen Körper – ob vor Kälte oder Schock, ist mir selbst nicht klar.

Ich versuche, einen Schritt zu tun, aber meine Beine geben nach. Als ich auf ein Knie hinabsinke, schießt der Schmerz wie ein elektrischer Schock durch meinen Körper. Meine Augen werden feucht, und am Rande meines Gesichtsfelds ballt sich Finsternis zusammen. Vor mir sehe ich ein Blitzlichtgewitter. Mühsam konzentriere ich mich. Das ist das Cottage. Ich muss dorthin. Will. Er wartet auf mich.

Schritt um Schritt schleppe ich mich die Straße entlang. Den Schmerz verbanne ich, so gut es geht, in einen fernen Teil meines Bewusstseins, wo ich ihn ignorieren kann. Mein Hirn weigert sich, mehr als einen einzigen Gedanken zuzulassen: Ich muss es nach Hause schaffen. Ich muss rechtzeitig bei Will sein. Dann jedoch drängt sich eine andere Überlegung in den Vordergrund: Was, wenn Ethan noch dort ist? Er muss mich im Graben liegen gelassen haben, in der Annahme, ich sei tot. Er hat mich mit Ästen bedeckt. Vielleicht ist er ins Cottage zurückgekehrt. Sollte ich nicht besser in die andere Richtung gehen? Mein nächster Nachbar wohnt eine knappe Meile entfernt.

Ich bleibe mitten auf der Straße stehen und betrachte den frostigen Himmel, an dem eine einsame Amsel vorüberzieht. Nichts als Felder und Hecken sind zu sehen; es ist, als wären alle Farben aus der Welt verschwunden. Schließlich landet mein Blick auf einem Stechpalmenzweig mit seinen grünen Blättern und den roten Beeren. Heute ist Weihnachten, fällt mir ein. Der Morgen des ersten Weihnachtstags.

Ich laufe weiter, ich habe keine andere Wahl. Aber ich nähere mich dem Haus sehr vorsichtig. Schmerzensschreie unterdrücke ich, indem ich mir auf die Lippen beiße und die Qualen in einen Antrieb für meine Mission ummünze. Ich kenne nur ein Ziel: Will zu retten.

Ich ducke mich und schleiche mich an das Wohnzimmerfenster heran, keuchend und fast bewusstlos von den Mühen des Wegs. Als ich durch das Fenster spähe, kann ich durch den Schlitz im Vorhang nichts erkennen. Ich drücke gegen die Hintertür; sie ist offen, und ich tappe hinein. Dann neige ich den Kopf zur Seite, um zu lauschen. Stille lastet über dem Haus. Natürlich könnte Ethan auch im Obergeschoss sein, oder? Ich nehme ein Tranchiermesser aus dem Messerblock in der Küche und schleppe mich weiter in Richtung Wohnzimmer.

Im Türrahmen halte ich inne. Mein Arm mit dem Messer sackt schlaff herab, meiner Kehle entringt sich ein monströser Schrei; ich falle vornüber, sinke auf die Knie und schluchze.

»Nein … nein … nein …«

Stunden später wache ich wieder auf, auf den Dielenbrettern vor dem Kamin. Um mich herum herrscht Finsternis. Mein Kopf pocht noch immer. Alles tut mir weh; der Schmerz strahlt nicht von einer einzigen Quelle aus, sondern von Dutzenden. Als mir der Grund wieder einfällt, versuche ich, in die tröstlichen Tiefen der Bewusstlosigkeit zurückzukehren. Es funktioniert nicht. Mein Verstand schickt unablässig Bilder an die Oberfläche und zwingt mich, aufzuwachen und mich der Situation zu stellen.

Ich schlage die Augen auf. Ein starker Geruch nach Bleichmittel steigt mir in die Nase. Ich blicke mich um. Die Lichter am Weihnachtsbaum strahlen hell. Die Geschenke liegen darunter, noch nicht ausgepackt. Anzeichen für ein Verbrechen sind nicht zu erkennen – das ist es, was mich zuvor hat zusammenbrechen lassen. Will ist nicht hier. Der Sessel, in dem er saß, ebenfalls nicht, und auch nicht der blutgetränkte Läufer. Ethan hat den Raum gereinigt. Er muss zurückgekehrt sein und sämtliche Spuren mit Bleichmittel vernichtet haben. Dem Geruch nach zu urteilen, hat er gründliche Arbeit geleistet. Selbstverständlich hat er das. Er ist Experte darin, seine Schandtaten zu vertuschen.

Hat er Wills Leiche in seinen Truck geschafft?, überlege ich. Hat er ihn in einen Müllsack gesteckt und irgendwo im Wald eine flache Kuhle gebuddelt, um ihn zu begraben? Oder hat er ihn in einen Graben geworfen wie mich?

Zuvor hatte ich mit dem Gedanken gespielt, die Polizei anzurufen; den Hörer hatte ich schon in der Hand. Dann habe ich ihn wieder aufgelegt. Wie soll mir die Polizei schon helfen? Will ist tot, ganz sicher. Vermutlich war er schon halb tot, als ich wegrannte. Da war so viel Blut. Wenn ich die Polizei anrufe und ihnen erzähle, was geschehen ist, was dann? Wenn sie Ethan finden und verhaften, wird die Sache vor Gericht kommen. Und selbst wenn sie ihn für fünfundzwanzig Jahre hinter Gitter stecken, wird das nur eine vorübergehende Schonfrist sein. Irgendwann wird er wieder frei sein und Jagd auf mich machen, und dann wird er sein Werk vollenden. Und wenn sie ihn nicht schnappen und er aber merkt, dass sie ihn suchen, wird er wissen, dass ich nicht tot bin. Dann werde ich für den Rest meines Lebens über die Schulter schauen müssen.

Meiner Kehle entfährt ein erstickter Schluchzer. Will. Ich habe das zugelassen. »Es tut mir so leid«, jammere ich. In diesem Moment entdecke ich, dass der Verlobungsring an meinem Finger fehlt. Wo ist er? Panisch sehe ich mich um, aber insgeheim ist mir klar, dass Ethan ihn mir abnahm, während ich bewusstlos im Graben lag. Dieser Dreckskerl. Weißglühender Hass strömt durch meine Adern und besetzt die Orte, die noch gestern mit Liebe erfüllt waren.

Ich habe keine Ahnung, wie lange ich auf dem Boden liege, bis ich keine Tränen mehr habe; immer wieder verliere ich das Bewusstsein. Warum kann ich nicht einfach hier liegen bleiben? Vielleicht sogar hier sterben? Das ist jetzt mein einziger Wunsch. Aber dann regt sich etwas in mir, verstärkt sich noch mit Beginn des Sonnenaufgangs.

Ich setze mich auf. Nein. Ich bin noch nicht bereit zu sterben. Ich werde Ethan nicht das Feld überlassen.

Es kostet mich schier unmenschliche Anstrengungen, mich auf die Füße zu hieven und in die Küche zu bewegen. Die sengende Qual in der Schulter, die mich regelmäßig an den Rand einer Ohnmacht bringt, und den grässlichen stechenden Schmerz im Fuß, in dem immer noch die Scherbe steckt, ignoriere ich einfach. Ich halte durch, weil ich weiß, dass ich muss. Ich lasse meinem Hass freien Lauf und nutze ihn als Antriebsmittel.

Mit einer Hand koche ich mir einen Tee, dann lasse

ich mich auf einen Küchenstuhl sinken. Ich zwinge mich, etwas von den übrig gebliebenen Mince Pies zu essen, da mein Körper nach Nahrung verlangt; ich schlucke die Reste hinunter, ohne etwas zu schmecken. Danach schleppe ich mich nach oben in die Dusche. Ich werde nicht mehr weinen, beschließe ich. Ich werde nicht mehr an Will denken. Ich werde nicht zulassen, dass die Stimme in meinem Kopf mir ausredet, was ich zu tun habe, oder Bomben der Logik über meinem Plan abwirft. Ich werde nicht darüber nachsinnen, was aus Jet geworden ist, sonst werde ich verrückt. Das wäre das Ende, und ich könnte nicht mehr umsetzen, wozu ich mich entschlossen habe. Vielmehr muss ich mir nun meine nächsten Schritte zurechtlegen. Für etwas anderes bleibt keine Kraft.

Ich muss ja keinen vollständigen Plan aushecken, sage ich mir. Vorerst jedenfalls nicht. Ich muss mich nur darauf konzentrieren, hier wegzukommen und erneut zu verschwinden, damit die Welt denkt, ich sei entführt und höchstwahrscheinlich ermordet worden – und Ethan weiter davon ausgeht, ich liege tot in einem flachen Graben. Immerhin habe ich Übung darin.

Beim Blick in den Spiegel sehe ich mir bewusst nicht in die Augen, um nicht ins Wanken zu geraten. Stattdessen suche ich mein Gesicht nach Schnittwunden ab und betrachte teilnahmslos die furchterregenden Verletzungen. Das geronnene Blut an Nase und Ohren, das beim Duschen nicht verschwunden ist, reibe ich ab. Dabei mustere ich die tiefen Risse in meiner Handfläche. Der stechende Schmerz hilft mir, mich zu konzentrieren.

Meine Wange ist geschwollen. Über den Wangenknochen zieht sich ein langer Schnitt, der sicher genäht werden muss und eine Narbe bilden wird. Eines meiner Augen ist zugeschwollen. Das kommt von den Schlägen, die Ethan mir verpasst hat, bevor er mich zwang, zuzuschauen, wie er Will folterte. Ich verbinde mir die Hand, klebe ein Pflaster auf den Schnitt an der Wange und tupfe Desinfektionsmittel auf die Schürfwunden an Armen und Beinen. Dann mache ich mich daran, die Glassplitter aus meinem Fuß zu ziehen. Das ist ein mühseliges Unterfangen, und ich beiße die Zähne derart fest zusammen, dass ich schon fürchte, mein Kiefer könnte bersten. Schließlich habe ich das letzte Stück herausgezogen und kann aufstehen.

Es kostet mich eine Ewigkeit, mich anzukleiden; vor Schmerz werde ich fast ohnmächtig. Da ich den einen Arm nicht heben kann, muss ich mich mit einem von Wills Hemden behelfen und darauf verzichten, den Arm in den Ärmel zu schieben. Eine Jacke ziehe ich auf dieselbe Weise an.

Als Nächstes drehe ich eine Runde durch den Raum. Viel kann ich nicht tragen, nur eine kleine Tasche. Ich werfe ein paar Kleidungsstücke hinein und betrachte dann das Foto von Will und mir auf dem Nachttisch. Die Gefühle drohen mich zu überwältigen. *Konzentrier dich*, mahne ich mich selbst. Jetzt bist du schon so weit gekommen, jetzt solltest du weitermachen. Aber von dem Foto mag ich mich nicht trennen, daher stecke ich es in die Tasche. Ich brauche etwas, das mich daran erinnert, warum ich das alles tue. Als Nächstes stelle ich fest, dass meine Schmuckschatulle fehlt. Dieser Bastard. Ethan hat mir nicht nur meinen Verlobungsring gestohlen, sondern auch das Armband und das keltische Kreuz; beide Stücke waren Geschenke von Will.

Ich wünschte, ich hätte Ethan umgebracht, als ich noch die Gelegenheit dazu hatte – damals während unserer Ehe. Ich wünschte, ich hätte ihn im Schlaf erstochen. Oder vergiftet. Lebenslänglich wäre besser als das hier. Aber für Reue ist es jetzt zu spät.

Eine Stunde später bin ich fertig. Ich bin durch das ganze Haus gegangen, außer durchs Wohnzimmer, und habe entschieden, was ich alles hierlasse. Viel packe ich nicht ein, da ich nur mitnehmen kann, was ich auch zu tragen vermag, und das ist in meinem Zustand nicht viel. An der Hintertür halte ich inne. Dies ist mein Zuhause, aber mein Zuhause mit Will; ohne ihn kann ich nicht bleiben. Wann wohl jemand nach uns schauen wird? Morgen vermutlich, wenn Will nicht zur Arbeit erscheint. Was werden die Leute denken, was hier geschehen ist? Wird einer von ihnen eine Vermisstenanzeige aufgeben? Werden sie überhaupt erkennen, dass hier ein Verbrechen stattfand? Vielleicht glauben sie auch, wir hätten unsere Sachen gepackt und uns aus irgendeinem rätselhaften Grund aus dem Staub gemacht.

Die Leute werden der Polizei meinen Namen nennen – Mia Smith –, aber es werden natürlich keine offiziellen Dokumente auftauchen, kein Ausweis, keine Geburtsurkunde. Die Polizei wird zu ermitteln versuchen, wer diese Mia Smith eigentlich ist, und daran scheitern, weil ich in meinem alten Leben bereits tot bin. Sie werden das Haus untersuchen und sich fragen, was sich hier abgespielt hat, aber auch das werden sie nicht herausfinden. Ethan hat sämtliche Spuren verwischt. Ich bin die einzige Zeugin, und ich werde mich nicht melden. Ich werde das Gesetz in meine eigenen Hände nehmen. Ich werde Will Gerechtigkeit widerfahren lassen.

Sobald ich aus dieser Tür trete, muss ich mein altes Selbst ablegen und jemand anderes werden. Ich muss mich rüsten und meinen Plan verfolgen. Eine Rückkehr ist ausgeschlossen. Beim zweiten Mal ist ein solcher Abschied leichter, zumal ich jetzt ein Ziel vor Augen habe. Ethan wird für seine Taten zahlen. Aber bevor ich ihn zahlen lasse, wird er leiden. Das schwöre ich Will und mir. Mit diesem Gelöbnis verlasse ich das Haus.

Meinen Weg wähle ich sorgfältig, um nicht entdeckt zu werden. Gott sei Dank ist zweiter Weihnachtstag – das vermute ich zumindest –, da wird sich bei diesem Wetter niemand vor die Haustür wagen. Ich nehme die Abkürzung über die Felder, lasse das Städtchen links liegen und wandere die fünf Kilometer nach Kirkby Stephen, wo ich den Bus nach Kendal besteigen kann. Dort werde ich in einen Zug wechseln. Ich muss verschwinden, ohne Spuren zu hinterlassen.

Vermutlich orientiere ich mich in Richtung Norden, nach Schottland, wo ich ein Krankenhaus aufsuchen und meinen Arm behandeln lassen werde. Ich muss einen falschen Namen angeben und mir eine Geschichte ausdenken – nichts allzu Kompliziertes, damit sie nicht glauben, ich sei ein Opfer häuslicher Gewalt. Dann würden sie sofort die Polizei rufen. Ich werde erzählen, dass ich beim Abnehmen des Christbaumschmucks von der Leiter gefallen und gegen die Tischkante geknallt bin. Das erklärt die Wunde an meiner Wange.

Ich bin aus meinem Leben geflohen und habe mir ein neues aufgebaut. Ich werde das noch einmal schaffen.

29

Tag 7
Laura

Das Gespenst im Wald ist eine Frau. Und selbst aus der Entfernung, mit der Kapuze auf dem Kopf, und obwohl der peitschende Regen die Luft zwischen uns in schwarzweiße Pixel auflöst, kann ich ihr blondes Haar ausmachen. Es ist Mia.

Sie geht zu Liam, der am Boden liegt und einen hohen Klageton ausstößt. Verzweifelt versucht er die stählernen Kiefer, die sich in seinem Bein verbissen haben, auseinanderzureißen. Mia hockt sich neben ihn.

Als er sie bemerkt, hält er verblüfft inne. Er hört auf zu schreien, verstummt. Offenbar erkennt er weniger ein Gespenst als einen Racheengel.

»Hallo, Ethan«, sagt Mia. »Du hättest dich besser vergewissern sollen, dass ich tot bin.«

30

Mia

Ethan starrt zu mir hoch, als könne er es kaum fassen, dass ich wirklich vor ihm stehe. Seine Miene wechselt zwischen Ungläubigkeit und Entsetzen.

»Überrascht, mich zu treffen?«, frage ich.

Sein Gesicht verzerrt sich zu einer schmerzlichen Grimasse. »Wie …?«, keucht er und umklammert sein Bein.

»Wie es sein kann, dass ich lebe?«, helfe ich ihm auf die Sprünge. »Ein Wunder. Die Polizei und die Zeitungen haben Will und mich für vermisst erklärt, wie du weißt. Man hat nie einen von uns gefunden«, sage ich und setze noch hinzu: »Aber in meinem Fall lag das daran, dass es gar keine Leiche zu finden gab.«

Ich bemerke, dass er mit einer Hand in den matschigen Blättern wühlt. Er sucht nach dem Gewehr, das er fallen ließ, als die Falle zuschnappte. Ich bücke mich und reiße es ihm, gerade als er es packen will, aus der Hand. »Das wirst du nicht brauchen«, verkünde ich lächelnd.

Wütend knallt Ethan mit dem Kopf auf den Boden und stöhnt laut auf.

»Tut das weh?« Ich nicke zu seinem Bein hinüber. »Sieht schmerzhaft aus!«

»Hilfe!«, keucht er und blickt umher. »Laura!«

Der Regen fällt in Strömen herab und klebt Ethan das Haar an die Stirn. Ich fühle Tropfen in meinen Kragen eindringen und dann meinen Rücken hinabrinnen, aber mir ist nicht kalt. Das Triumphgefühl verleiht mir Kraft. Endlich bin ich frei von Angst, nach all diesen Monaten, gar Jahren. Ihn hier vor mir zu haben, zu meinen Füßen, nicht länger Jäger, sondern Beute, ist alles, wovon ich geträumt habe. Es ist der Antrieb für alles, was ich tat.

Stöhnend umklammert Ethan sein Bein und sieht sich nach Laura um.

»Du hast den Menschen getötet, den ich geliebt habe«, sage ich. »Du hast ihn leiden und mich zuschauen lassen. Und dann hast du seinen Namen gestohlen, du verfluchter Mistkerl.«

»Laura!«, brüllt er wieder, die Stimme rau vor Anstrengung.

Ich hebe den Kopf und blicke Laura an. Sie steht wie gelähmt an einem Baum und richtet die Taschenlampe auf uns. Sie ist nichts weiter als eine Silhouette, und so kann ich ihren Gesichtsausdruck nicht erkennen.

»Laura! Wo bist du?« Ethan ist jetzt verzweifelt.

Sie rührt sich nicht.

Teil drei

31

Acht Monate zuvor
Laura

Die Türglocke klingelt, und ein Mann stürzt in die Praxis, einen großen schwarzen Labrador im Arm. Der arme Hund scheint in einem erbärmlichen Zustand. Er keucht, der Kopf hängt schlaff herab, an einem seiner Hinterbeine klaffen blutige Fleischwunden.

»Was ist passiert?«, frage ich den Mann, während ich ihn unverzüglich in einen der Untersuchungsräume führe.

»Ich glaube, der arme Kerl wurde von einem Auto angefahren. Ein Halsband hatte er nicht. Ich habe ihn in einer kleinen Straße aufgelesen.«

Nachdem der Tierarzt den Hund, oder besser die Hündin, untersucht hat, erklärt er, das Bein müsse operativ gerichtet werden. Der Mann bietet an, für den Eingriff zu zahlen. Ich führe ihn ins Wartezimmer, um die Papiere vorzubereiten. Als ich von meinem Tisch aufschaue, ertappe ich ihn dabei, wie er mich auf eine Weise mustert, die sofort Schmetterlinge in meinem Bauch aufflattern lässt. Der Mann sieht umwerfend aus. Meine Wangen beginnen unter seinem eindringlichen Blick zu glühen.

»Hallo übrigens«, sagt er und stockt dann. »Ich bin Liam. Eigentlich William, aber alle nennen mich Liam.«

Ich schlucke nervös, da mich männliche Aufmerksamkeit immer verunsichert, und die von attraktiven Männern erst recht. »Ich heiße Laura«, erwidere ich.

»Schön, Sie kennenzulernen, Laura.« Er lächelt, und mein Herz tut einen Satz. Groß, dunkel und hübsch, wie er ist, wirkt er wie einem Liebesroman entsprungen.

Ich fülle die Papiere aus. Meine Haut ist immer noch warm unter seinem Blick. »Der Name der Hündin?« Ich sehe zu ihm auf.

Er zuckt mit den Schultern. »Wie wär's mit Isis?«, schlägt er vor.

»Wo bist du aufgewachsen?«, frage ich Liam bei unserer ersten Verabredung.

Sein Blick, der eben noch so offen war, weicht mir aus. Nachdem er über die anderen Gäste hinweggeschaut hat, wendet er seine Aufmerksamkeit schließlich dem Tisch zu. »Kent«, antwortet er. »In einer Kleinstadt. Ich bin so schnell wie möglich von dort weg. Aber meine Wurzeln liegen in Schottland.«

»Ich würde so gern mal nach Schottland fahren«, sage ich fast wehmütig. Ich liebe die Bücher der *Outlander*-Saga, aber das verrate ich ihm besser nicht. »Hast du noch Familie in Kent?«, erkundige ich mich stattdessen.

Liam schüttelt den Kopf. »Nein. Mein Vater verschwand, als ich klein war«, erklärt er. »Und meine Mutter ist vor acht Jahren gestorben.«

»Das tut mir leid.«

Er zuckt mit den Achseln. »So schlimm ist das nicht. Wir waren uns nicht sehr nah. Sie war eine schwierige Frau.«

Ich neige meinen Kopf zur Seite. Es ist ungewöhnlich, dass jemand so über ein Elternteil redet. Liam schenkt mir ein gequältes Lächeln.

»Sie muss stolz gewesen sein, dass du Polizist bist.«

Er schüttelt den Kopf. »Nicht wirklich, nein. Nichts hätte sie stolz gemacht. Sie war sehr religiös, und egal, was ich tat, sie war nie zufrieden mit mir. Schwarzes Schaf, du weißt schon.«

»Das tut mir leid«, sage ich noch einmal, gerührt von so viel Ehrlichkeit.

Er lächelt, und es ist genau dieses hübsche offene Lächeln, das wieder Schmetterlinge in meinem Bauch aufflattern lässt. Mir ist fast schwindelig vor Glück.

»Und was ist mit dir?«, wechselt er das Thema. »Familie? Ex-Freunde, die ich kennen sollte?«

Ich halte inne und denke an Paul, von dem ich seit Silvester nichts mehr gehört habe. Da ich ihm etliche Nachrichten geschickt habe, muss ich wohl davon ausgehen, dass er den Kontakt kommentarlos abgebrochen hat. Ich schüttele den Kopf. »Nein«, erwidere ich, »keine Freunde. Nur meine Mum.«

»Gut«, meint Liam mit diesem Lächeln, das ich zusehends lieb gewinne.

»Er ist wirklich reizend«, kichert meine Mum, während wir beobachten, wie Liam den Gartenzaun repariert. »Schön, einen Mann im Haus zu haben, der zwei geschickte Hände hat.«

Ich beiße mir auf die Lippe, um ein Lächeln zu unterdrücken.

»Es wundert mich nur, dass er nicht längst verheiratet ist«, meint meine Mum.

»Er war es«, erkläre ich ihr.

Meine Mum wirft mir einen neugierigen Blick zu. »Was ist denn passiert?«

»Viel hat er mir nicht erzählt, nur dass sie ihn betrogen hat. Er wollte mir nicht einmal ihren Namen verraten. Offenbar hat sie ihm das Herz gebrochen. Er ist noch nicht über die Sache hinweg, habe ich das Gefühl.« Ich verziehe den Mund. Tatsächlich bekomme ich manchmal mit, wie Liam vor sich hin brütet. Wenn ich mich erkundige, was los ist, setzt er ein Lächeln auf und erklärt, es sei nichts. Nur einmal hat er zugegeben, dass er manchmal an seine Ex-Frau denkt und die Wunde immer noch schmerzt.

Meine Mum muss meine skeptische Miene bemerkt haben. Sie tätschelt meine Hand. »Mach dir keine Sorgen. Er liebt dich, das spüre ich.«

»Meinst du?« Liam hat nie etwas dergleichen geäußert, aber da wir uns erst seit sechs Wochen kennen, ist das auch nicht verwunderlich. Für Liebeserklärungen ist es ein bisschen früh.

»Schon wie er dich anschaut.« Meine Mutter seufzt wieder. »Das ist so romantisch. Und denk nur an die Rosen, die er dir mitgebracht hat. Als Nächstes schenkt er dir einen Ring, du wirst schon sehen.«

Ich schiebe ihre Hand weg und muss lachen. »Mum!«, kichere ich. »Wir kennen uns doch erst ein paar Wochen, da ist es ein bisschen früh für Hochzeitsglocken.« Aber das

Grinsen will mir nicht mehr aus dem Gesicht verschwinden. Behutsam berühre ich meine Halskette und denke an das Dutzend roter Rosen, das Liam mir zum Valentinstag geschenkt hat. Meiner Mum überreichte er, sehr zu ihrem Entzücken, ebenfalls eine Rose.

»Wo geht ihr denn heute Abend hin?«, fragt meine Mutter.

»Wir bleiben zu Hause«, verkünde ich. »Ich werde kochen.«

Meine Mum zieht eine Augenbraue hoch. »Du kochst?«, hakt sie nach. »Hältst du das für eine gute Idee?«

»Sei nicht so gemein«, erwidere ich lachend. »Liam wollte ein selbst gekochtes Dinner. Ich habe alles minutiös geplant.«

Meine Mum wirkt immer noch skeptisch; sie kennt meine Kochkünste.

In diesem Moment tritt Liam zur Hintertür herein. »Geschafft«, sagt er und legt den Hammer hin. »Der Zaun steht wie eine Eins.«

»Sie sind ein Schatz«, sagt meine Mum. »Darf ich Ihnen einen Tee anbieten?«

»Gern«, antwortet er. »Das wäre wunderbar.« Dann schaut er mich an. »Und danach sollten wir heimkehren.«

Ich nicke, obwohl wir erst vor zwanzig Minuten eingetroffen sind. Ich weiß, dass meine Mutter sich auf die Zeit mit uns gefreut hat.

»Alles bestens, mein Liebes«, erklärt sie verständnisvoll. »Liam ist ein viel beschäftigter Mann.«

»Und was ist mit dem Teppichläufer oben auf der Treppe? Er muss unbedingt wieder befestigt werden«, sage ich.

»Der kann warten«, wiegelt meine Mum ab. »Mach dir deswegen keine Gedanken.«

Ich werfe Liam einen flehentlichen Blick zu.

»Ich muss noch die Überwachungskameras anbringen«, meint er mit einem entschuldigenden Schulterzucken.

»Was für Überwachungskameras?«, wundert sich meine Mutter.

»Oh.« Liam wäscht sich die Hände in der Spüle. »Ich werde bei Laura ein paar Kameras installieren. Man kann nie vorsichtig genug sein.«

Ich reiche ihm ein Handtuch, damit er sich die Hände abtrocknen kann. Er nimmt es mit einem Lächeln entgegen. »Ich muss schließlich auf mein Mädchen aufpassen«, fügt er hinzu, legt einen Arm um mich und küsst mich auf die Wange.

Als wir später daheim sind, macht sich Liam sofort ans Werk. Nachdem er die Kameras montiert hat, verbindet er sie mit einer App auf seinem Handy. »Auf diese Weise«, erklärt er mir, »werde ich der Erste sein, der einen Einbruchsversuch bemerkt.«

Ich lehne mich an seinen Arm. »Ich weiß gar nicht, wie ich dir danken soll.«

Er küsst mich auf die Schläfe. »Das ist doch selbstverständlich. Wann essen wir?«

»Um acht?«, frage ich.

Er runzelt die Stirn. »Können wir nicht eher essen?«

»Oh«, erwidere ich. »Mhm, klar. Ich muss einen Blick auf meinen Zeitplan werfen, aber das wird schon klappen.« Ich eile los. Das Huhn muss eine Weile in der Marinade liegen.

Als ich es endlich in den Ofen schiebe und bete, dass es einigermaßen gelingt, kommt Liam frisch geduscht in die Küche. »Hier«, verkündet er. »Ich habe noch etwas für dich.«

Als ich mich umdrehe, hat er eine in Geschenkpapier eingewickelte Schachtel in der Hand. Gerührt nehme ich sie entgegen. Noch nie hat mir jemand so viel geschenkt. Fast ist es mir peinlich, dass ich ihm bislang nur einen Gedichtband von Robert Burns überreicht habe, und der traf vermutlich nicht einmal seinen Geschmack.

»Mach es auf«, fordert Liam mich auf.

Ich tu es und finde ein wunderschönes schwarzes Seidenkleid in der Schachtel. »Das ist überwältigend«, rufe ich.

»Zieh es an«, fordert Liam mich auf.

Ich nicke und laufe die Treppe hinauf, aber er folgt mir ins Schlafzimmer. Offenbar möchte er zuschauen.

Ich öffne den Mund, doch meine Kehle ist trocken, und mein Herz flattert. Was meinen Körper betrifft, bin ich ziemlich gehemmt. Liam und ich waren, von Küssen mal abgesehen, noch nicht intim. Ich hatte mich schon gefragt, ob heute der Abend sein wird, an dem wir weiter gehen. Aber ich bin nervös. Was, wenn ihm mein Anblick nicht gefällt?

»Los, mach schon«, ermutigt er mich.

Ich hole tief Luft und ziehe meinen Pullover aus, dann das T-Shirt. Als ich in BH und Jeans dastehe, hebe ich den Blick. Liam starrt mich mit unverhohlener Begierde an, und ich spüre, wie Hitze in meiner Brust aufwallt.

»Wunderschön«, murmelt er. »Und nun die Jeans.«

Ich knöpfe sie auf, streife sie ab und fühle mich seinen Blicken ausgesetzt. Noch nie hat mich jemand gebeten, mich vor ihm auszuziehen.

»Jetzt das Kleid«, befiehlt er.

Ich erfülle ihm seinen Wunsch. Das Kleid spannt an Hüften und Brüsten. »Kannst du es zumachen?« Ich drehe mich um, damit er den Reißverschluss schließen kann.

Er tut es. Dabei küsst er mein Schulterblatt. Ich atme tief Luft ein.

»Es sitzt ein wenig eng«, meint er, am Reißverschluss zerrend.

Meine Wangen brennen.

»Wenn du ein paar Pfund abspeckst, wird es traumhaft sitzen«, fügt er hinzu.

Ich nicke und schäme mich. Findet er mich unattraktiv? Habe ich Übergewicht? Eigentlich hielt ich mich immer für normal. Meine Lippen zittern, und ich ermahne mich, jetzt nicht in Tränen auszubrechen.

Liam dreht mich zu sich herum und hebt mein Kinn an. »Ich liebe dich«, sagt er und küsst mich.

Mein Herz setzt aus. Meine Lippen hören auf zu zittern. Liebe? Er hat es gesagt.

»Ich liebe dich auch«, hauche ich.

Er zieht sich zurück und streicht mir eine lose Strähne hinters Ohr. »Mein Engel«, flüstert er.

Ich lache. Es gefällt mir, wenn er mich so nennt. »O Gott!«, rufe ich. »Das Essen!« Ich haste zur Tür. Das Huhn hatte ich ganz vergessen.

Schon als ich es aus dem Ofen ziehe, stelle ich fest, dass es zu lange drin war. Die Soße ist verdunstet, die Haut angebrannt. Mist. Liam tritt neben mich. »Nicht gerade verlockend«, bemerkt er missmutig.

»Tut mir leid.« Ich breche fast in Tränen aus.

Eine Weile sagt er nichts mehr, offenkundig enttäuscht. Ich wende mich zu ihm um. »Es tut mir wirklich leid. Dabei sollte es perfekt werden.«

Endlich lächelt er, auch wenn es ein wenig gezwungen wirkt. Dann streichelt er meine Wange. »Macht nichts. Wir können uns etwas holen.«

»Meinst du?« Ich bin immer noch niedergeschlagen.

Er nickt. Wir holen uns etwas beim Inder und essen es bei Kerzenschein. Als ich serviere, gibt Liams Handy einen Signalton von sich. Ich schaue ihn an. Ob das die Arbeit ist? Er hat oft Bereitschaft. »Das ist die App«, erklärt er. »Sie teilt mir mit, wenn sich an der Hintertür etwas bewegt.«

Ich runzele die Stirn. »Was ist denn an der Hintertür?«

»Der Kater«, antwortet er.

»Tiger?«, frage ich und eile zur Hintertür. »Wie ist er denn hinausgekommen?« Tiger ist erst drei Monate alt und soll noch nicht ins Freie. Darauf achte ich streng.

Als ich die Tür öffne, finde ich dort meinen kleinen orangefarbenen Kater, in der Kälte kläglich miauend. Ich nehme Tiger hoch und trage ihn hinein. »Wie ist er bloß nach draußen gelangt?«, frage ich.

Liam zuckt mit den Achseln und schaufelt sich etwas von seinem Currygericht in den Mund. »Muss wohl ausgebüxt sein.«

Wieder runzele ich die Stirn. »Mein armes Schätzchen«, sage ich und drücke den Kleinen gegen meinen Körper, um ihn aufzuwärmen. »Er friert. Gott sei Dank ist er nicht davongelaufen.«

Tiger schleicht um meinen Stuhl herum und reibt sich an meinem Knöchel. Liam betrachtet ihn mürrisch. Offenbar mag er Katzen nicht so gern wie Hunde. Tiger muss das spüren, da er, sobald er in Liams Nähe gerät, faucht und einen Buckel macht.

Nach dem Essen nimmt mich Liam bei der Hand und führt mich wortlos nach oben. Mir stockt der Atem. Wir werden uns lieben. Ich bin furchtbar nervös, dabei möchte ich ihm doch keinen Anlass zu Unmut geben.

»Möchtest du duschen?«, fragt er, als wir das Schlafzimmer erreichen.

Möchte ich nicht, da ich erst vor wenigen Stunden geduscht habe. Trotzdem nicke ich, weil er offensichtlich andeuten wollte, ich solle es tun. Als ich im Bademantel ins Schlafzimmer trete, sitzt Liam auf der Bettkante. »Da bist du ja«, lächelt er. »Hübsch und sauber. Komm her.« Er streckt die Hand aus.

Ich nähere mich ihm. Er löst den Gürtel meines Bademantels, der sich prompt öffnet. Ich schlucke. Flammen zucken über meinen Körper, als Liam seine Finger über meinen Bauch und meine Hüften gleiten lässt und mich dann direkt unterhalb des Bauchnabels küsst. Er stöhnt auf. »Bist du mein?«, fragt er murmelnd.

Ich streichele sein Haar und drücke seinen Kopf an meinen Bauch. »Ja«, sage ich.

»Du hast mich gerettet«, flüstert er. »Ist dir das eigentlich klar?«

Er packt mich fester, als er sein Gesicht an meinem

Bauch verbirgt, schwer atmend. »Ich dachte, alle Frauen würden mich betrügen. Aber du bist anders. Ich bin so froh, dass ich dir begegnet bin.«

»Ich bin auch froh«, antworte ich und spüre, wie sich mein Herz mit Liebe füllt.

Er legt mich aufs Bett und zieht sich aus. Dann kommt er neben mich und stößt meine Beine auseinander. Ich schnappe nach Luft. Das geht ein bisschen schnell. Viel Erfahrung habe ich nicht, und ich hatte gehofft, dass mit Liam alles anders wird. Ich möchte ihn bitten zu warten, aber die Worte gefrieren mir auf der Zunge. Es tut weh, als er in mich eindringt, aber ihm scheint es zu gefallen. Er ist glücklich, das ist die Hauptsache.

»Ist das schön?«, fragt er.

Ich nicke. In meinen Augen brennen Tränen.

»Dann sag es«, drängt er mich. »Sag, wie schön es ist.«

Ich habe keine Ahnung, was ich sagen soll, zumal ich kein Wort herauskriege. Aber er besteht darauf. »Es ist wunderbar«, flüstere ich, zu Tode beschämt.

Endlich ist es vorbei.

Er rollt sich von mir herunter und mustert mich, verwundert den Kopf schüttelnd, grinsend. Ich bin so erleichtert. Er scheint es genossen zu haben. »Ich liebe dich«, erklärt er.

»Ich liebe dich auch«, erwidere ich und fühle ein Glühen in meinem Innern.

Liam steht auf und begibt sich ins Bad. Ich bleibe im Bett und fühle mich, als hätte mich die Matratze verschlungen. Ich habe keine Ahnung, was ich denken soll. Vielleicht war das alles ganz normal, und ich habe nur zu viele unrealistische Filme und Liebesromane im Kopf. Oder mit meinem Körper stimmt etwas nicht. In meinem Kopf regt sich eine Stimme, die überlegt, ob ich ihn nicht bitten soll, es beim nächsten Mal etwas langsamer angehen zu lassen. Aber schon bei dem Gedanken, diese Worte laut auszusprechen, möchte ich mich nur noch zusammenrollen und sterben. Niemals wäre ich fähig, etwas Derartiges zu äußern. Ich möchte ihn doch nicht verletzen, wo er doch, seiner Mutter sei Dank, so empfindlich auf Kritik reagiert.

Als Liam ins Bett zurückkehrt, lächele ich ihn an. Er streckt sich neben mir aus und zieht mich an seine Brust. Ich schließe die Augen. Das immerhin fühlt sich gut an. Ich fühle mich sicher und behütet – und geliebt! Zum ersten Mal in meinem Leben.

»Weißt du, was ich gedacht habe?«, sagt Liam. »Wie wär's, wenn wir zusammenziehen?«

Ich starre ihn erstaunt an. Mein erster Gedanke ist, dass sich das alles ein bisschen zu schnell entwickelt – wir kennen uns schließlich erst ein paar Wochen –, aber dann mache ich mir klar, wie sehr ich ihn liebe.

»Ja«, erwidere ich, und mein Herz platzt vor Glück.

»Wo warst du?«, fragt Liam im selben Moment, als ich die Tür öffne.

»Der Bus hatte Verspätung«, murmele ich und lege den Schlüssel ab.

Er mustert mich finster. »Nein, hatte er nicht.«

»Sonia von der Arbeit hat heute Geburtstag. Die anderen haben Kuchen gegessen.«

Er zieht eine Augenbraue hoch.

»Ich habe nichts gegessen«, versichere ich ihm. »Ich bin nur geblieben, um ›Happy Birthday‹ zu singen. Dann habe ich mich sofort auf den Heimweg begeben.«

Liam kneift die Augen zusammen, als glaube er mir nicht. Mir ist bewusst, dass er ein Vertrauensproblem hat, wegen seiner Ex-Frau. Daher lächele ich aufmunternd und gehe auf ihn zu. Mein Herz pocht heftig. Meine Stimme fühlt sich an, als würde ich gewürgt. »Eigentlich wollte ich nur zu dir zurück, aber ich mochte auch nicht unhöflich sein.«

Er wirkt ein wenig besänftigt. »Mir gefällt es nicht, wenn du zu spät kommst. Dann mache ich mir Sorgen.«

»Ich weiß. Tut mir leid. Hattest du einen schlechten Tag bei der Arbeit?«, frage ich.

Er nickt missmutig.

»Soll ich dich massieren?«

Wieder nickt Liam, diesmal etwas begeisterter.

Nach dem langen Tag bin ich erschöpft, aber ich tue es mit einem Achselzucken ab. Ich nehme Liam mit zum Sofa. Massagen führen oft zu Sex, und obwohl ich zu Liams Freude im Bett allmählich redseliger werde, kann ich meine wahren Bedürfnisse immer noch nicht artikulieren. Mittlerweile ist es vielleicht auch zu spät. Ich möchte ja nicht, dass er an sich zweifelt. Er mag es, wenn man ihn lobt und umschmeichelt, und das gebe ich ihm gern. Er soll denken, dass er wichtig für mich ist, und das ist er weiß Gott. Vermutlich haben wir guten Sex, und das Problem liegt bei mir.

Als Liam das erste Mal, nachdem wir zusammengekommen waren, in der Tierarztpraxis erschien, stand meinen Kolleginnen der Neid ins Gesicht geschrieben. Sie konnten es kaum fassen, wie überwältigend attraktiv er ist. Seither gelte ich als Glückspilz. Da ich meine Eltern immer nur habe streiten sehen, war mir schon klar, dass keine Beziehung perfekt ist. Jeder muss Kompromisse schließen, und wenn ich nichts weiter tun muss, als freundlich zu sein und ihm zu schmeicheln, kann ich gut damit leben.

Als ich seine verspannten Schultern knete, spüre ich, wie er sich entspannt. Ich überlege, ob es der rechte Moment ist, um über die Rechnungen zu sprechen. Und über die Miete. Bislang hat Liam noch nicht angeboten, seinen Teil beizutragen, aber wahrscheinlich ist er einfach zu beschäftigt. Angeblich hat er eine Menge Fälle am Hals. Ich beschließe, die Sache erst am Morgen anzusprechen.

Am Morgen kann ich ihn jedoch auch nicht fragen, denn er muss früh das Haus verlassen, von seinem Chef zu einem Fall häuslicher Gewalt gerufen. »Der Ehemann hat seine Frau halb tot geschlagen, weil sie das Essen nicht auf dem Tisch hatte, als er von der Arbeit nach Hause kam«, erzählt er, bevor er seinen Kaffee hinunterkippt und nach seinem Schlüssel greift.

Ich erschaudere und hole tief Luft, dann gebe ich ihm einen Abschiedskuss. Den ganzen Tag über kann ich diese arme Frau nicht aus meinem Kopf verbannen. Nach der Arbeit eile ich nach Hause, ängstlich darauf bedacht, das Essen um sechs auf dem Tisch zu haben, kurz nach Liams Heimkehr. Ich muss über mich selbst lachen, als ich die Nudeln ins kochende Wasser werfe. Liam ist schließlich nicht gewalttätig; er würde mich nie schlagen. Nach einem langen Arbeitstag ist er eben hungrig und möchte zur festgelegten Zeit essen.

Es gefällt ihm, mein Essen nach dem ersten Bissen zu bewerten; gelegentlich schüttelt er mir sogar die Hand. Meiner Mum gegenüber habe ich mich schon damit gebrüstet, dass ich bereits zwei Handschläge geerntet habe, Anlass zu großem Stolz. Irgendwann werde ich sie noch einholen, was meine Kochkünste betrifft. Einmal hat sie gefragt, wann sie denn meine Künste mal kennenlernen und selbst beurteilen dürfe. Aber wir finden nie Zeit dafür, wegen der Arbeit und Liam und so.

Nachdem ich den Lachs in den Ofen geschoben habe, fällt mir auf, dass Tigers Milch- und Fressschälchen noch gefüllt sind. *Komisch*, denke ich bei mir. Wenn ich nach Hause zurückkehre, sind sie für gewöhnlich leer. Plötzlich wird mir bewusst, dass ich ihn seit meiner Heimkehr noch gar nicht angetroffen habe.

»Hast du Tiger gesehen?«, frage ich Liam.

Er schüttelt den Kopf. »Nein. Wann gibt es Essen?«

»Gleich«, antworte ich. »Tiger!«

Ich suche den Kater im ganzen Haus, schaue unter dem Bett, im Einbauschrank unter der Treppe und sogar in den Küchenschränken nach. Nirgendwo eine Spur von ihm.

Dann öffne ich die Hintertür und stoße im nächsten Moment einen lauten Schrei aus. »O Gott!«

»Was ist denn?« Liam kommt in die Küche geeilt. Als er es auch sieht, schnappt er nach Luft.

Tiger liegt auf der Fußmatte. Sein kleiner orangefarbener Körper ist verdreht, sein Nacken gebrochen. Schluchzend sinke ich auf die Knie. »Wie kann das passiert sein?« Bestürzt wiege ich seinen winzigen Körper in meinem Schoß.

Liam kniet neben mir nieder und mustert den Kater.

»Keine Ahnung«, murmelt er, genauso erschüttert wie ich. »Scheint ein Tier gewesen zu sein. Ein Fuchs vielleicht?«

Ich blicke mich um. Tränen rinnen über mein Gesicht. Ich habe noch nie erlebt, dass ein Fuchs in meinem Garten herumläuft. »Armer Tiger«, jammere ich. »Wie ist er nur rausgelangt?« Ich schüttele den Kopf.

Liam nickt zum Fenster hinüber. »Das Fenster steht auf«, sagt er. »Er muss dort hinaufgeklettert und hinausgesprungen sein.«

Ich betrachte das Fenster über der Spüle. Eigentümlich. Ich öffne es nie, schon weil der Riegel klemmt. »Ich habe es nicht aufgemacht«, meine ich.

Liam zuckt mit den Schultern. Ich will mich schon erkundigen, ob er es getan hat, verkneife mir die Frage aber. Keine Anschuldigungen. Vielleicht irre ich mich und habe es doch selbst geöffnet und dann vergessen. Und jetzt ist der arme Tiger tot. Ich beuge mich über den Kater und streichele schniefend sein Fell.

»Denkst du, auf deiner App – dieser Kamera-App – ist eine Aufnahme, die zeigt, was da passiert ist?«

Liam schüttelt den Kopf. »Das bezweifle ich. Außerdem müsste ich dann stundenlang Filmmaterial studieren. Komm.« Er zieht mich auf die Füße. Dann nimmt er mir den Kater aus den Händen, geht in die Küche und holt einen Müllsack aus der Schublade.

»Was tust du da?«, rufe ich schockiert.

»Ihn entsorgen.«

»Du kannst ihn doch nicht einfach wegwerfen«, rufe ich und greife nach dem toten Tiger.

Liam wirkt erstaunt und scheint fragen zu wollen, warum

nicht. Dann hält er inne. »Willst du ihn beerdigen?«, erkundigt er sich.

Ich nicke, immer noch weinend.

»Gut«, erwidert er. »Ich grabe ein Loch im Garten.«

»Danke«, murmele ich.

»Warum kochst du mir nicht in der Zwischenzeit einen Kaffee?«

Ich beiße mir auf die Lippe und nicke. Immer noch rinnen Tränen herab.

»Hör auf zu jammern.« Liam wirkt verärgert. »Es war doch nur eine Katze.«

»Es war nicht nur eine Katze«, widerspreche ich mit bebender Stimme. »Wie kannst du so etwas sagen? Ich habe ihn geliebt.«

Liams Miene wird stählern. Aber dann nickt er, zwingt sich zu einem Lächeln und legt seinen freien Arm um mich. »Natürlich. Er war nicht nur eine Katze. Aber wir haben doch Isis.«

Das stimmt natürlich, und ich liebe Isis. Tatsächlich ist sie mittlerweile eher mein Hund als Liams, da ich es bin, die mit ihr spazieren geht und sie streichelt und füttert.

Wir begraben den kleinen Kater im Garten. Liam spricht sogar ein Gebet. Dann hake ich mich bei ihm unter, und wir kehren ins Haus zurück.

Qualm wabert durch die Küche, und der Rauchmelder beginnt zu heulen. Ich habe den Lachs im Ofen vergessen. O Gott. Schnell hole ich ihn heraus und breche schon wieder in Tränen aus. Als ich das verkohlte Etwas auf den Küchentresen stelle, wirft Liam einen Blick darauf und funkelt mich dann an. »Und was soll ich jetzt essen?«

»Tut mir leid«, antworte ich. »Ich werde uns etwas anderes kochen.« Ich bin verunsichert, weil ich nicht verstehe, warum er so wütend ist. Es ist doch nicht meine Schuld, dass ich den Lachs vergessen habe. Die Sache mit Tiger hat mich aufgewühlt. Als ich durch die Küche eile, um etwas zu improvisieren, schreit Liam mich an. Ich spüre, wie ich bei seinen Worten zusammenzucke. Sofort fühle ich mich in meine Kindheit zurückversetzt, als ich ständig mitanhören musste, wie mein Vater meine Mutter zusammenstauchte.

»Du bist hoffnungslos«, schimpft er. »Ich habe den ganzen Tag gearbeitet.«

»Ich auch«, murmele ich.

»Was hast du gesagt?« Er tritt bedrohlich auf mich zu.

Ich schüttele den Kopf. »Nichts. Wie wär's mit Pizza?«, frage ich und hole eine aus dem Gefrierfach.

»Herr im Himmel.« Liam schüttelt den Kopf. »Diese verdammte Katze ist dir wichtiger als ich.«

»Das stimmt nicht«, entgegne ich und versuche ihn zu beruhigen. »Ich bin einfach nur müde und traurig. Ich wollte etwas zubereiten, das schnell geht. Aber ich kann kochen, was immer du magst. Wie wär's mit Spaghetti Bolognese?«, biete ich an; es ist eins seiner Lieblingsgerichte.

»Na gut«, lenkt er mürrisch ein.

Später im Bett hält er mich im Arm und küsst mich und erklärt, dass er nur gestresst sei. Er habe mich nicht anschreien wollen. Ich erwidere, dass ich ihn verstehe. Mittlerweile habe ich es begriffen: Liam reagiert gereizt, wenn er auch nur den geringsten Liebesentzug wittert. Ich versichere ihm, ich würde ihn mehr lieben als alles andere auf der Welt und würde ihn niemals verlassen oder betrügen. Wie ein ängstliches Kind besänftige ich ihn.

Zunächst glaubt er mir nicht. Da ich von dem langen Tag erschöpft bin und nur noch schlafen will, frage ich ihn, was ich tun muss, damit er mir glaubt. Er sagt, ich müsse meine Liebe deutlicher zeigen. Ich hätte gedacht, dass ich das tue, verspreche ihm aber, mir mehr Mühe zu geben.

»Du verbringst mehr Zeit mit deiner Mutter als mit mir«, beklagt er sich.

»Sie ist krank«, erinnere ich ihn. »Sie braucht mich. Außerdem habe ich sie kaum gesehen«, setze ich hinzu. »Es ist schon fast zwei Wochen her, dass ich bei ihr war.«

»*Ich* brauche dich«, erwidert er.

Ich streiche ihm übers Haar. »Ich weiß. Und ich bin ja auch für dich da. Aber meine Mum braucht Hilfe. Ich muss sie zu ihren Arztterminen bringen. Sie kann nicht allein hingehen. Und von ihrer letzten Chemo hat sie sich immer noch nicht erholt.«

Liam antwortet nicht, aber ich höre, dass er mit den Zähnen knirscht. Meine Bindung an meine Mutter kann er nur schwer nachvollziehen. Er wird auch jedes Mal ungeduldig, wenn wir zu ihr fahren; oft sucht er einen Vorwand, warum wir so schnell wie möglich wieder aufbrechen müssen. Das ist sonderbar, weil meine Mutter ihn mag und sehr nett zu ihm ist. Von unseren Auseinandersetzungen erzähle ich ihr nichts, damit sie sich keine Sorgen macht. Sie ist derart begeistert von der Vorstellung, dass ich die große Liebe gefunden habe und vielleicht heiraten werde, da will ich sie nicht enttäuschen. Und Liam möchte ich auch nicht enttäuschen.

»Ich liebe dich so sehr«, flüstert Liam und drückt mich fest an sich. »Ich möchte dich nie verlieren.«

»Du verlierst mich auch nicht«, versichere ich ihm, gerührt vom Anblick des kleinen Jungen in ihm, der mich so dringend braucht.

Vor dem Einschlafen denke ich kurz daran, die Sache mit den Rechnungen und der Miete anzusprechen, aber dies scheint mir nicht der rechte Moment zu sein. Vor ein paar Wochen habe ich das Thema schon einmal aufgebracht, aber bevor er etwas äußern konnte, kam ein beruflicher Anruf, und er musste weg. Er war länger als vierundzwanzig Stunden verschwunden – es war eine Doppelschicht –, und als er dann zurückkam, brachte er mir Blumen mit und führte mich sofort zum Bett.

Am nächsten Tag bei der Arbeit bin ich tief in Gedanken versunken. Ich versuche mir einen Reim auf die Probleme zu machen, mit denen Liam und ich zu kämpfen haben. Der Schlafmangel bringt mich an den Rand der Erschöpfung. Oft muss ich Liam bis weit in die Nacht hinein besänftigen, weil ihn seine Ängste plagen. Das wirkt sich mittlerweile auf meine Gesundheit aus, und ich habe dunkle Ringe unter den Augen. Sonia hat schon gewitzelt, dass ich viel Sex haben müsse. Ich habe nur matt gelächelt, da ich nicht wusste, was ich entgegnen soll.

Dabei würde ich sie gern um Rat bitten. Ich würde sie gern fragen, wie ich mit Liam reden kann und ob es normal ist, dass Männer so besitzergreifend sind. Einen großen Vergleich habe ich ja nicht, bei meinen wenigen Beziehungen. Aber die Scham hält mich davon ab. Außerdem war Sonia in letzter Zeit eher kühl und lud mich auch nicht mehr mit in den Pub ein. Vermutlich habe ich zu oft Nein gesagt.

So versunken bin ich in meine Gedanken an Tiger und den Streit mit Liam, dass ich einen verhängnisvollen Fehler begehe. Ich verabreiche der Hündin, die für eine gewöhnliche Zahnreinigung gekommen ist, zu viel von dem dafür vorgesehenen Medikament. Sie stirbt fast, und ich renne verzweifelt aus dem Raum, als Doug mich anschreit. In der Küche hyperventiliere ich und lasse meinen Tränen freien Lauf. Ein solcher Fehler ist mir noch nie passiert. Ich bin immer extrem vorsichtig. Ich male mir aus, was hätte passieren können – ich hätte dem Besitzer erklären müssen, dass die Hündin auf dem Operationstisch gestorben ist –, und bin dankbar, dass Doug herbeigeeilt ist und sie retten konnte.

Als er zehn Minuten später zu mir tritt, legt er mir als Erstes die Hand auf die Schulter. »Es tut mir leid, dass ich geschrien habe«, meint er. Ich zucke zusammen, da ich mich sofort an Liams Worte erinnert fühle.

»Was ist los mit Ihnen, Laura?«, erkundigt sich Doug. »Sie wirken irgendwie geistesabwesend.«

Ich schlucke den Kloß in meinem Hals hinunter und schüttele den Kopf. »Mir geht es gut. Ich bin nur ein bisschen müde«, erkläre ich. Aber ich kann dem Tierarzt nicht in die Augen schauen.

»Wirklich?«, hakt er nach. »Sie scheinen in letzter Zeit neben sich zu stehen.«

Ich nicke, und mein Magen krampft sich zusammen.

»Ist es wegen Ihrer Mutter?«, fragt er mitfühlend.

Ich schüttele den Kopf. »Die ist eigentlich ganz wohlauf. Die Ärzte sagen, es sieht so aus, als könnte sie es tatsächlich schaffen.«

»Wunderbar«, erwidert Doug. »Das freut mich sehr. Aber wenn Sie eine Auszeit benötigen, aus welchem Grund auch immer, geben Sie bitte Bescheid. Wir schätzen Sie sehr. Sie sind eine großartige Kollegin und leisten gute Arbeit. Aber ein solches Missgeschick können wir uns nicht noch einmal leisten.«

Wieder nicke ich, dankbar, dass ich nicht gefeuert bin.

»Ich muss den Vorfall allerdings dokumentieren«, verkündet Doug mit einer entschuldigenden Grimasse. »Für meine Partner. Das ist Teil der Praxisphilosophie, wenn jemandem ein schwerwiegender Fehler unterlaufen ist.«

Mein Magen krampft sich noch stärker zusammen. Ich beiße mir auf die Lippe, um die Tränen zurückzuhalten. »Verstehe«, flüstere ich und senke den Blick.

Der Tierarzt macht nicht viele Worte, aber er will mich natürlich daran erinnern, dass ich noch in der Probezeit bin. Wenn ich mir noch einen Missgriff erlaube, entlassen sie mich. Die Vorstellung wirft mich fast um. Was soll ich nur ohne meine Arbeit tun?

»Warum nehmen Sie sich nicht für den Rest des Tages frei und schlafen ein wenig?«, schlägt Doug vor.

Ich bedanke mich, schnappe mir meine Sachen und verschwinde. Die Scham brennt ein schwarzes Loch in meine Brust. Mein Gesicht glüht. Ich möchte nicht heim. Ich möchte nur zu meiner Mum. Also fahre ich zu ihr. Ich muss mich jemandem anvertrauen. Sie ist der einzige Mensch, der mir helfen kann.

»Was ist passiert?«, will sie wissen, sobald sie mich erblickt.

»Ich habe mir soeben bei der Arbeit einen schweren Patzer geleistet. Sie hätten mich rausschmeißen können«, schluchze ich und falle ihr in die Arme.

»Ach, mein Schatz.« Sie streicht mir übers Haar und zieht mich ins Haus. »Ich bin mir sicher, dass es sich nur um ein Versehen handelt. Alles wird gut.«

Ich folge ihr in die Küche. Sie will Tee kochen, aber ich bitte sie, sich zu setzen und mich den Tee machen zu lassen. Der Druck von vielen Wochen fällt von mir ab, nur weil ich in diesem Haus bin, das ich so gut kenne, allein mit meiner Mum. Gleichzeitig plagen mich Schuldgefühle, weil ich schon ewig nicht mehr vorbeigeschaut habe. Hier fühle ich mich sicher. Hier fühle ich mich mehr zu Hause als in meinem eigenen Heim, und das stimmt mich traurig.

»Ich wünschte, ich würde noch hier wohnen«, platzt es aus mir heraus.

»Warum?«, fragt meine Mutter. »Läuft es nicht gut mit Liam? Ich dachte, es gefällt dir, dass er zu dir gezogen ist.«

»Tut es auch«, versichere ich ihr und halte dann inne. Am liebsten würde ich ihr anvertrauen, dass es nicht gut läuft, aber das kommt mir wie ein Versagen vor. Außerdem wirkt sie unglaublich müde – ich möchte sie nicht beunruhigen. Also lächele ich. »Es ist wunderbar. Ich vermisse dich einfach, das ist alles. Es tut mir leid, dass ich schon so lange nicht mehr da war.«

Ich gieße das heiße Wasser in die Tassen.

»Das ist doch nicht schlimm. Ich weiß ja, wie beschäftigt du bist«, sagt sie betont fröhlich, aber ich merke ihr an, dass sie nicht glücklich darüber ist.

»Liam hatte so viel zu tun. Und dann die ganze Packerei.« Das ist eine glatte Lüge. Liam hat nur eine Tasche mit Kleidung mitgebracht, aber keine persönlichen Gegenstände und auch keine Möbel. Die seien alle bei seiner Ex-Frau geblieben, behauptet er, da er den Anblick der gemeinsamen Dinge nicht ertrage.

Meine Mum nickt verständnisvoll. »Sollen wir *Bake Off* schauen?«, schlägt sie vor, als ich ihr eine Tasse Tee reiche.

Ich nicke, obwohl ich die neuen Folgen mit Liam sehe. Er wird empört sein, wenn ich das ohne ihn tue. Aber er wird es ja nicht erfahren. Außerdem war das Tradition bei meiner Mutter und mir, noch bevor ich ihn überhaupt kennenlernte.

Wir setzen uns aufs Sofa. Meine Mum nimmt meine Hand und drückt sie ganz fest. Ich drücke zurück und lege den Kopf an ihre Schulter. »Warum bist du bei Dad geblieben?«, frage ich, als sie nach der Fernbedienung sucht.

Sie runzelt die Stirn und wirft mir einen Blick zu. »Warum willst du das wissen?«

Ich zucke mit den Achseln und nippe an meinem Tee. »Hab ich nur mal überlegt.«

Sie seufzt. »Ich hätte unsere Ehe niemals aufrechterhalten dürfen, aber ich war eine solche Idiotin. Ich dachte, er liebt mich, und wenn ich seine Liebe nur genug erwidere, dann wird schon alles gut. Dabei war ich gar nicht das Problem. Er war einfach nicht fähig, irgendjemanden zu lieben. Er hatte keine Ahnung, wie man das macht. In deinem Vater steckte sehr viel Wut.«

Ich schlucke.

»Ich hätte ihn verlassen sollen«, bekennt meine Mum mit einem schweren Seufzer. »Niemals hätte ich zulassen dürfen, dass er mich – oder dich – auf diese Weise behandelt.« Sie lächelt mich an, Tränen in den Augen. »Es tut mir so leid. Das ist das Einzige, was ich wirklich bereue.«

Mein Kinn zittert.

»Was ist los, mein Schatz?«, erkundigt sie sich besorgt.

Ich bin drauf und dran, ihr alles zu erzählen. Aber die Vorstellung, ihr ihre Illusionen zu rauben, ist zu viel für mich. »Nichts«, wiegele ich ab. »Ich bin nur traurig. Vielleicht bekomme ich meine Tage. Das ist alles.«

Meine Mum wendet sich dem Fernseher zu und startet eine Folge von *Great British Bake Off*.

Ich kehre zur selben Zeit heim wie immer. Zu meiner Überraschung ist Liam bereits da. Ich merke, wie ich es mit der Angst zu tun bekomme. »Du bist aber früh zurück.«

Schon als ich an der Haustür den Schlüssel ablege, spüre ich die Atmosphäre. Wie ein Barometer spreche ich darauf an. Mein Magen tut einen Satz und verkrampft sich; meine Wirbelsäule wird steif.

»Mir ging es nicht gut«, meint Liam. »Da bin ich früher nach Hause gefahren.«

»O Gott«, erwidere ich leichthin und gebe mir Mühe, eine gewisse Besorgnis in meine Stimme zu legen. »Was ist denn los? Was kann ich für dich tun?«

»Wo warst du?«, bellt er.

Ich schüttele den Kopf und stoße ein Lachen aus. »Ich war bei der Arbeit.«

»Nein, warst du nicht.«

Verdammt.

»Ich war in der Praxis, um dich abzuholen, aber du warst nicht da«, fährt er mich an. »Man hat mir mitgeteilt, dass du eher gegangen bist. Wo warst du?«

Ich schlucke. Die Furcht fährt mir noch tiefer in die Eingeweide. »Ich war bei meiner Mutter, um nach ihr zu schauen.«

Er mustert mich. »Lügnerin.«

Ich weiche zurück, schockiert von der Gehässigkeit in seiner Stimme. »Ich lüge nicht«, stammele ich. »Ruf sie an, wenn du mir nicht glaubst.«

Er hat sich so schnell auf mich gestürzt, dass ich nicht einmal Zeit hatte, einen Schrei auszustoßen. Seine Hand legt sich um meinen Hals. Ich muss würgen.

»Du verlogene Schlampe. Mit wem warst du zusammen?«, knurrt er mir ins Gesicht.

»Mit meiner Mutter«, schluchze ich.

Der Schlag in meinen Magen folgt derart plötzlich, dass ich vornüberknicke. Ich sehe Sterne, und in meinem Körper explodiert Schmerz.

An den Haaren reißt er mich wieder hoch. Atemlos und unfähig, einen Ton herauszubringen, stehe ich vor ihm.

»Los, koch uns einen Tee.«

Ich schleppe mich in die Küche und mache mich an die Zubereitung des Tees, vornübergebeugt und zitternd wie eine alte Frau.

Später im Bett rollt er zu mir herüber und hält mich im Arm. Ich unterdrücke ein Stöhnen. Er streichelt besänftigend mein Haar.

»Es tut mir leid, mein Engel. Du hast mich nur so wütend gemacht«, flüstert er mir ins Ohr.

Ich nicke matt an seiner Schulter. »Entschuldige«, flüstere ich.

Er hebt mit seinen Fingern mein Kinn an und schaut mir in die Augen. Seine Miene ist erfüllt von Liebe und Bewunderung.

»Heirate mich«, sagt er.

Ich bin wie vom Donner gerührt. Dann bemerke ich, dass er einen großen Diamantring in der Hand hält. Als ich ihm wieder ins Gesicht blicke, lächelt er. In seinen Augen spiegelt sich Hoffnung.

»Ja«, erwidere ich.

In weniger als drei Wochen organisieren wir die Hochzeit. Ich habe mich erfolgreich davon überzeugt, dass der Faustschlag ein einmaliger Vorfall war. Und mir geschworen, mich zu bessern und ihn nicht mehr unnötig zu reizen.

Begeisterung hat mich gepackt. Meinen Kolleginnen erzähle ich allerdings nichts von unseren Plänen. Ich lege sogar den Verlobungsring ab, wenn ich zur Arbeit gehe, weil sie bestimmt denken, das sei überstürzt. Liam möchte sowieso in einem ganz kleinen Rahmen heiraten, und mir soll es recht sein. Das ist fast so romantisch, als würden wir durchbrennen, was Liam auch vorschlug. Aber das kann ich meiner Mum nicht antun. Es würde ihr das Herz brechen, bei der Hochzeit ihrer Tochter zu fehlen.

Ich habe sie nie so glücklich gesehen. Die Aussicht auf den großen Tag lässt sie in einer Weise strahlen, als sei sie selbst die Braut. Sie hilft mir bei der Wahl des Brautkleids – um nichts in der Welt hätte ich gedacht, dass ich so etwas mal tun würde. Das Kleid ist märchenhaft: schlicht, weiß und elegant. Hochgeschlossen und mit Spitzenschleier ist es fast Vierzigerjahre-Stil. Liam wird es mögen, weil es dezent und zeitlos wirkt.

Wir heiraten im Standesamt. Liam steckt mir den Ring an den Finger und schwört, dass er mich lieben, ehren und achten wird, bis dass der Tod uns scheidet. Ich schwöre das Gleiche, wobei ich noch das traditionelle »gehorche« hinzufüge, weil Liam mich darum bat. Er sei eben ein altmodischer Mann, erklärte er. Nach der Zeremonie, die nicht so lange dauerte, wie ich erwartet hatte, ziehe ich ein anderes Kleid an – ein alltäglicheres –, und wir essen in einem Pub zu Mittag. Liam bringt einen Toast aus, dann trinken wir Champagner und essen Jakobsmuscheln im Schinkenmantel. Liam beugt sich ständig über den Tisch, um mich zu küssen, und meine Mutter schießt ein Foto nach dem anderen. Sie hat die Rolle der Hochzeitsfotografin übernommen, da wir beschlossen, die Kosten für einen offiziellen zu sparen.

Meine Mutter weint, als wir uns nach dem Essen Hand in Hand auf den Weg machen. Wir müssen schnell heim, weil wir am nächsten Morgen in aller Frühe nach Griechenland fliegen. Sie küsst mich auf die Wange und erklärt, dass sie mich liebt und stolz auf mich ist und es immer noch nicht fassen kann, dass ich nun eine verheiratete Frau bin. Ich fasse es selbst nicht. Immerzu muss ich den goldenen Ring an meinem Finger bewundern.

»Wir sehen uns, wenn ihr zurück seid«, sagt sie und umarmt Liam überschwänglich. »Habt wundervolle Flitterwochen.«

Das ist das letzte Mal, dass ich mit ihr zusammen bin.

Auf dem Weg zum Flughafen am nächsten Tag kommt der Anruf. Meine Mutter ist die Treppe hinuntergefallen und hat sich das Genick gebrochen. Sie ist tot.

Das will mir nicht in den Kopf. Sie hat gegen den Krebs angekämpft und es fast geschafft, und dann passiert so etwas. Das ist zu viel für mich. Ein paar Tage lang weigere ich mich, es an mich heranzulassen, dann bricht die Wut hervor. Irgendwann verwandelt sich die Wut in Trauer.

»Ist schon gut«, sagt Liam am Tag der Beerdigung und nimmt mich in den Arm. »Ich bin ja da. Ich werde mich um dich kümmern, versprochen.«

Wenn er doch nur den Treppenläufer befestigt hätte, denke ich, dann wäre sie nicht gestürzt. Dann würde sie noch leben. Der Gedanke lässt mich nicht los. Ständig muss ich darüber nachgrübeln, dass Liam, hätte er nicht unbedingt die Sicherheitskameras anbringen müssen, den Läufer hätte befestigen können. Meine Mutter wäre noch da.

Mittlerweile bin ich ein wandelndes Gespenst. Ich kann nicht mehr essen, nicht mehr schlafen, gar nichts mehr. Liam lässt mich zwei Wochen im Bett liegen, damit ich »Trübsal blasen kann«, wie er es ausdrückt, aber schließlich packt ihn die Ungeduld. »Jetzt schau mal etwas fröhlicher drein«, sagt er. »Du bist ja nur noch ein Häufchen Elend.«

»Tut mir leid.« Ich putze mir die Nase.

»Wenn hier jemand Trübsal blasen könnte«, meint er,

»bin ich es. Ich musste unsere Flitterwochen stornieren. Das hat mich eine Menge Geld gekostet.«

»Warum hast du den Läufer nicht repariert?«, platzt es aus mir heraus, da ich es nicht länger zurückhalten kann.

Er blickt mich an und blinzelt ein paar Mal. »Was hast du gesagt?«

»Wenn du den Läufer repariert hättest, würde sie noch leben«, erkläre ich. Meine Unterlippe zittert.

Es ist, als befände ich mich im Epizentrum einer explodierenden Bombe. Fausthiebe hageln auf mich herab, und dann, nachdem er meine Kehle losgelassen hat, folgen Tritte. Keuchend falle ich zu Boden. Am Rande meines Sichtfelds blitzen Sterne auf, die schließlich der Finsternis weichen.

Liam lässt mich auf dem Boden liegen und verschwindet für den Rest des Abends. Erst in der Morgendämmerung taucht er wieder auf. Er findet mich auf dem Sofa, wo ich mich hinschleppen konnte, als ich das Bewusstsein wiedererlangte. Er fragt, warum ich nicht im Bett sei und wie es mit Frühstück wäre.

Wortlos tappe ich in die Küche und überlege, in was ich mich innerhalb einer Nacht verwandelt habe. Wie eine Schlafwandlerin komme ich mir vor, als würde ich mich selbst von außen sehen, unfähig, die Situation zu begreifen. Die Stimme in meinem Kopf drängt mich, etwas zu unternehmen – sofort das Weite zu suchen, verdammt noch mal –, aber mir ist klar, dass ich das nicht tun würde. Ich habe nicht mehr die Kontrolle über meine Entscheidungen.

»Ich bleibe heute daheim«, sagt Liam. »Ich kümmere

mich um dich.« Er ist mir gefolgt, und mein Körper gerät in Panik. Ich erstarre, mein Herz pocht heftig, Schweiß rinnt mir den Rücken hinab, als er mir die Hände auf die Schultern legt.

Irgendwie schaffe ich es zu nicken. In meiner Brust bildet sich ein Schluchzer, den ich um nichts in der Welt herauslassen darf. Wenn ich jetzt aus dem Haus ginge, was würde er dann tun? Es würde ihn nur aufbringen, wenn er denken müsste, ich verlasse ihn. Außerdem sind wir verheiratet; ich kann ihn nicht einfach verlassen.

Liam ruft bei in der Tierarztpraxis an und erklärt, ich habe Grippe und könne nicht zur Arbeit erscheinen. Mein Kopf pocht, als stecke er in einem Schraubstock. Jeder Atemzug sendet stechende Schmerzen in meine Brust. Ob ein paar Rippen gebrochen sind? Schwarze und blaue Blutergüsse ziehen sich wie Tintenflecken über meinen Körper. Als ich in den Spiegel schaue, bin ich schockiert beim Anblick der Fremden, die zurückstarrt. Wenn ich jemandem erzählen würde, ich sei von einem Lastwagen überfahren worden, würde er mir sicher glauben.

Meine blauen Flecken heilen nur langsam, besonders die im Gesicht, daher ruft Liam immer wieder in der Praxis an, um mich krankzumelden. Tagsüber bleibe ich im Bett, um mich dann irgendwann aufzurappeln und das Abendessen zuzubereiten. Als ich mich eines Abends zu ihm setze, zieht er mir den Teller weg, bevor ich auch nur einen Bissen herunterbringen kann. »Ich glaube nicht, dass du das brauchst«, sagt er. »Vielleicht solltest du endlich mit dieser Diät anfangen, die du schon einmal machen wolltest.«

Dabei esse ich ohnehin fast nichts. Seit dem Tod meiner

Mutter habe ich kaum etwas heruntergebracht. Und wenn ich mich zum Essen zwinge, kontrolliert Liam, wie viel ich zu mir nehme und was. Mir ist flau, und die Schatten unter meinen Augen sind mittlerweile dunkler als die verblassenden Blutergüsse an Gesicht und Körper.

In meinem Zustand ist es schwer, mich zu wehren. Allein die Idee, zu fliehen, überfordert mich; ich könnte mir nicht einmal vorstellen, wie ich das bewerkstelligen sollte. Ich habe weder die Kraft noch die Geistesgegenwart, um Pläne zu schmieden. Außerdem wüsste ich gar nicht, wohin ich fliehen sollte. Glück für Liam, dass ich weder Freunde noch Familie habe.

Glück für Liam. Der Gedanke hallt in meinem Kopf nach und schwingt fort wie der Ton einer tibetischen Klangschale. *Hat er sie umgebracht?* Zunächst verwerfe ich den Einfall, aber es ist, als sei er auf dem mageren Kompost meines Geistes gelandet und habe dort Wurzeln geschlagen. Ich behalte Liam aus dem Augenwinkel im Blick. Er verfolgt ein Fußballspiel im Fernsehen. Ich beobachte, wie seine Hände die Fernbedienung greifen; sehe sie später ein Steak durchschneiden. *Hat er meine Mum die Treppe hinuntergestoßen? Hat er sie getötet?*

Liam war eifersüchtig auf sie; auf jeden Moment, den ich mit ihr verbrachte. Und für mich besteht nicht der geringste Zweifel daran, dass er zu einem Mord fähig ist. Während ich neben ihm auf dem Sofa sitze und so tue, als seien wir ein ganz normales Paar, läuft mir ein Schauer über den Rücken. Er legt mir den Arm um die Schultern und zieht mich an sich. Ich spüre, wie ich mich dagegen sperre, und gebe mir alle Mühe, mich zu entspannen. Liam darf keinen

Verdacht schöpfen; das würde seine Wut nur wieder anheizen. Aber der erschütternde Gedanke verlässt meinen Kopf nicht mehr. In unserer Hochzeitsnacht wachte ich auf, und Liam war nicht im Bett. Als ich morgens erneut aufwachte, war er wieder da. Was, wenn …

»Was ist?«, fragt Liam, mir einen bösen Blick zuwerfend.

Entsetzt starre ich ihn an. Die Übelkeit schlägt mir auf den Magen, die grausame Erkenntnis, dass ich recht habe. Ich weiß, dass ich recht habe. Liam ist mitten in der Nacht ins Haus meiner Mutter eingedrungen und hat sie umgebracht; hat sie die Treppe hinuntergestoßen. Dann tarnte er es als Unfall. Immerhin war ihm bekannt, dass sich der Läufer auf dem Treppenabsatz gelöst hatte; schließlich hatte er selbst versprochen, ihn wieder festzunageln. Aber er hat es nie getan. Natürlich nicht! Er hat das alles so geplant, um meine Mum aus dem Weg zu schaffen. Er wollte, dass sie tot ist. Er wollte mich nicht mit ihr teilen. Zumal ich dann keine Zuflucht mehr bei ihr suchen könnte. *O Gott.* Mein Hirn bemüht sich, den Gedanken zu begreifen. Und was, wenn ich unrecht habe? Nicht ausgeschlossen. Dennoch, wenn ich Liam so anschaue, ist mir klar, dass es im Bereich des Möglichen liegt. Sehr gut sogar. Schon die Tatsache, dass ich meinem eigenen Ehemann ein solches Unterfangen zutraue, ist erschreckend.

»Was ist denn?«, hakt Liam missmutig nach und schiebt mich von sich weg. »Warum siehst du mich so an?«

Ich kann nicht aufhören, ihn anzustarren. Es ist, als würde ich einen Dämon in Menschengestalt erblicken, direkt vor meinen Augen. Dann zwinge ich mich, meiner

Miene einen neutralen Ausdruck zu verleihen, und schenke ihm ein Lächeln. »Ich liebe dich, das ist alles«, sage ich.

Ich hatte schon vermutet, dass Liam mich hinsichtlich seines Berufs anlog. Es hätte mir eher auffallen müssen, aber jetzt ist offensichtlich, dass er gar keine Stelle hat. Ich weiß nicht einmal, ob er je eine hatte, ja ob er überhaupt Detective ist. Hat er mir auch in dieser Hinsicht etwas vorgemacht? Vermutlich hat Liam den Job einfach erfunden, weil er mir ein falsches Sicherheitsgefühl vermitteln wollte. Möglicherweise hat er auch darauf spekuliert, dass ich mich ihm aus Angst füge. Wie könnte man einen Polizisten wegen häuslicher Gewalt anzeigen?

Für mich steht mittlerweile fest, dass er meine Mutter umgebracht hat. Und Tiger hat er auch getötet, ganz klar. Wie konnte ich so lange übersehen, was sich direkt vor meinen Augen abspielte?

Ich war eine solche Idiotin. Wäre ich nicht so dumpf im Kopf, könnte ich vor Scham im Boden versinken. Das ist wahrscheinlich auch der Grund dafür, warum ich meine Erkenntnisse für mich behalte – warum ich sie in einen fernen Winkel meines Bewusstseins verbanne, wo ich sie ignorieren kann. Ich kann mich nicht damit auseinandersetzen. Noch nicht. Vielleicht auch nie. Ich versuche mir einzureden, dass Liam alle an der Nase herumgeführt hat, nicht nur mich. Er ist ein gewiefter Schauspieler und wickelt jeden, der ihm begegnet, um den kleinen Finger. Den wahren Liam verbirgt er vor der Welt. Der wahre Liam ist ein Monster. Ich tue mein Bestes, mich mit dem Monster nicht anzulegen. Ich möchte es nicht aufwecken.

Zunächst bemühe ich mich einfach um eine ausdruckslose Miene. Aber als Liam anfängt, mich eine elende Schlampe zu nennen, lerne ich, ein Lächeln zu simulieren. Schnell wird mir klar, dass ich besser nur lächele und nur rede, wenn er mich anspricht. Wenn ich ihn nicht kritisiere, ihm nicht widerspreche, keine Fragen stelle, bin ich auf der sicheren Seite.

Nach zwei Wochen sind die blauen Flecken fast verschwunden, und die verbliebenen können unter Kleidung oder Make-up versteckt werden. Liam ist voll des Lobes, weil ich so hübsch und schlank bin, und interessiert sich plötzlich wieder für meinen Körper. Wie in Totenstarre liege ich da und spüre Schmerzen in meinem misshandelten Leib. Jede Nacht bete ich mit geschlossenen Augen, dass es schnell vorbei sein möge. Immer wenn seine Lippen einen meiner blauen Flecken streifen, schnappe ich nach Luft, aber Liam hält das für einen Ausdruck der Lust. Ich habe Angst, schwanger zu werden, da er nicht mehr verhütet, aber ich möchte das Thema nicht aufbringen, um keinen Streit zu provozieren.

Wenn wir Sex haben, wandern meine Gedanken. Allerdings werde ich immer wieder in die Wirklichkeit zurückgeholt, wenn ich ihn schreien höre, ich solle doch verdammt noch mal ein bisschen Begeisterung aufbringen und nicht wie eine frigide Schlampe daliegen. Also lerne ich, Begeisterung vorzuspielen. Ich höre mich selbst, auch wenn es klingt, als käme es von sehr weit her. Liam gefällt es jedoch, sodass er mich etwas freundlicher behandelt. *Vielleicht ist ja alles in Ordnung,* sage ich mir. Vielleicht kann ich das. So schwer ist das nun auch wieder nicht. Ich habe einen Weg gefunden, mich mit der Situation zu arrangieren. Ich muss einfach so tun als ob, muss der Welt etwas vormachen und auch mir selbst. Und immerzu lächeln.

Nur zu bestimmten Zeiten kann ich nicht simulieren, und das ist nachts, wenn die Träume kommen. Dann bin ich an einem dunklen, urwaldartigen Ort gefangen und werde verfolgt. Ich habe Todesangst, aber wie verzweifelt ich auch nach dem Ausweg suche, ich finde ihn nicht. Irgendwann wache ich schreiend auf, was Liam zur Weißglut treibt. Ich ruiniere seinen Schlaf, behauptet er und will wissen, was ich träume.

Um ihn nicht noch mehr zu reizen, zwinge ich mich, wach zu bleiben. Schwer ist das nicht. Ich trinke viel schwarzen Tee, und das Herzrasen und die angespannten Nerven helfen ebenfalls. Liam geht nicht einmal mit Isis spazieren; er lässt sie einfach in den Garten hinaus, damit sie ihr Geschäft dort verrichten kann. Mit meiner Kreditkarte bestellt er im Internet Gemüse und manchmal ein Take-away-Gericht für eine Person. Er kontrolliert mein Handy. Meinen Wunsch, zur Arbeit zurückzukehren, wage ich nicht einmal anzusprechen. Ich wage mich überhaupt nichts anzusprechen. Werden wir ewig so weitermachen? Gefangen in diesem Haus, das wir nie verlassen? Aber ich weiß es besser; diesen Gedanken werde ich nicht laut äußern.

Das einzige Mal, dass sich mir eine Träne entringt, entgeht Liam nicht.

»Warum heulst du?«, fährt er mich an.

Ich presse die Lippen zusammen und blinzele die Träne fort.

»Vermisst du deine Mutter?«, höhnt er.

Ich antworte nicht.

»Sie war nur deine Mutter. Ich bin dein Partner. Dein Seelenverwandter. Mehr brauchst du nicht.«

Ich nicke.

Die Praxis ruft an, um sich zu erkundigen, wann ich wieder zur Arbeit erscheine. Es ist nun zwei Wochen her. Liam kann keine Ausreden mehr erfinden, und die Blutergüsse sind nahezu verblasst, daher zwingt er mich, zurückzurufen und mitzuteilen, dass ich kündige.

Liam kehrt an die »Arbeit« zurück. Wo er wirklich hingeht, weiß ich nicht, aber es ist mir auch egal. Ihm ist klar, dass ich nicht verschwinde, daher muss er nicht mehr daheimbleiben. Die Sicherheitskameras werden es ihm melden, sollte ich doch das Haus verlassen, und vermutlich hat er einen Tracker in mein Handy eingebaut. Daher werde ich es nicht benutzen. Meinen Laptop nimmt er mit, damit ich nicht ins Internet gehen kann.

Ich liege mit Isis im Bett und starre an die Decke. Um vier Uhr nachmittags zwinge ich mich, aufzustehen, zu baden, mich anzuziehen und das Abendessen zuzubereiten. Ich achte darauf, dass es um Punkt sechs dampfend auf dem Tisch steht – jeden Tag drei Gänge, wie Liam es wünscht. Täglich überprüft er Kühlschrank und Küchenschränke, um sicherzustellen, dass ich in seiner Abwesenheit nicht heimlich esse. Einmal, als er fälschlicherweise denkt, ich hätte mich doch bedient, holt er sämtliche Nahrungsmittel aus den Schränken und bringt ein Schloss am Kühlschrank an. Nur die Zutaten fürs Dinner lässt er draußen.

Ich frage mich, wovon wohl die Rechnungen bezahlt

werden, und erwarte ständig rote Mahnungen. Irgendwann bemerke ich jedoch, dass Liam Bargeld hat. Anscheinend vom Verkauf der Habseligkeiten meiner Mutter. Ob er auch noch ihr Haus verschachern will, um davon zu leben? Fast hoffe ich, er nimmt das Geld und verschwindet. Aber je fügsamer ich werde, desto zufriedener wirkt er. Mir ist klar, dass ich mir mein eigenes Grab schaufele.

Eines Tages kommt Liam früher nach Hause und findet mich im Bad. Ich weine, ohne es zu merken. Er tritt gegen die Tür und schaut mich wütend an. »Warum heulst du?«, will er wissen. »Dieses Geheule macht mich noch wahnsinnig. Immer dieses Gejammer und diese Leidensmiene. Du bist auch nicht besser als die anderen.«

Ich kämpfe gegen die Tränen an.

»Tu ich nicht alles, damit du glücklich bist? Verehre und vergöttere ich dich nicht?«

Ich nicke.

Er eilt zu mir, packt meinen Kopf und drückt ihn unter Wasser. Ich zappele, aber er hält mich fest. Er wird mich umbringen, begreife ich schockiert. Ich bekomme Wasser in die Lunge, und meine Brust explodiert vor Schmerz. Ich sehe seine Grimasse, als er mich nach unten drückt. Ich trete und schlage um mich, aber gegen ihn habe ich keine Chance.

Ich verliere fast das Bewusstsein, als er plötzlich den Griff lockert und mich nach oben zieht. Hustend und spuckend hänge ich über dem Wannenrand und schnappe nach Luft. Schluchzen darf ich nicht, weil er mich sofort wieder untertauchen würde.

Liam richtet sich auf und verlässt das Bad. Ich sinke zurück in den Schaum.

Teil vier

32

Mia

»Laura!«, ruft Ethan wieder und späht an mir vorbei auf die Stelle, wo Laura den Rücken an den Baum presst. Sie rührt sich nicht.

»Sie wird dir nicht helfen«, erkläre ich ihm.

Er funkelt mich an. Seine Lippen sind weiß. Er spannt sie an, um den Schmerz in seinem Bein auszuhalten.

»Und weißt du auch, warum nicht?«, fahre ich fort.

Ich merke, dass die Erkenntnis zu ihm durchdringt, bevor ich es aussprechen kann.

»Richtig. Weil sie mir geholfen hat.« Mit einer ausladenden Geste zeige ich auf die Insel um uns herum. »Wir haben alles zusammen ausgeheckt. Wir haben dich hierhergelockt. Ich habe darüber nachgedacht, auf wie viele verschiedene Weisen ich dich leiden lassen werde. Ich wollte dir alles heimzahlen, was du anderen angetan hast. Wie findest du das?«

Laura erscheint an meiner Seite. Nun, da die Falle es unschädlich gemacht hat, bringt sie den Mut auf, sich dem verwundeten Tier zu nähern. Schulter an Schulter stehen wir da. Ethan schaut zwischen uns hin und her, schüttelt den Kopf und versucht das Gesagte zu verdauen. Wenn er wüsste, was Laura und ich hinter uns haben. Was für eine Kraftanstrengung das war, ihm zu entkommen und dafür zu sorgen, dass ihm niemals wieder eine Frau zum Opfer fällt – und ihm dabei die gerechte Strafe zuteilwerden zu lassen.

»Laura«, stöhnt er flehentlich. »Hilf mir!«

Sie spricht kein Wort.

»Tu etwas! Mein Bein …«, schluchzt er.

Ich richte mich auf und blicke Laura an. Sie schenkt mir ein zittriges Lächeln. Ich erwidere es. Dann umarmen wir uns, drücken uns ganz fest, lehnen uns aneinander. »Wir haben es geschafft«, flüstere ich ihr ins Ohr.

Ich spüre, dass sie an meiner Schulter nickt. Ihr Körper, von der monatelangen Anspannung stocksteif und beängstigend dürr, bricht wie ein Gebäude nach einem Erdbeben zusammen und sackt gegen mich. Aber dann holt sie tief Luft, reckt sich und löst sich von mir. Irgendwo in ihrem Innern hat sie eine zweite Kraftquelle gefunden. Sie sieht mir in die Augen, und selbst im strömenden Regen erkenne ich das entschlossene Funkeln in ihrem Blick, diesen Mut, um den ich immer wusste, auch wenn sie selbst zunächst daran zweifelte. Ethan konnte ihr den Schneid nicht austreiben, obwohl er alles daransetzte.

»Was tust du?«, ruft Ethan ihr zu. »Laura, bitte?«

Laura drückt meine Hand, dann kniet sie neben ihm nieder. Für einen Moment hege ich die Befürchtung, dass ihr sanftes Wesen und ihre Zerbrechlichkeit sie zum Einlenken bringen, dass seine blutige Hand und das zerfleischte Bein sie dazu bewegen könnten, ihm zu helfen. Ich bekomme es mit der Angst zu tun, weil das gegen den

Plan verstößt. Wir hatten uns vorgenommen, zuzusehen, wie er verblutet.

»Fahr zur Hölle, du Dreckskerl«, sagt Laura, und mir wird klar, dass sie viel stärker ist, als man es ihr zutraut.

Schnell wie eine Schlange packt Ethan ihr Handgelenk. Sie stößt einen Schrei aus und will sich ihm entwinden. Er will sie aber nicht loslassen; er zieht sie zu sich heran und presst ihr Gesicht an seines. »Du Schlampe«, zischt er. »Ich bring dich um.«

»Wie meine Mutter?«, faucht sie zurück und versucht immer noch, sich loszureißen.

Ich knalle den Gewehrkolben gegen seine Schulter, worauf er Laura mit einem wütenden Schrei loslässt. Laura kriecht durch den Schlamm von ihm fort, und ich helfe ihr auf.

»Sie stand im Weg«, ruft Ethan. »Das kannst du dir selbst zuschreiben. Ständig hast du bei ihr rumgehangen.«

Laura ächzt auf. »Du hast sie wirklich umgebracht?«, fragt sie fast klagend, als sei sie sich bis zu diesem Moment nicht sicher gewesen. Nun, da sie die Bestätigung hat, steht ihr die Qual ins Gesicht geschrieben. »Sie war meine Mum! Sie war krank!«, ruft Laura. »Sie hat mich gebraucht!«

»*Ich* habe dich gebraucht«, entgegnet Ethan, der sein Bein umklammert. Sein Gesicht ist schmerzverzerrt.

Wieder blickt er zwischen Laura und mir hin und her und scheint zu begreifen, dass keine von uns ihm helfen wird; dass wir ihn mit aller Wahrscheinlichkeit einfach liegen lassen.

»Damit kommt ihr nicht durch«, bringt er mühsam heraus, die Miene angsterfüllt.

Laura wischt sich übers Gesicht, um die Tränen zu trocknen. »Doch, das werden wir«, antwortet sie lächelnd.

33

Laura
Zwei Monate zuvor

Ich stehe an der Spüle und schäle Karotten, als mich das seltsame Gefühl beschleicht, beobachtet zu werden. Diesen Eindruck hatte ich in letzter Zeit häufiger, und ich hatte mich schon gefragt, ob der Geist meiner Mutter über mich wacht. Als ich aufschaue, erblicke ich stattdessen eine Frau; trotz der warmen Sommersonne ist sie ganz in Schwarz gekleidet. Wie eine Statue wartet sie am Zaun am anderen Ende des Gartens.

Hinter dem Grundstück verläuft eine Gasse. Die Frau muss von dort über den Zaun gesprungen sein. Ich schreie nicht, als ich sie bemerke – dieser Instinkt wurde mir aus dem Leib geprügelt –, aber mein Puls schlägt schneller, und ich packe das Messer in meiner Hand fester.

Auf einmal winkt die Frau mich herbei. Wie erstarrt halte ich an der Spüle inne. Nun winkt sie wieder. Schließlich gehe ich wie in Trance zur Hintertür. Hielte sich ein Mann dort draußen auf, würde ich die Polizei rufen, aber da es sich um eine Frau handelt, mache ich mir keine Sorgen. Isis hängt mir an den Fersen, und als ich die Tür öffne, bellt sie nicht, wie sie es normalerweise bei Fremden tut, sondern rast durch den Garten auf die Frau zu und wedelt unbändig mit dem Schwanz. Freudig springt sie an der Frau hoch und leckt ihr übers Gesicht; die Frau streichelt sie und lacht bis über beide Ohren, während ihr Tränen über die Wangen rinnen.

Erst jetzt fällt mir die Sicherheitskamera ein, die Liam installiert hat. Ich schaue zu dem Gerät hoch. Es ist auf die Hintertür gerichtet, nicht auf den Garten. Sollte Liam über die App an seinem Handy zuschauen, alarmiert von der Bewegung an der Tür, wird er mich heraustreten sehen. Er wird aber nicht ausmachen können, welche Ecke im Garten ich ansteuere.

Ich trete zu der Frau. Sie lächelt. »Hallo«, sagt sie. Obwohl ihre Worte herzlich klingen, hat sie etwas Hartes an sich.

Ich schüttele den Kopf, plötzlich panisch. Liam könnte jeden Moment zurückkehren und sie hier finden, dann bekomme ich Ärger. »Was tun Sie hier?«, flüstere ich. »Und wer sind Sie?«

»Ich bin Mia«, erklärt sie.

»Mia wer?«, frage ich verwirrt.

»Ich weiß, was Ihnen angetan wird.«

Ich starre die Frau schockiert an. »Wer sind Sie?«, bohre ich noch einmal nach.

»Ihre Vorgängerin«, antwortet sie.

Ich runzele die Stirn. Was soll das heißen? Plötzlich dämmert es mir. Sie muss Liams Ex-Frau sein. Die Frau, die ihn betrogen hat. »Seine Ex-Frau?«

Sie nickt, die Lippen verächtlich verzogen. »Genau. Ich

vermute allerdings, dass wir noch verheiratet sind, auf dem Papier jedenfalls. Daher trifft das Ex nicht ganz zu.«

Ich breche fast zusammen. Liam ist noch verheiratet. Ich schaue auf den Verlobungsring an meiner Hand, schließlich auf den Ehering. Das heißt wohl, dass Liam und ich gar nicht richtig verheiratet sind. Ein Lachen steigt in meiner Kehle auf, vermischt mit Erleichterung.

Ich merke, dass sie meinem Blick gefolgt ist und die Ringe entdeckt. Sie schnappt nach Luft und greift sich an die Kehle. »Dieser Ring …«, beginnt sie mit Tränen in den Augen, »das war mal meiner.«

Ich runzele die Stirn. »Ich verstehe nicht«, murmele ich, immer noch entsetzt.

Sie mustert mich. »Geht es Ihnen gut?«, fragt sie.

»Wie meinen Sie das?« Ich fühle mich sofort angegriffen. Was, wenn das eine Falle ist? Vielleicht hat Liam sie geschickt, um mich auf die Probe zu stellen.

»Tut er Ihnen weh?« Sie schaut mir direkt in die Augen.

Ich erstarre. Meine Beine beginnen zu zittern.

»Ich weiß, wozu Ethan fähig ist«, fährt sie fort.

»Ethan?« Jetzt bin ich endgültig verwirrt.

Sie nickt. »Ja. Das ist sein richtiger Name. Er heißt nicht Liam.«

»Was?« In meinem Hirn dreht sich alles. Ich begreife gar nichts mehr. Was meint sie damit, er heißt Ethan?

Wütend schüttelt sie den Kopf und schnaubt. »William Carrington. Ich fasse es nicht, dass er sich so nennt.«

»Tut er auch nicht«, kläre ich sie auf. »Er nennt sich Liam.«

»Er ist weder Liam noch William«, zischt sie wütend. »Das war jemand anderes. Jemand, den ich kannte. Jemand, den ich geliebt habe. Ethan hat seine Identität gestohlen. Nachdem er ihn tötete.«

Mir bleibt der Mund offen stehen. »Was meinen Sie damit?«, stammele ich.

Sie mustert mich wieder, erläutert es aber nicht. »Tut er Ihnen weh?«, erkundigt sie sich wieder und nimmt diesmal meine Hand, um ihrer Frage Nachdruck zu verleihen.

Ich will schon verneinen, besinne mich dann aber anders. Irgendetwas an ihrer Stärke überträgt sich auf mich. Ich nicke. »Ja.«

Als ich gegenüber dieser Fremden endlich die Wahrheit bekenne, spüre ich, wie mein Körper in sich zusammenfällt, als würden sich die Knoten, die mich zusammenhalten, mit einem Schlag lösen. *Er hat es schon einmal getan*, denke ich. Er hat schon einmal getötet. Die Bestätigung, dass ich recht hatte, lässt mich taumeln.

»Ist schon in Ordnung«, sagt Mia. »Ich werde Ihnen helfen.«

Ich blinzele. »Das können Sie nicht«, flüstere ich und schaue mich zum Haus um. »Sie müssen verschwinden. Er könnte jeden Moment zurückkehren.«

Sie nickt. »Ich werde morgen wieder herkommen, sobald er das Haus verlassen hat. Ich habe einen Plan. Aber ich brauche Ihre Hilfe.«

Ich schüttele panisch den Kopf. »Ich weiß nicht. Wenn er es herausfindet …«

Sie packt mich am Arm und schaut mir in die Augen. Sie ist blond, blauäugig und schön, trotz der Narbe, die sich über ihre Wange zieht, und der dunklen Ringe unter ihren Augen. »Möchten Sie fort von ihm?«

Ich nicke. Tränen steigen mir in die Augen. »Aber ich kann nicht.«

»Mir ist klar, dass Sie Angst haben«, sagt sie. »Und mir ist auch klar, wozu er in der Lage ist.« Schmerz hat sich in ihre Züge eingebrannt. »Aber Sie werden sich von ihm befreien. Und dann lassen wir ihn für seine Taten büßen. Verstehen Sie?«

Die Strenge in ihrer Stimme rührt an etwas, von dem ich glaubte, es sei für immer erloschen. Als ich nicke, dreht sie sich um und tritt an den Zaun. Ich möchte ihr am liebsten tausend Fragen stellen: Wie hat sie uns gefunden? Was weiß sie über Liam und die Dinge, die er mir antut? Wie lange beobachtet sie uns schon? Wie lautet ihr Plan? Aber was mir schließlich über die Lippen kommt, ist: »Versprechen Sie mir das?«

Sie bleibt stehen und blickt über die Schulter. »Dass ich Sie hier heraushole?«

Ich schüttele den Kopf. »Dass wir ihn dafür büßen lassen.«

34

Laura

»Laura«, fleht Liam. Seine Stimme klingt jetzt schwächer. Sein Blut rinnt in den schlammigen Grund und wird vom Regen weggewaschen.

Ich schaue auf ihn hinab und spüre weder Mitleid noch Reue. Ich fühle mich nicht einmal schlecht, weil ich ihn leiden sehe. Wäre er ein Fuchs, gefangen in einer Falle, würde ich etwas verspüren, würde weinen. Aber so bin ich nur erleichtert. Liams Blick wandert über mein Gesicht. Er kann es nicht fassen, dass ich ihn betrogen habe.

Aber ich habe es getan. Ich habe ihn belogen. Alle habe ich belogen. Ich bin eine Schauspielerin geworden wie Liam, nur besser, denn mir war klar, was passiert, wenn es schiefgeht. Jedes Lächeln, jede Berührung, jede freundliche oder zärtliche Geste waren gespielt.

Ich habe so getan, als liebe ich ihn, als sei ich die perfekte, bewundernde Ehefrau, in jeder einzelnen Sekunde, die wir hier verbrachten. Darin liegt ein gewisser Triumph – in diesem Wissen, dass ich ihn hintergangen habe, so wie er mich hinterging. Jedes Mal, wenn er mich berührte, schauderte es mich; er hielt für Lust, was in Wahrheit Ekel war. Jedes Mal, wenn er meine Hand hielt, musste ich mich beherrschen, um sie ihm nicht zu entreißen. Jedes Mal, wenn er mich küsste, habe ich ihn zurückgeküsst, als sei es wahre Leidenschaft. Ich habe gelernt, meine Angst, meine Trauer und meinen Hass hinter einem Lächeln zu verstecken.

Schon zuvor musste ich meine innersten Gedanken vor der Welt verbergen, ja sogar vor mir selbst. Ich hatte sie in den hintersten Winkel meines Bewusstseins geschoben, damit sie sich niemals offenbarten. Nie sollten sie versehentlich zum Vorschein kommen, und sei es nur in einer winzigen mimischen Regung, auf die Liam so sensibel reagierte. Mein wahres Ich war schlicht verschwunden.

Ich habe meiner Mutter, meinen Freunden und der Welt die Wahrheit vorenthalten, zunächst aus Scham, dann aus einem Überlebensinstinkt heraus. Und schließlich, weil es mir einen Weg eröffnete, der Situation zu entfliehen. Ich habe die Zähne zusammengebissen und gelächelt, bis mein Gesicht schmerzte. Plötzlich war es die Mühe wert, denn ich wusste, dass ich mich eines Tages befreien würde.

Letztlich war es ganz einfach. Ich musste Liam nur davon überzeugen, dass ich furchtbar gern Urlaub machen und mir eine heilsame Wirkung davon versprechen würde – und was wäre romantischer als Schottland? Liam war sofort einverstanden, da er die Hoffnung hegte, ich würde allmählich meine Depression überwinden und wieder glücklich werden. Tatsächlich war ich bereits glücklicher. Nun, da ich ein Ziel vor Augen hatte und ein winziges Licht am Horizont sah, kehrte mein Lebensmut zurück. Zuerst war die Flamme der Hoffnung mickrig; ich traute mich gar nicht, sie aufflackern zu lassen. Jeden Moment hatte ich Angst, sie könnte wieder erlöschen. Jetzt jedoch, als ich auf Liam hinabschaue, wie er in der Falle steckt und langsam verblutet, brennt die Hoffnung so grell wie die Blitze, die immer noch auf die Insel herabsausen.

Allein hätte ich das nicht geschafft. Mia war es, die den Plan ausheckte und größtenteils ausführte. Vor unserer ersten Begegnung hatte sie schon sechs Monate in die Vorbereitungen gesteckt. Nachdem sie in Schottland angekommen war, hatte sie sich in ein Krankenhaus begeben und ihren gebrochenen Arm richten lassen. Dann hatte sie sich eine Bruchbude gesucht, gegen Barzahlung und ohne Fragen beantworten zu müssen.

Ihr restliches Geld setzte sie für einen privaten Ermittler ein, der Liam aufspüren sollte. Sie wollte ihn an einen abgeschiedenen Ort locken, um ihn dort umzubringen. Zu diesem Zweck erwarb sie sogar ein Gewehr. Nachdem der Schnüffler Liam aufgespürt hatte – aufgrund von Mias Tipp, dass er vielleicht um den zweiten Weihnachtstag herum mit einem verletzten Hund in einer Tierarztpraxis aufgetaucht sein könnte –, erfuhr sie, dass sich ihr Ehemann bereits mit einer anderen Frau eingelassen hatte. Mit mir. Damit war klar, dass sie ihr Vorhaben ändern musste. Mia erschien in meinem Garten und jagte mir einen Heidenschreck ein, bevor sie mir einen Ausweg aus meinem Albtraum wies.

Das einzige Detail unseres Plans, das sich als schwierig erwies, war der Schauplatz unserer Rache. Die Lösung fand sich, als das Testament meiner Mutter eröffnet wurde. Sie hatte eine Lebensversicherung zu meinen Gunsten abgeschlossen, in Höhe von dreihunderttausend Pfund. Ich wusste, dass sich meine Mum auf diese Weise um mich kümmern wollte, falls sie irgendwann nicht mehr da sein sollte. Mir war aber auch klar, dass es keine bessere Verwendung für das Geld geben konnte.

Ich erzählte Mia davon und konnte es vor Liam geheimhalten. Mia erhielt meine Ausweisdokumente und eröffnete ein Online-Konto für mich, dann rief sie unter meinem Namen die Versicherungsgesellschaft an. Sobald die dreihunderttausend Pfund aus der Police auf dem Konto eingetroffen waren, kaufte Mia von der Hälfte des Betrags die Insel Shura. Sie war günstig zu haben, obwohl wir den Grund dafür nicht kannten.

Die Idee war, Liam an einen Ort zu locken, von dem es kein Entrinnen gab. Er sollte am eigenen Leib erfahren, was es heißt, von einem unsichtbaren Verfolger beschattet zu werden. Er sollte spüren, wie es ist, belauert, zum Opfer gemacht, ausgehungert und kontrolliert zu werden – und Angst zu haben. Er sollte wenigstens einen Zipfel dessen erhaschen, was wir durch seine Hände erlitten hatten.

Für meinen Geschmack war der Plan zu kompliziert, zu verwickelt für eine schlichte Rache. Eigentlich wollte ich nichts als diesem Albtraum entfliehen.

»Der Albtraum endet nie«, erklärte Mia. »Wenn wir das nicht durchziehen, wird er dich irgendwann umbringen.«

Ich ließ die Worte sacken und wusste, dass sie recht hatte. Die blauen Flecken an meinem Körper pochten, als würden sie mir beipflichten wollen.

»Er wird sonst damit davonkommen«, fuhr sie fort. »Und dann wird er eine andere Frau finden und ihr dasselbe antun.«

Ich schloss die Augen und holte tief Luft. Jemanden töten – eine Mörderin werden –, konnte ich das überhaupt? War das der richtige Weg? War es richtig, ihn leiden zu lassen, wie er uns hatte leiden lassen?

Dann dachte ich an meine Mutter und kannte die Antwort.

»Er ist Polizist«, sagte ich matt. »Wie können wir ihm etwas vormachen?«

Mia schnaubte. »Nein, ist er nicht. Das hat mir der Privatschnüffler erzählt. Er ist kein Polizist, auch kein Detective. Nie gewesen. Er hat uns beide hinters Licht geführt. Sein angeblicher Job sollte uns nur Respekt einflößen, damit wir ihn nicht anzeigen. Er hat nie einen Beruf ergriffen, sondern von dem Geld gelebt, das ihm seine Mutter hinterließ.«

Das hatte ich schon vermutet, aber es bestätigt zu bekommen, war noch einmal etwas anderes. Mein ganzes Leben war eine Lüge. Nichts fühlte sich noch wirklich an, von einer einzigen Sache abgesehen: der Angst, die von meinem Körper Besitz ergriffen hatte. Dieses Gefühl schwand nie, sondern stieg unaufhaltsam an, wie eine ewige Flut.

»Ich bin bereit.« Ich drehte mich zu Mia um, ihr direkt in die Augen schauend. »Sag mir, was ich zu tun habe.«

Wir brauchten eine Weile, um den Plan auszuhecken. Täglich stieg Mia über den Zaun, und ich spazierte mit Isis – Jet vielmehr – in den Garten. Wir versteckten uns hinter dem Schuppen und besprachen unser Vorgehen. Mia gab mir ein Wegwerfhandy, das ich auf stumm geschaltet in eine Plastiktüte steckte. Die Tüte klebte ich unter mein Bett.

Mia fuhr auf die Insel und klügelte alles aus. Als sie zurückkehrte, erklärte sie, dass sie sich in einer Höhle unten an den Klippen verstecken würde. Mia war nicht nur auf Rache aus, sie wollte Liam, wie sie es ausdrückte, *gründlich durchficken.* »Er soll die Angst verspüren, die wir hatten; die *du* hast«, legte sie mir mit einem stählernen Funkeln in den Augen dar. »Ich will, dass er weiß, wie es ist, wenn jemand anders dein Leben kontrolliert und dann zerstört. Ich möchte, dass er das Spiel mitspielt und verliert.«

Sie erzählte mir alles über Will und darüber, was Liam ihm antat, und ich berichtete ihr von meiner Theorie, dass Liam meine Mutter und meine Katze tötete. Mias Rachedurst fachte meinen eigenen noch an. Mit jedem Tag, den wir unsere Verschwörung planten, fühlte ich mich stärker und stellte mir mein Leben in Freiheit in immer bunteren Farben vor. Noch besser wurde es, als Mia unter meinem Namen in einer neuen Arztpraxis vorsprach und sich Antidepressiva und die Pille verschreiben ließ. Die brachte sie mir mit, und ich versteckte die Medikamente in meiner Tamponschachtel.

Auf der Insel wollten wir uns mit verschlüsselten Nachrichten verständigen, die wir unter einem Steinmännchen am Strand hinterließen – einem, wie ich es am ersten Tag errichtete, Liam in dem Glauben wiegend, es sei ein Gedenkstein für meine Mutter. Wann immer eine von uns einen Zettel dort versteckte, legte sie einen anderen Stein oben auf den Stapel. Mia schrieb auch eine Nachricht ins Gästebuch – eine verschlüsselte Botschaft an Liam, die er allerdings nicht verstand. Mir hat sie ein Lächeln entlockt.

»Unser Aufenthalt fand leider ein überstürztes Ende, aber bis dahin war es wundervoll. Unsere Suche nach dem Hü-

gelgrab war allerdings erfolglos. Ich freue mich schon auf unseren nächsten Besuch. Eine Warnung an andere Gäste: Halten Sie sich von den Klippen fern. Ein Sturz könnte fatale Folgen haben.«

Das war eine Anspielung auf ihr Leben mit Will, das ein so abruptes Ende fand, und ihr eigenes Grab in der Böschung, in der Liam sie zurückließ. Vor den Klippen warnte sie, weil sie am Fuß der Steilküste in einer Höhle hauste und darauf wartete, unseren Plan in die Tat umzusetzen.

Das Satellitentelefon im Cottage war meine Idee, damit Liam nicht zu Beginn schon Verdacht schöpfte; natürlich haben wir darauf geachtet, das Ladegerät aus der Schachtel zu nehmen. Ich habe es genossen, Liams Entsetzen zu beobachten, als ihm dämmerte, dass wir die Insel nicht verlassen und keine Hilfe holen können. Es war eine Genugtuung, mitanzusehen, wie er ein bisschen von meinem alltäglichen Schrecken durchlitt.

Das Steinmännchen nutzte ich auch für meine Warnung an Mia, dass es noch eine vierte, nicht eingeplante Person auf der Insel gab. Zunächst konnte ich es kaum begreifen – die Wahrscheinlichkeit war so gering. Erst als Liam und ich das Lager in der Burg entdeckten, zählte ich eins und eins zusammen und musste einsehen, dass wir nicht allein waren.

Sofort wollte ich unseren Plan beerdigen und hinterließ eine entsprechende Nachricht unter dem Steinmännchen. Mia wollte nichts davon wissen. Wir seien schon so weit gekommen, erklärte sie, dieses Risiko müssten wir eingehen. Sie war der Meinung, dass uns der mysteriöse Fremde in der Burg in Ruhe lassen würde, da er selbst nicht erwischt werden wollte. Und so war es dann auch. Das Problem war nur, dass Liam dachte, es sei der Fremde gewesen, der an unserem Fenster gestanden und uns beobachtet hatte; und der das Wort TEUFEL in die Fensterscheibe ritzte, die elektrischen Leitungen durchschnitt, die Lebensmittel stahl und den Holzstapel dem Regen aussetzte. Dabei war es Mia, die für all das verantwortlich war. Als ich im Bett lag und hörte, wie sie das Wort in die Fensterscheibe schnitt, hatte ich panische Angst, Liam könnte aufwachen und sie erwischen. Vor lauter Furcht, er könnte uns auf die Schliche kommen, tat ich kein Auge zu.

Ich ließ nichts unversucht, um Liam davon abzubringen, zur Burg zu marschieren und den Fremden zu stellen, aber natürlich hörte er nicht auf mich.

Als er das Bootshaus aufspürte, konnte ich Mia nicht mehr warnen, daher blieb mir nichts weiter übrig, als mich aus dem Boot zu werfen. Hätten Liam und ich die Insel verlassen, hätte das all unsere Pläne zunichte gemacht. Daher sprang ich im selben Moment, als Liam mich kurz aus den Augen ließ, über den Rand in den eiskalten Fjord. Dabei fürchte ich mich seit der Beziehung mit ihm vor Wasser. Sollte ich ertrinken, sagte ich mir jedoch, dann hätte ich wenigstens selbst die Entscheidung getroffen.

Ich war es auch, die den Glasengel auf den Fußboden legte, als Liam schlief. Mia wollte, dass er ihn bemerkt; dieses Puzzleteilchen würde seinem Gedächtnis endgültig auf die Sprünge helfen und ihm klarmachen, wer ihn da verfolgt. Als ich erwachte, fiel mir aber wieder ein, wie Mia mit Splittern in den Fußsohlen durch den Schnee geflohen war, eine Blutspur hinterlassend. Daher legte ich den Engel an eine Stelle, wo Liam unweigerlich hineintreten musste.

Ich wollte ihn leiden sehen; er sollte am eigenen Leib erfahren, was er uns angetan hat.

Während er hungerte, aß ich Studentenfutter, das ich in meinen Taschen versteckt hatte. Als er mich in der Burg bat, die Patronen einzustecken, gehorchte ich, aber ich nahm auch die leeren von dem Müllhaufen und tauschte sie gegen jene aus, mit denen er das Gewehr lud.

Die ganze Zeit über dachte ich an meine Mutter und die Prügel, die Liam mir verpasst hatte. Und was er meiner Katze und Will und Mia und möglicherweise noch anderen Frauen vor ihr zugefügt hatte.

Er hielt mich für schwach und wehrlos. Da irrte er sich.

»Ich brauche Hilfe«, jammert Liam jetzt matt und kippt hintüber in einen Bach aus Schlamm.

Der Regen hat sich fast gelegt; Donner und Blitz verziehen sich über das Wasser.

»Es wird aber keine Hilfe kommen«, verkünde ich. Dann knie ich mich wieder an Liams Seite, da ich keine Angst mehr vor ihm habe.

Mia gesellt sich zu mir. Ungläubig schaut Liam zwischen uns hin und her, sichtlich schockiert, dass er unserer Verschwörung zum Opfer gefallen ist. Er begreift nicht, wie es sein kann, dass Mia noch lebt und wir ihn hereinlegen konnten.

Sein Gesicht verzerrt sich, dann stößt er ein gewaltiges Wutgeheul aus. Es ist das Brüllen eines einsamen Wolfs, der in eine Falle geraten ist. Er weiß, dass seine Stunden gezählt sind und ihm niemand zu Hilfe eilen wird.

Der Stalker

Der Schmerz ist überall. Mein Bein scheint zu brennen, als würde es über einer offenen Flamme gegrillt. Die Metallzähne nagen jetzt an meinen Knochen.

Ich werfe den Kopf zurück und heule vor Schmerz, aber mindestens genauso vor Wut. Als ich die Augen aufschlage, kniet Mia immer noch neben mir. Mein Engel. Ich kann es immer noch nicht fassen, dass sie hier ist. Ich habe sie in einem verschneiten Graben beerdigt. Sie war tot.

Damals starteten sie eine groß angelegte Suche nach Will und ihr. Ich habe das Ganze im Internet verfolgt. Die Leichen wurden nie gefunden. Ich betrachte sie jetzt. Ist sie es wirklich? Sie sieht gar nicht wie die alte Mia aus. Irgendetwas an ihrer Miene ist mir fremd. Aber dann dämmert mir, was es ist: Widerstandsgeist. Sie fürchtet sich nicht mehr vor mir und möchte, dass ich das weiß.

Wieder stoße ich ein verzweifeltes Heulen aus und presse die Hände an mein Bein, in der Hoffnung, die Blutung und den Schmerz stillen zu können. Der metallene Kiefer gibt aber nicht nach. Die Zähne nagen weiter an mir.

Mit Tränen in den Augen blicke ich zu Laura auf, meinem anderen Engel. Warum eilt sie mir nicht zu Hilfe?

»Hilf mir«, flehe ich wieder, als die Flammen in meinem Bein höher schlugen. Mein Herz arbeitet spürbar mühseliger, da ich immer mehr Blut verliere. Meine Hände sind voll davon, heiß und klebrig.

In Lauras Blick spiegelt sich nicht derselbe Widerstandsgeist wie in Mias, aber diesen Ausdruck kenne ich trotzdem. Es ist der, mit dem meine Mutter mich immer bedachte: Verachtung. Als stimme etwas nicht mit mir; als hasse sie mich. Als schaue sie dem Teufel ins Auge.

Überrascht blinzele ich. Hat Laura die ganze Zeit nur so getan, als liebe sie mich? Wie konnte sie mich derart täuschen? Ich dachte, ich kenne sie. Ich dachte, sie sei anders.

Ich hebe die Hand, um ihre Wange zu berühren, aber sie zieht sich zurück, und meine Hand landet schlaff auf dem Boden. »Du warst mein Engel«, sage ich zu ihr. »Du solltest mich retten.«

»Und jetzt fährst du zur Hölle«, erwidert sie.

35

Laura

Wir erheben uns und werden Zeugen, wie Liam verblutet. Immer noch verspüre ich nichts als Erleichterung. Endlich verstehe ich, was sich die Kelten dabei dachten, wenn sie Verbrechern, die sich an der Gemeinschaft versündigt hatten, Gerechtigkeit widerfahren ließen.

Als Liam schließlich seinen letzten Atemzug tut, ist es, als falle ein gewaltiges, dunkles Gewicht von mir ab. Ich fühle mich wie befreit. Die Angst, die mich in den letzten Monaten lähmte, löst sich wie mein Atem in der kalten Nachtluft auf. Den einen Moment ist sie noch da, den anderen ist sie verschwunden. Ich könnte mich in die Lüfte erheben.

Mia steht wie eine Statue neben mir, den Kopf gesenkt, den Blick nicht von Liams Gesicht wendend. Sie knirscht mit den Zähnen und atmet schwer. Ihre Schultern beginnen heftig zu beben. Ich lege den Arm um sie. »Bist du okay?«, frage ich.

Sie klammert sich an mich. »Nein.«

Ich halte sie fest im Arm. »Alles ist gut«, flüstere ich. »Wir haben es geschafft.«

»Er kommt nicht wieder«, flüstert sie zurück. Dann entzieht sie sich meinen Armen und schaut mich an. Mir wird klar, dass sie nicht Liam meint.

»Will?«, hake ich nach.

Mia nickt. Tränen rollen über ihre Wangen. Ich versuche, sie zu trösten. Sie schluckt schwer und wischt sich mit dem Arm übers Gesicht.

»Hier«, sage ich.

Sie senkt den Blick. Ich halte ihr ihren Verlobungsring hin. Sie nimmt ihn entgegen, das Gesicht gramerfüllt. Dann kämpft sie gegen den Kummer an und lächelt mich durch die Tränen hinweg an. Sie steckt sich den Ring an den Finger. »Danke«, schnieft sie. Ich löse die Kette mit dem keltischen Kreuz vom Hals und gebe sie ihr auch zurück. Ihre Unterlippe zittert, aber nur kurz. Dann verhärtet sich ihre Miene.

»Du solltest verschwinden«, rede ich ihr zu.

»Ich weiß«, seufzt sie. »Und was ist mit dir?« Sie betrachtet die Leiche.

»Ich kriege das schon hin«, erwidere ich und meine es auch so.

Mia und ich umarmen uns ein letztes Mal, bevor sie davonmarschiert, durch den Wald zu den Klippen, wo ihr Boot liegt. Sie wird ihre Sachen packen und die Insel verlassen, wie das Gespenst, das sie ist.

In wenigen Wochen werden wir uns wiedersehen. Sie hat mir mein Leben zurückgegeben, und ich werde ihr ihren Hund zurückgeben.

36

Ich blicke Mia nach, wie sie in Richtung der Klippen davoneilt und im ersten Schimmer der Morgendämmerung verschwindet.

Als ich mich umdrehe, entdecke ich ein paar Meter weiter einen Mann. Ich schnappe nach Luft. Ich erkenne ihn sofort. Es ist der Typ aus dem Pub, jener, der mich so komisch anschaute und mir dann erzählte, die Insel sei verflucht. Er ist der Mann, der in der Burg haust, dessen Boot und Gewehr wir gestohlen haben. Wie lange wartet er schon da? Was hat er mitbekommen? Hat er etwa beobachtet, dass Mia und ich neben der Leiche gestanden und uns unterhalten haben?

»Was ist passiert?«, knurrt er und nickt zu Liams Leiche.

Mein Herz rattert wie ein Güterzug. Mir war klar, dass es gefährlich ist, an unseren Plänen festzuhalten, obwohl wir von seiner Anwesenheit auf der Insel wussten. Doch das Wagnis mussten wir auf uns nehmen, wir konnten keinen Rückzieher machen. Ich habe alles unternommen, um Liam von der Burg fernzuhalten, damit er nicht den Falschen verdächtigt. Gleichzeitig hatte ich gehofft, dass auch der Mann uns aus dem Weg geht.

»Es hat einen Unfall gegeben«, stammele ich. »Er ist in eine Falle geraten.«

Der Mann kneift die Augen zusammen. »Merkwürdig«, brummt er. »Ich kenne diese Insel wie meine Westentasche. Gestern war noch keine Falle hier.«

O Gott. Ich spüre, wie sich in meinen Knöcheln ein Zittern bildet und in meine Knie hochsteigt. Der Blick des Mannes fällt auf das Gewehr, das ich immer noch in der Hand halte.

»Das ist meins«, sagt er. »Sie haben es gestohlen. Und mein Boot auch.« Er greift danach und reißt es mir aus der Hand.

»Es tut mir leid«, erwidere ich, zurücktaumelnd. »Und das mit dem Boot auch. Es ist gekentert. Ich werde es Ihnen ersetzen.« Ich wappne mich und sehe ihn direkt an. Der Mann mustert mich mit harter Miene, worauf ich erröte bis in die Haarspitzen. Dann betrachtet er wieder Liams Leiche. Er weiß, dass ich lüge. Er weiß, dass das kein Unfall war.

Dann wendet er sich wieder mir zu. »Ist auch egal«, meint er.

Mein Herz setzt aus. Ich blinzele ihn an und wage es kaum zu atmen. Aber der Mann sagt nichts mehr. Er wartet, dass ich etwas von mir gebe.

»Sie sind ein McKay, nicht wahr?«, platzt es aus mir heraus.

Ein finsterer Ausdruck legt sich auf sein Gesicht, damit hat er offenbar nicht gerechnet. Aber ich merke genau, dass ich ins Schwarze getroffen habe.

»Und Ihre Mutter und ihr Bruder Elliot sind auf der Insel begraben, richtig?« Ich nicke in Richtung Friedhof.

»Woher wissen Sie das?«, fragt er barsch, die Stirn gerunzelt.

»Ich habe die Blumen auf ihrem Grab entdeckt.«

Sie sind mir aufgefallen, als wir, nachdem wir das Gewehr gestohlen hatten, zur Kapelle zurückkehrten. In der Vase, die noch tags zuvor umgestürzt war, steckte ein Strauß aus Disteln und Herbstzweigen. In dem Moment begriff ich, wer die vierte Person auf der Insel war. Liam war Gott sei Dank zu sehr mit seinem Fuß beschäftigt, um die Blumen zu bemerken. Ich sah den Strauß und musste an das Schild am Kellereingang denken, und plötzlich passte alles zusammen. Auf dem Grabstein stand »Für meinen geliebten Bruder«. Es war nicht Andrew McKay, der sich auf der Insel befand. Es war sein Sohn. Sein *anderer* Sohn. Das war das Einzige, was Sinn ergab.

»Es tut mir leid, was ihnen zugestoßen ist.« Meine Nerven stehen unter Strom. Ich fühle mich, als würde ich auf einem Drahtseil über ein Haifischbecken balancieren.

Der Mann nickt vor sich hin. »Gewiss. Tja, tut mir leid, was *ihm* zugestoßen ist«, sagt er, zu der Leiche hinübernickend, aber seine Augen bleiben auf mich gerichtet. Mir ist bewusst, dass er in meinem Gesicht nach Spuren für eine Reaktion auf Liams Tod sucht. Ich sollte gequält wirken, entsetzt, traurig, schockiert. Aber ich zeige keines dieser Gefühle. Ich verrate mich selbst, weil ich gar nichts empfinde.

»Sie haben Blut am Ärmel«, fügt der Mann nun hinzu.

Ich schaue hinab. Ein dunkler Fleck hat sich an dem weißen Bündchen meines Pullovers gebildet. Auch der Bluterguss, der sich wie ein Armband um mein Handgelenk legt, Liams Abschiedsgeschenk, ist zu sehen. Ich ziehe den Ärmel hinab, in der Hoffnung, dass der Mann ihn nicht entdeckt hat. Als ich den Kopf wieder hebe, ist allerdings klar, dass meine Verletzungen dem Mann nicht entgangen sind.

»Mein Vater war auch ein kranker Dreckskerl«, erzählt er.

Mir bleibt die Luft weg. Der Mann fängt meinen Blick auf. Ein ewiger Moment verstreicht.

»Ich habe miterlebt, wie der Typ Sie im Pub behandelt hat«, erklärt er schließlich. »Von dem Moment an, in dem Sie den Raum betraten, war mir klar, dass Sie Angst haben. Obwohl Sie es gut zu verstecken wussten.«

Seine Worte machen mich sprachlos. Ich hatte gedacht, eine durchtriebene Schauspielerin zu sein und meine Furcht vor aller Welt kaschieren zu können.

»Ich habe mein Leben mit einem Tyrannen verbracht«, fährt der Mann fort. »Und ich habe mitansehen müssen, wie sich meine Mutter jahrelang damit abfand. Ich hätte mir gewünscht, sie hätte ihn verlassen, aber sie hat es nicht getan.«

Meine Lunge will sich einfach nicht mehr füllen. Es ist, als würde mich jemand unter Wasser drücken. Aber dann platze ich an die Oberfläche und ringe nach Luft.

»Sie hatten blaue Flecken.« Er zeigt auf meinen Hals.

Ich erinnere mich, dass ich im Pub einen Schal trug. Eigentlich wollte ich ihn abnehmen, aber als ich die sonderbaren Blicke des Gastes spürte, habe ich ihn schnell wieder umgewickelt. Er sollte die Blutergüsse kaschieren, die Liam mir ein paar Nächte zuvor zugefügt hatte. Meine

Hand fährt an den Hals. Prompt verspüre ich das Echo des Schauders, der mich überlief, als Liam die fünf Flecken in Form seiner Finger küsste. Sie sind immer noch da.

»Ich wünschte, ich hätte den Mut gehabt, mich gegen meinen Vater aufzulehnen, bevor es zu spät war – bevor er tun konnte, was er getan hat«, bekennt der Mann nun.

Ich reagiere nicht. Ich bin so sehr daran gewöhnt, mir meine Gefühle nicht anmerken zu lassen – oder es jedenfalls zu versuchen. Aber dann fällt mir ein, dass ich niemandem mehr etwas vormachen muss. »Das tut mir leid«, antworte ich schließlich und lasse es zu, dass sich meine Empfindungen in meinem Gesicht spiegeln. Wie ein Dammbruch ist das. Die ganze Anspannung, unter der ich immer stand, löst sich in Wohlgefallen auf. Ich stoße einen erstickten Schrei aus.

»Alles in Ordnung?« Der Mann tritt einen Schritt auf mich zu.

»Ab sofort schon.« Ich schenke ihm ein zittriges Lächeln.

»Werden Sie ihn hierlassen?« Er nickt verächtlich zu der Leiche hinüber.

Ich muss daran denken, wie Liam mir erzählte, dass man in früheren Zeiten tote Verbrecher den Elementen und den Tieren zum Fraß überließ. Das scheint mir angemessen.

»Ich werde es der Polizei erzählen, sobald ich das Festland erreicht habe«, erwidere ich. »Der Fährmann kommt in ein paar Stunden.«

Der Mann nickt. Er bietet nicht an, Liams Bein aus der Falle zu holen und ihn an einen geschützten Ort zu bringen.

»Was ist mit Ihnen?«, frage ich. »Wie wollen Sie von der Insel wegkommen?«

Er holt ein Notizbuch und einen Stift hervor und kritzelt etwas hinein. Dann reißt er die Seite heraus und reicht sie mir. »Wenn Sie am Festland sind, rufen Sie diese Nummer an. Sie gehört meinem Freund Joe. Erklären Sie ihm, wo ich bin – mein Name ist Jamie –, und bitten Sie ihn, mich hier abzuholen.«

Ich nehme das Blatt und stecke es in die Tasche. Mir ist immer noch unbegreiflich, dass mich dieser Fremde deckt, obwohl ihm bewusst ist, was ich getan habe.

»Danke«, sagt er.

Ich nicke.

»Sie können hierbleiben, wenn Sie möchten«, platzt es aus mir heraus.

Er schüttelt traurig den Kopf. »Es ist nicht mehr mein Land. Es gehört mir nicht mehr. Mein Vater war verschuldet. Bei seinem Tod musste alles verkauft werden.« Er stößt einen lauten Seufzer aus. »Aber ich werde noch herkommen und mich um die Gräber kümmern. Für mich wird es auf ewig mein Zuhause sein.«

»Ich kenne die neue Besitzerin«, verrate ich ihm. »Sie findet es in Ordnung, wenn Sie bleiben.«

Er kneift die Augen zusammen, dann schleicht sich ein leises Lächeln auf seine Lippen.

»Vielleicht braucht sie sogar jemanden, der sich um das Cottage kümmert«, füge ich hinzu.

Er denkt eine Weile darüber nach, immer noch dieses Lächeln auf den Lippen. »Sagen Sie der neuen Besitzerin, dass ich interessiert sein könnte.«

»Das werde ich tun«, erwidere ich ebenso lächelnd.

Beim Abschied tauschen wir unsere E-Mail-Adressen aus, dann kehre ich zur Kapelle zurück, um Hathor, die Krähe, aus ihrer Kiste zu befreien. Sie nimmt es mir übel, dass ich sie so lange allein gelassen habe. Ich trage die Kiste hinaus und hocke mich erschöpft zwischen die Grabsteine. Der Himmel hat sich rosa gefärbt, die Sonne vertreibt sämtliche Schatten. Vorsichtig löse ich den Verband vom Flügel der Krähe.

»Na, wie ist das?«, frage ich, als ich sie auf die Erde setze.

Laut krächzend hüpft die Krähe ein Stück, versucht, mit dem Flügel zu schlagen, und sträubt ihr Gefieder. Vermutlich ist es doch zu früh, denke ich und gehe hin, um sie hochzuheben und den Flügel noch einmal zu verbinden. Aber bevor ich das tun kann, schlägt sie mit beiden Schwingen und erhebt sich in die Lüfte, immer höher und höher in den Morgenhimmel aufsteigend.

Ich richte mich auf und sehe zu, wie sie zur Sonne fliegt.

Dank

Über zwanzig Bücher habe ich geschrieben, und ich möchte meiner Agentin Amanda danken, dass sie sie alle betreut hat. Ich bin dir zu Dank verpflichtet für all deine Unterstützung.

Meine Dankbarkeit gilt auch Mady, meiner Filmagentin, die mich ebenfalls schon fast zehn Jahre begleitet. Endlich haben wir es geschafft! Meine erste Filmadaption hat endlich grünes Licht bekommen. Steht zu hoffen, dass es nicht die letzte war.

Ich glaube, das Erstaunlichste an meiner Entwicklung als Schriftstellerin war, dass ich keinen einschlägigen kreativen Hintergrund hatte, als ich anfing – es sei denn, man zählt dazu, dass ich Bücher und Filme verschlungen habe. Und doch hatte ich das nötige Selbstvertrauen, es einfach zu versuchen. Das verdanke ich zu einem großen Teil meinen Eltern, und außerdem meiner eher lässigen Einstellung – die ich wiederum zu einem großen Teil meinem Ehemann und meinem Schwager verdanke. »Was kann schon groß passieren?«, lautete ihr Rat. Dieser Rat hat mir gute Dienste geleistet, auch in meiner Rolle als Geschichtenerzählerin, wenn ich mir auszumalen versuche, in welche Richtung sich eine Handlung entwickeln könnte.

Ich bin so glücklich und gesegnet, dass ich die Unterstützung meines Ehemanns John und unserer Tochter Alula habe, außerdem die ermutigende und aufbauende Begleitung von wunderbaren Freunden, darunter vor allem: Vic (immer meine erste Leserin), Alby, Nichola, Rachel, Lauren und Clarissa.

Dank auch an Tessa und meine Schwägerin Sarah, für ihr medizinisches Wissen und die Hilfe bei Details.

Was mir beim Schreiben eines Buchs am schwersten fällt, ist das Redigieren und Korrekturlesen. Großen Dank also an Felicity Radford und Tony Russell, dass sie mir die harte Arbeit abgenommen und es mir leicht gemacht haben.

Last but not least möchte ich dem wunderbaren Team von Avon Books danken, für seine harte Arbeit und seine Hingabe. Molly, meine Lektorin, hat Adleraugen. Ihr Talent kann ich nur bewundern. Außerdem Dank an Helen Huthwaite, Ellie Pilcher, El Slater, Becci Mansell, Catriona Beamish, Sammy Luton, Hannah Avery und Elisha Lundin.

Autorin

Sarah Alderson ist eine britische Roman- und Drehbuchautorin. Sie ist in der ganzen Welt herumgereist und lebte u. a. in London und Bali, bevor sie mit ihrem Ehemann und ihrer Tochter nach Kalifornien zog.

Weitere Informationen zur Autorin finden Sie unter: www.sarahalderson.com

Sarah Alderson im Goldmann Verlag:

Meine beste Freundin. Thriller
(auch als E-Book erhältlich)
Meine liebe Familie. Thriller
(auch als E-Book erhältlich)
The Weekend Away. Thriller
(nur als E-Book erhältlich)
Endlich allein. Thriller
(auch als E-Book erhältlich)